漫山遍野的今天

◎叶舟 著

青海人民出版社

图书在版编目（CIP）数据

漫山遍野的今天 / 叶舟著. — 西宁：青海人民出版社，
2013.12（2019.6 重印）
ISBN 978-7-225-04675-4

Ⅰ.①漫… Ⅱ.①叶… Ⅲ.①散文集—中国—当代
Ⅳ.①I267

中国版本图书馆 CIP 数据核字（2013）第 293146 号

漫山遍野的今天

叶 舟 著

出 版 人　樊原成

出版发行　**青海人民出版社有限责任公司**
　　　　　西宁市五四西路 71 号　邮政编码:810023　电话:(0971)6143426(总编室)

发行热线　（0971）6143516/6137730

网　　址　http://www.qhrmcbs.com

印　　刷　临沂圣贤印刷有限公司

经　　销　新华书店

开　　本　880mm×1230mm　1/32

印　　张　9.75

字　　数　190 千

版　　次　2014 年 1 月第 1 版　2019 年 6 月第 2 次印刷

书　　号　ISBN 978-7-225-04675-4

定　　价　30.00 元

目
录

CONTENTS

第一辑　内陆高迥

西宁的街道上走过　003

伪经、伊斯拉姆阿洪和

赝品时代　011

青海湖上　026

复仇　029

婚礼　033

打猎的故事　038

何谓边地生活　043

1919 年以来的沉默　053

街道：一只船　057

谣唱　072

沉浸　076

跟踪　082

"我有权保持沉默！"　087

第二辑　一般见识

杀人的民谣　093

减法　095

将进酒　098

幸福在哪里　100

幸福这个人　102

葬仪的行进　104

追悼几个词　105

一日不作，心生荆棘　107

飞越疯人院　110

春天　112

世上的天平　114

CONTENTS

破碎	116	牙疼的精神分析	148
书道	117	放牛班的秋天	151
牧云的人	119	羊	155
世上的奇迹	121	焰火	158
彩票经	124	灯	160
标点	127	黑夜	162
天问	129	雪在烧	164
夜半	130	盐	166
来一杯茨维塔耶娃红酒	132	布达拉之鹰	169
私心	135	诗歌	172
仿佛	137	敦煌：我诗歌的首都	174
发面	138	春日之书	177
猜想	142	青铜枝下	180
黄金在枝头转移	144	挽别	183

CONTENTS

第三辑　引舟如叶

写照片　189

呼吸酒吧　234

道吉草　237

绰号：老羊皮　240

藏地的持守　244

街上的事物　251

阿卡刘醒龙　253

偶感　257

一本小书的愉悦和暗喜　258

把世界抱在床上　263

最敬爱一片江山　268

问答　272

告发一本诗集　274

比形容更逼真　276

片段　278

第四辑　诗叙述

一个人的辽阔　283

刚才的情景　290

半途而废的教诲　292

玛利亚　294

"9·18"大案纪实　297

泰国芭堤亚　302

第一辑 内陆高迥

西宁的街道上走过

在藏传佛教青铜般的吟唱之中，在西部伊斯兰世界穆斯林们圣洁的礼拜之中，一卷羊皮的歌页初次展开，这仿佛是青藏高原、黄土高原以及帕米尔高原的合颂、弹唱和起舞。西望青海或是远出阳关，西宁这个旱地的码头就低低地伏卧其上，粗糙，苍白，短促，甚至像一声可以忽略不计的尾音，一闪而过。

但是西部的人民和我，咀嚼着这一颗鲜为人知的果核，内心布满潮汐和泪水。它像一首旧歌，一片旧日的风景，一处旧地，一捆往昔的书信和细沙之下爱戴的心情。

在我的诗歌中，西宁应该是这样的——

1992 年初春的某夜，风雪弥漫之中，我头一次来到西宁，狭窄的街道上是风的迷宫，雪的漩涡，街道两旁的低矮的人家院落和倾圮而去的平房忽隐忽现。那是后半夜的时光，我在深长漆黑的街道里遭遇了一大堆羊，大概有上千只吧，它们嘶哑地吼叫着进入城市，它们渡过黄河，翻过高高的积石山进入城市。风雪扑面中，我看见赶羊的一个男孩扎在羊堆里，反穿着羊皮袄，风雪挂满了他和偌大的羊群，使他看上去像一只秘密的头羊，充满了孤单和骄傲。我问他，这是去哪里，城市的街道里又没有可以逐水而居的草滩？

"去肉铺。"

"去迎接刀子。"

他说。

而后，他隐没于一大堆羊群中，低矮地伏动着走向街道的尽头。我为这肃穆壮烈的风景所震慑，退至路边，目送它们的背影，心中充满敬意。羊群如泄洪般从我脚下涌过，犹如亚伯拉罕时代集体行动的圣经，在空中摊开。

后来，我写下如下的几句——

午夜入城的羊群

反穿皮袄

像一堆灯火中的小先知

午夜入城的羊群

是人，是群众

是一伙失败之后的义军

午夜入城的羊群

合唱队员们

精神抖擞

第一辑 内陆高迥

午夜入城的羊群

名叫"死"

骑住人间的屋梁……

它们沉默地走向西宁这个旱地的码头，散布于隐秘的街道、人家院落、餐桌和各式的礼仪，像怀揣祭品和光荣一般，行至黎明。

就像在日光中穿行于街头巷尾的默默的群众和孤单的旅人，摒除喧哗和躁动。在西宁，因了不同宗教的缘故，深藏密布于低矮屋檐下的街道，像一根根滴水的青铜枝条，静静伸着。因为鲜有高层建筑，西宁像一个铺展的平面，悠动摇曳。

你可以在街头的任何一个角落，看见身着铁红色袈裟的喇嘛。他们心里诵念着，犹如一堆堆燃烧的红铜从街上淌过。但是更多的，是那些面孔粗砺硬朗，身披藏袍的信徒，口诵经文，转着朵拉（转经筒），身无分文地走向自己心中的神圣。他们显得和这个时代多么格格不入，自足安详，满脸锈迹却又神采飞扬。

他们从各个角落、街口涌出，去往塔尔寺。——因此，我不得不提到距西宁约三十公里的伟大的宗教圣地塔尔寺，它和西宁如出自一体，互为光亮，而前者代表了数百年延续的精神世界，后者则是彻底的世俗王国。

塔尔寺是藏传佛教伟大的改革家、格鲁派创始人宗喀巴大师的诞生之地，如今在这个幽闭的山谷里，是无数的经殿和美不胜收的金色屋檐。世上朝拜的路，其实只有一条，而通往塔尔寺的一条狭窄的街道更像是梦幻之路。尤其夜晚，高耸的喇叭里一位粗砺苍凉的老人弹着三弦，用藏文说唱，无始无终，无波无澜，及至天明，梦及佛光。

我只谈谈塔尔寺银塔之内的圣树。

据说，这是宗喀巴母亲生产时流血的地方长出来的，民间风传此树举世无双，有人试图将其树枝和种子培植成树，均告失败。最著名、最奇特的象征或许是它的叶子都有神秘的相像物，并且代表着藏文的不同字母。树皮上也有同样的文字裂痕，旅行者扒掉树皮，发现树干上也有同样的文字形式。

19 世纪中叶，著名的宇克神父在他的著作中就描述了这棵圣树："……我们极其惊愕地发现，每片叶子都长着工整的藏文字样，与叶子本身的颜色相比，有的字呈深绿色，有的呈浅绿色……嫩叶子上的字只是刚刚在形成。后来不得不将此树封闭起来，因有太多的人都要用此树的树叶、花果作为纪念。"据土登晋美诺布的《西藏》一书："大约七十年前（20 世纪初——作者注），因为打扫，才将圣树之门打开过一次。喇嘛出来的时候，有一片叶子落在他肩上，上面清楚写着文字。"

而我听到的各种说法，都是这棵"万象树"的无数叶子上写满了"唵、嘛、呢、叭、咪、吽"的六字真言。

纵横交错的路在塔尔寺里穿行着，四面八方涌入的信徒们心地纯净，聆听法号，默念经文地祈祷着。然后他们又纷纷返回，像幸福的

第一辑　内陆高迥

鸟儿栖居于西宁这个旱地码头的街道、窗口和角落，他们煮熟了半扇的羊肉，用刀子削食着，一口气打开了七八瓶青稞液，狂饮无度。早晨的街道上，你总能发现横卧酣梦的汉子，在酒气里飘动着。

在藏族朋友无数次的酒宴上，你总能听到他们的高声歌唱，而往往平素里寡言少语的少女或汉子才是最好的歌手。藏族，一个真正抒情的伟大民族，仿佛只会用歌舞来表达。他们善唱情歌，而这些风靡青藏大地、世代相袭的情歌，据说都出自六世达赖喇嘛仓央嘉措的笔下——

　　我往有道的喇嘛面前
　　求他指我一条明路，
　　只因不能回心转意
　　又失足到爱人那里去了。

或者，你在星夜之下，在淡然的晓风里漫步、冥想、运行和叹息；在曲折往复、仄身而去、尘土飞扬的西宁街道上凝望天空，那么，你总能那样清晰地为一弯镀金的新月所慑服，心里陡然一惊。——它高于飞驰而逝的广阔的屋瓴，在叫拜楼的圆顶之上，灯光幽暗，昭示着一种俗世之上的皈依和信仰。

那就是无所不在的清真大寺。

就在这处远离了时代，避开了金钱和唾液的所在，在中国西北腹

漫山遍野的今天

地深处的西宁街头上，你也往往能听到叫拜楼上歌唱一般的呼唤，像钟声推递一般，辽远、宽广、质地恢宏，传至每条街道、每处角落、每颗心灵。

噢，圣洁的功课开始了，诵念的大音一阵阵传远……

这就是西宁的穆斯林世界，井然有序，沿着心灵的轨迹往前。西宁的穆斯林含有回族、撒拉族、保安族、东乡族等诸多民族，但是礼拜的心情纯净如一。在西宁的街道上走过，你常常看见那些披着绿色、黑色和白色盖头的不同年龄的穆斯林妇女，你也能看到涌动在大街上的成群的白色号帽和庄重如铁的教袍，这些穆斯林信徒满脸信仰的洁白，笑意浮现。

功课之余，他们又是经商的高手。

所谓经商，更多的是指散落在城市各个角落的饮食摊点。尤其回族，他们独特的饮食风俗构成了西宁这个旱地码头的主流。夜幕四合，烤羊肉的炭火格外热烈，羊腰子、羊肋排、羊筋、腱子肉都被串在粗壮的铁扦子上，反复烧烤，浓香扑鼻，麦仁和肥腻的羊尾巴煮成的粥，以及高原特有的熬茶胜过了世上其他的美宴，这种饮食实在贴切，见解明了，一如高地的自然景致。

然后放声唱了。从西宁的街道上走过，偶尔能听到"花儿"，但那都是磁带里的录音。在西宁体育馆前的护城河一带树木浓密的公园里，才有真正地道的"花儿"与少年。

麇集的人群高耸着头，陌不相识的青年男女彼此引吭，不问你从

第
一
辑
内
陆
高
迥

　　哪里来，也不问对方的姓氏，开口就唱，只有歌声才含有默许和智慧的情义。人们暗中品评着，眼睛四下里逡巡着，寻找着自己登台亮相的机会。"花儿"与少年，他们宽大的脸庞为高原紫外线射得深红凝固，干裂裂的嗓音乍然如石，訇然鸣响，就在这一处歌地，我看见一个衣衫不整面容模糊的积石山少年朗声唱道——

　　哎哟哟……
　　西宁的街道上走过，
　　有一个响当当的磨。

　　哎哟哟……
　　尕妹妹的奶卡卡（乳谷）上睡过，
　　有一团扰人的火。

　　从深夜的西宁街道上走过，条条道路就像厚厚的书页一样依次翻开，情节无限，旨意盎然。什么超现实主义，什么博尔赫斯的玫瑰色街角，在这里俯拾即是。某夜的西宁街道上，一个老朽的人紧随着，后来，他站在我的面前，泪水涔涔，抖动不止。他说：
　　"你是我的前生。
　　你不要不承认，你真真的是我的前生。
　　你在海西的草原上放羊，某天下午，你赶羊上山，羊在坡上吃草，但你在山洞里睡着了，你梦见了佛爷，你醒来以后就会开口，唱了三天三夜的《格萨尔》，而在这之前，你连半个字母也认识不了。

你叫仁青，或者西德尼玛，或者才让。

但你现在是个汉人。"

我说，是的。老朽的人仔细端详了我一会儿，潜然泪下。他说："你现在是个满身脏污的汉人，但你确实是我的前生。"他絮絮叨叨说着，满口酒气，没准儿会突然消失于一个玫瑰色的街角。

或者，有一个年轻力壮的汉子走上前来，他宽大的腰带里别着腰刀。他拍拍你的肩头，问了好，道了久别的思念之情。

"你现在复仇吧，现在。

我突然醒悟了，我欠下了你的债，你现在砍我一刀也没什么。我不想欠债。

噢，是我领走了你的女人，你的女人对你那样的好，但是我被魔鬼迷障住了，我是一个畜生，偏偏领走了你的女人哎。

你复仇吧。"他一连催促道。

而你，只不过是一个在西宁的街道上走过的异乡人，形单影只。

伪经、伊斯拉姆阿洪和赝品时代

事实上从阅读的一开始，我就理所当然地将他当成了自己人，并在阅读推进的过程中给予了他一顶顶无畏的花冠。在我这种狂欢式的阅读中，我推断出他是一个天才的伪造者和卓越的赝品大师，我还一再地说服自己深信不疑。后来，我萌发出以19世纪的新疆喀什噶尔为地理坐标来虚构几篇小说的念头。我践约了。在事发一百年后的今天，我在小说中重现了他当初的那种智慧、狡黠和一败涂地，我甚至还杜撰出了他的一段段爱情生活。在我写作的那一个时期，真是太喜欢这个混蛋了。

可事实证明了这种偏爱的促狭和自以为是，循着以下的蛛丝马迹，你将会看到在辽远的过去，发生在中亚细亚喀什噶尔的那一幕真相。

这个人叫伊斯拉姆阿洪，他最早出现在斯坦因博士的《沙埋和阗废墟记》一书中。斯氏的名字在中国读书界并不陌生，可他更多地和身处大漠中的敦煌藏经洞及其散佚的经卷有关，还长期遭到一些人的诟病与唾弃。陈寅恪先生曰：“敦煌者，吾国学术之伤心史也”一句，可能针对的就是斯坦因等盗取之始作俑者!?《沙埋和阗废墟记》于1903年在英国伦敦出版，它主要记叙了斯坦因及其助手在英国和印度政府的支持下，从斯利那加出发，经吉尔吉特和罕萨至喀什噶尔，于

1900 年 10 月由叶尔羌到达今天的和田地区进行的探险活动。这个野心勃勃的学者访问并确定了于阗古都约特干，组织队伍对著名的丹丹乌力克和尼雅等文化遗址进行考古挖掘，获得了大量的古代文献文物，并于第二年的七月衣锦还乡。在伦敦，斯氏将自己在考察中的日记、信函和发掘笔记加以充实，形成了《沙漠埋葬的和阗废墟——在中国突厥斯坦从事考古学和地理学考察的旅行记实》，即上述该书。

可以想象，在如此繁复的叙述中，斯坦因以一个考古学者科学的理性和英雄主义的激情，对中亚细亚的这一片地域做了忠实描写。他时而是一个杰出的散文家，时而是一个缜密的证据拥有者，时而又改头换面成了一个福尔摩斯。——他的最后一个角色出现在该书的末尾，那时候，他可能已经有了功成名就的预感，便用闲暇的时光来演绎柯南道尔笔下的那个大侦探。斯坦因在该书的第三十一章中写道：

"在最后停留的几天中，不得不进行了一场半文物、半司法的调查。这件事的成功，使得学术界的朋友非常满意，而我也感到极大的愉快。这使我最终澄清了对于那些奇特的'无名文字'的手写文书以及'刻版印刷品'的疑点。"

由此，伊斯拉姆阿洪就成了斯坦因的一个玩偶和垫脚石，用来印证他自己的洞若观火、明察秋毫和智力过人。但事情好像并非如此简单，在这一庞杂的过程中，伊斯拉姆阿洪可能仅仅是出于对自己的倦怠与放弃，才成全了斯坦因的这种虚荣心。这就像在斯坦因介入此事前，整个欧洲是伊斯拉姆阿洪的玩偶与"银行"一样。

第一辑 内陆高迥

　　这一幕伪造的真相，肇始于一个名叫鲍尔的英国陆军中尉。

　　据杨镰先生所著的《荒漠独行》一书介绍，鲍尔是英国驻印度殖民军的情报官员，有相当好的语言天赋。1889年，年轻的鲍尔中尉接受了一件十分棘手的任务。英国著名的中亚细亚的探险家达格列什在途经帕米尔时，被一个从叶尔羌（今叶城）来的阿富汗人给杀害了。这一谋杀事件引起了当局的关注，英国政府要求限期破案，于是，这一追缉凶手的艰巨任务就落到了鲍尔中尉的身上。在当时看来，要侦破这一案件几乎是不可能的，因为凶手可能藏匿于干旱广袤的中亚细亚的任一角落，那里民族众多、宗教芜杂、土匪丛生，仅从当时的地缘政治而言，中亚细亚的绝大多数地方非英国的势力范围所能及，俄属的领地早就虎视眈眈了。况且，在荒凉无际的山岭沟壑中，外人的进入更是一件不可想象的事情。

　　那时，鲍尔中尉以组织狩猎活动为幌子，正在中亚细亚进行秘密的测量工作，接手这一项侦破工作后，他迅速以狩猎队为基本力量，构成了一个庞大的地下情报网，把自己的特工和间谍们撒向了阿富汗、中国和俄领的中亚各地，大海捞针。他则独自一人毫无希望地在漫长古老的丝绸之路上，沿着一个又一个绿洲绝望地寻找那个负案在身的罪犯。感谢上帝，当他因为追踪一个显然是有意散布的假线索时，他来到了塔克拉玛干边缘的库车。

　　这个疲惫沮丧的英国人在库车滞留的日子里，很偶然地得知了附近有一座古城，有人还从那里找回了一本古书。可能是出于职业敏感，

漫山遍野的今天

但更多的是一种冥冥中的造化的垂临，这个英国人要来了那本书观看，并在失望之际欲以此作为"到此一游"的纪念而买下了这本书。——这是一本用木板夹起来的桦皮书，共有五十一页，上面书写着神秘的婆罗米文，可鲍尔中尉一个字也看不懂。幸运之神在一年后光顾了这个英国人，他未能完成任务，只带着那本桦皮书回到了印度，并把古书交给了加尔各答的亚洲学会去识读。开始时，亚洲学会的那些专家们对这种古怪的文字束手无策，直到该书被德国裔的英国东方学家霍恩勒博士破解，被确定为是 5 世纪时的手稿时，这本世界上"最古老的书籍"才浮出水面。

可以想象，这本以发现者的名字命名的古书《鲍尔古本》很快震惊了英印学界，整个欧洲世界随后也开始发狂。在这一过程中，欧洲的报纸连篇累牍地报道着这个传奇般的经历，并赋予了它一种神秘的色彩。其实，根本没有几个人看过这本包含了医药、巫术和灵歌等内容的书籍的真正面目，但他们愿意指鹿为马、添油加醋和无中生有。因此，欧洲各地形形色色的博物馆、图书馆和私人收藏家们携带巨款绕道好望角和印度洋，从冰封的慕士塔格峰进入喀什噶尔；也有的乘坐俄国的火车，穿越欧洲腹地到达天山一侧。他们盲目和发烫的眼神逐渐使一个虚拟中的市场成为现实，他们拿着金币吃喝着，好像一群黄牛党。

这时候，一种特定的氛围让伊斯拉姆阿洪这样的买卖人——后来，他成为了我所说的天才的伪造者和卓越的赝品大师——呼之欲出，粉墨登场了。时势造英雄，信不诬也。

值得一提的是，西方世界对遥远的东方一直都有一种蠢蠢欲动的向往和莫名的猜测，这建立在丝绸、瓷器、医术、火药和指南针等一系列神奇产品的基础上。在我的阅读范围内，一则《"祭司王"约翰的传说》是最富有诗意和自以为是的作品。这里不妨摘录一些，以佐伊斯拉姆阿洪在当时的横空出世、势在必行。

传说曰：对十字军东征时代的欧洲人来说，亚洲是一片巨大的、未知的土地，是一张充斥着想象与传说的地图。普雷斯特·约翰的传说就记录了欧洲人各色各样的想象。

据传，普雷斯特·约翰是一个信奉基督教的国王，居住在东方的某个地区。他不仅异常富有，而且指挥着一支强大的军队，这支军队将去援助在圣地与撒拉逊人作战的基督教徒。

"普雷斯特"意为"祭司"，人们相信约翰既是祭司又是帝王。他最早是在德国主教奥托的著作中被提及。

奥托写道：1145 年他遇到一位叙利亚主教，这个人向他讲述了一位名叫约翰的国王的全部情况，他信仰基督教，住在比波斯还远的地方。根据奥托的记载，约翰曾打算去耶路撒冷与基督教十字军并肩作战，但是，他无法让队伍渡过底格里斯河。所以，在河边盘桓了几年之后，他"被迫回到故乡"。尽管普雷斯特·约翰在渡河这件事上所表现出的缺乏机智可能令人失望，但是一想到在遥远的撒拉逊人的土地上的某个地方，还有一支潜在的同盟军——这个同盟者可能很快就会在后方给穆斯林军队以重创——欧洲人就心情振奋。但是直到1165年，普雷斯特·约翰才再度被人提及，据称，当时约翰本人的一封亲笔信开始在欧洲各个宫廷和城市之间流传。信有大约十页长，大都是关于普雷斯特·约翰的显位、财富和虔诚的自夸之词。

普雷斯特·约翰声称，大约有七十二个国王及其王国处于他的统治之下。事实上，他确实不同于一般意义上的统治者，甚至他的厨师和男仆都由国王来充当。他的王国里有通天塔、不老泉、一条散布着宝石的河流、一群高超的骑手、一块属于女战士的土地和其他许多稀奇古怪的事物。但是，他的王国里并未滋生酒鬼、骗子、盗贼或无赖。约翰拥有成堆的黄金珠宝，他的宫殿的前边立着一面魔镜，从镜中可以观察到他所统治的所有区域。他是强有力的战争领袖、一个公正而强硬的统治者，也是世界上最伟大的君主——当然，他也比其他任何基督教徒都更为恭顺。

所有这些都强烈地吸引着西方。

约翰的信被用十二种或更多的欧洲语言翻译出来，这封信数以百计的复制稿在人们手上传递。1117年，教皇亚历山大三世给约翰回了一封信，回信的复制稿被保存了下来，但是没有一封上面有地址，因为甚至教皇本人也不得不承认，他也不知道到哪儿才能找到这位神秘、强大、信仰基督教的君王。由于缺乏事实根据，当时的地图绘制者和地理学者便只能加以猜测。

最初，大部分人认为约翰的王国在印度某地，这可能是把传教士圣托马斯混淆进来了。此后，人们又认为约翰的王国在中亚细亚某个未标明的中心位置上，这种猜测是基于那些地区存在着聂斯托里和亚美尼亚的基督教组织。到 14 世纪，大部分欧洲学者已放弃了该王国在亚洲的猜想，而是乐观地将约翰置于阿比西尼亚或埃塞俄比亚等非洲王国，这些王国确实是被基督教徒所统治。到 16 世纪末，约翰的王国甚至出现在了某些荷兰人和德国人绘制的非洲南部或东部的地图上。

　　1165 年的信出自何人之手，学者们对此从无定论，而且像美洲的伊尔多拉多这个传说中的黄金城市一样，约翰的王国也从未被人发现。像伊尔多拉多一样，它是一个幻想，是一个吸引着许多探险家和冒险者的迷人幻想。15 和 16 世纪，葡萄牙人绕过非洲到达印度乃至更远的地方，葡萄牙人做出这一航海壮举，部分原因是当时人们仍普遍相信，一个强大的基督教国家——普雷斯特·约翰的王国——正在东方的某个地方等待着人们去发现。

　　鲍尔中尉的功勋，就建立在欧洲人这种厚积薄发的幻想上，他被封为爵士，在伦敦和巴黎等地频频发表演说，著书立说。他的那件追凶之事后来有了戏剧性的结局，在这里不能不提。在中亚细亚名城撒马尔罕，鲍尔中尉最主要的两个手下竟然在集市上与凶手意外遭遇了。双方在游逛中无意地同时抬头一望，英国人的土著间谍发现对面站着的那个人，正是他们苦苦追寻的阿富汗的杀人犯。

　　一本毫不起眼的破烂古书居然让一个尉官一夜成名，这使在印度旁遮普邦当学监并任拉合尔东方学院院长的斯坦因心急如焚。几年后，因为斯文·赫定在中国和阗（今和田）的发现使 19 世纪末的欧洲再一次震惊，这尤使斯坦因如坐针毡。在世界的目光聚焦于中国新疆南部时，英属印度驻喀什噶尔的领事马嘎特尼和沙俄驻喀什噶尔的总领事彼得罗夫斯基，以及英国军官扬·哈斯本（即荣赫鹏——英军侵犯西藏的主谋之一）频频向欧洲散布在塔里木地区不断发现古代文物、文书和大规模的古代遗址的信息。

一时间，从地中海沿岸到圣彼得堡，从英伦三岛至奥什车站，那些野心勃勃的欧洲年轻人都将新疆南方看成是"流奶与蜜之地"。

我之所以不厌其烦地叙述这些情景，是准备让伊斯拉姆阿洪的出场，伴随一个深刻的背景和一阵响亮的锣鼓声，伴随这种开场白走向前台来的，即是那些手握金币、满脸欲望的探险家和收藏家。可以说，伊斯拉姆阿洪不得不进入这个珍贵的角色。一个寂寂无名的江湖巫医，从此在斯坦因的著作中站到了"不朽"的行列中。这是一种幸运，还是一种逼真的讽刺？

我行使了一个小说家的特权，试图探究其中的奥秘。

当时新疆南方的富庶和印刷业的发展水平，无疑为伊斯拉姆阿洪的伪造工作提供了一切物质条件。漫长的日照和干燥的气候，使植物的纤维变得柔韧有力，用它制成的纸张如丝绸般光滑。况且，在 19 世纪末期，中亚细亚的木版印刷水平中尤以喀什噶尔地区为最高。在席卷中国南方的太平天国运动失败后，北京的清廷忙于休养生息，一场变法与守旧的冲突即将拉开血腥的帷幕，而处于天高皇帝远的喀什噶尔一带，伊斯拉姆阿洪的心理秩序必然宽松任性，他天才般地预见到了这个市场，并积极投入到自己秘密建立的坊间，源源不断地为欧洲的购宝者生产出一批又一批的所谓古代文书。

这些赝品通过各种渠道，流入到了欧洲一些博物馆、图书馆的书架上，也有一些摆在了专家学者的案头，让他们皓首穷经、缘木求鱼和困惑惊讶。

在这一具有喜剧色彩的欺诈中，不能不提到几个人的推波助澜。

首当其冲的是德国裔的东方学家霍恩勒博士。他因为此前成功地识读出了《鲍尔古本》而声名大噪，无可辩驳地成了19世纪末中亚细亚古文字的首席研究家和发言人。正是此人对伊斯拉姆阿洪制作的那些赝品的无保留的夸奖与肯定，才使后者的赝品贴上了"免检"的标签。他的糊涂害自己同胞损失了钱财，也使自己昏聩不堪、名誉受损。

另一个人则是英国驻喀什噶尔的领事马嘎特尼先生（他有一半的中国血统，汉名马继业），在长达二十八年的驻外生涯中，他一直尴尬地留守在喀什噶尔（世界上离海洋最远的地方——斯文·赫定语）这个职位上。在打理业务之余，他常常花很多的时间来收购散失在民间的一些文物，寄给加尔各答或英国的一些研究学会。不可避免地，他和伊斯拉姆阿洪的某些赝品遭遇在了一起。他成了这个伪造者一个忠实的"传声筒"和某种意义上的"保护伞"，而伊斯拉姆阿洪则使他成为所有购宝者中最炙手可热的人物。他收集的文物不仅数量最多，品相和质量也看起来最好。按霍恩勒博士的要求，每件文物一定要说明来源和出土的地点，而这项工作被马嘎特尼一劳永逸地包揽了——他独自杜撰了大量的细节。

有时候，文化就是披着政治的外衣畅行于世的。

粗略算来，这个庞大而系统的伪造工程，制造出了多少"可歌可泣"的垃圾啊。在持续十年的时间内，每个到喀什噶尔附近寻宝的人，都掉进了伊斯拉姆阿洪的圈套里，他的"作品"几乎遍布于印度和欧洲所有主要的博物馆和图书馆。伊斯拉姆阿洪获取了大量的金钱，他可以说是当时中亚细亚最成功的商人和最有头有脸的巴依老爷了。

但是，只有斯坦因除外。

他的野心使其保持着超常的警醒和分外眼红的嫉妒感。他想做那个"皇帝的新衣"前毫无顾忌的孩子，他想大声喊出——

在《沙埋和阗废墟记》中，这个志得意满的博士如抽丝剥茧般地将伊斯拉姆阿洪的伪造生涯翻了个底儿朝天。后者的声誉日益坍塌并落花流水的时候，正是博士先生逐渐将自己的聪明才智垒砌到高峰的一刻，他是一个荣誉的泥水匠。好在，伊斯拉姆阿洪迅速招供了自己的一切，至少在斯坦因的著作中是如此，将这些片段的蛛丝马迹予以清理，就可以整理出一篇相当精彩的对话。——在以新疆喀什噶尔为坐标的几篇虚构小说中，我试图这样做了，我打算用这样的对话给人物以丰富的血肉和想象的余地。我的小说依次是《篡改》、《秦尼巴克》、《1898年喀什噶尔大事记》和《伪造者》(已陆续刊发于《十月》2001年1期、《红岩》2001年3期、《长城》2002年4期和《长城》2003 年 3 期上)。

斯坦因以一种扬扬自得的口气写道:

"核对了保存在喀什噶尔的记录,以及许多单个证明人的证词,在很多重要情节上,证明伊斯拉姆阿洪以后的证词是完全诚实的。他具有非凡的记忆力,从霍恩勒博士报告中的许多照片图版上,很快就认出了自己生产的用"无名文字"刻印的版本样品……"

据此,可以窥见伊斯拉姆阿洪伪造生涯的每一个阶段了。

1895 年,当伊斯拉姆阿洪第一次生产出这种"古书"时,他就顺利地售出去了。那本作为试销的书,据说是摹写了从丹丹乌力克出土的真正"手抄本"散页上的草书婆罗米字。这个天才的伪造者,这个充满了想象与激情的混蛋,这个天真的文盲集团的首领,在最初的阶段制造出的赝品精致巧妙。虽然他们自己对那些神秘的文字一无所知,可它们却成功地欺骗了欧洲的学者和专家们。于是,第一次的喜悦和汩汩而来的金钱,深深地鼓舞了他们,但这样手工抄写的效率并不能让他们满足,他们开始进入了流水线一般的大规模的伪造工业中。这就是木版印刷术。

据斯坦因经过对版本的分析发现,这些随心所欲创立出的文字,在同一个时期的大英博物馆中达到至少十二种之多。伊斯拉姆阿洪达到了他事业的辉煌顶峰,尽管在他的作品中漏洞百出,比如那些伪造品在形式上千篇一律、字体显出很大的差异,而且在字体大小、笔画粗细上也有层出不穷的破绽——这为他最后的暴露埋下了伏笔。

漫山遍野的今天

　　当然，斯坦因在得意之时，还不忘讥讽一番他的偶像和以前尽其所能追随模仿的先行者斯文·赫定。他在同一本书中写道：刊印在斯文·赫定博士的德文版著作《穿越亚洲》上的"古代和阗手写文书"，可以说是（伊斯拉姆阿洪）这个工厂晚期比较粗糙的产品。——而此前，斯坦因却是像怀里揣着《圣经》一般，揣着斯文·赫定的书进入了新疆南方的。这时候，他可能已经预感到，自己终于可以和斯文·赫定比肩而立了。

　　斯坦因终于取得了一份"被告已供认不讳"的证词。他夸张地说："我得知并可告诉欧洲的学者们，在整个调查过程中并没有使用东方式的拷问方式。这一点确实令人高兴。"但刚刚开始时却不是这样，开始时，斯坦因说："漫长的两天，我感觉到似乎是呼吸着印度审判庭的空气。"

　　伊斯拉姆阿洪以一种很坦率的方式，彻底说出了自己所有的秘密，他津津有味地讲述了为给欧洲的那些探险家和收藏家们，提供源源不断的"手写文书"或"刻版印刷"的需要而伪造仿古纸张的过程，以及看来像是旧纸的方法。伊斯拉姆阿洪说："用胡杨树胶把生产好的纸张染成黄色或淡褐色，树胶溶解在水里，便可成为染色液……当染过色的纸张写上或印上文字后，再将之挂在壁炉上方使之烟熏成特有的古纸色泽。当然，这种熏制法偶尔不慎也会熏焦或烧坏，带着这种明显痕迹的一些'古书'曾运送到加尔各答。稍后，我们就把这些书页装订成册。后期的大多数产品，采用的是仿欧洲式的装订方法，但很粗糙而不恰当（往往使用铜钉或纸捻），这当然会使人有理由对它的真实性产生严重的怀疑。最后，已经制成的文稿或书本，要在纸页之间再撒上细沙土，使它们装扮成好像长期埋藏过的样子。"

斯坦因补缀道："我清楚地记得，1898年春天，在检查克什米尔一位收藏家的这种赝品之前，曾不得不使用衣服刷子。"

为了继续给自己的智慧方面增添新的证据，斯坦因以一种自夸的口吻说："根据我沙漠考察所获的成果，即使伊斯拉姆阿洪拒不坦白，已足以处置至今所知的所有赝品。我从丹丹乌力克和安迪尔发掘出的古代文物以及根据由沙漠中所获得的普遍经验，使我很容易辨别出真品与伊斯拉姆阿洪制造的赝品，这就揭穿了古代遗址曾向他提供文物的无稽谎言。"——在这里，伊斯拉姆阿洪伪造集团的知识缺憾成了他们致命的毛病。他们太随心所欲了，他们照猫画虎的涂鸦方式并未能掩盖自己文盲出身的底层命运。况且，喀什噶尔当地中国政府的按班大臣潘效苏的那一套刑具也在冥冥之中散发出森严的冷气，因为他们差一点儿破坏了"外交关系"。

有时候，叙述会走上歧途。

在这些蛛丝马迹中，有一点是不容忽视的，即斯坦因博士在这件事上的贪功之嫌。因为最早开始怀疑伊斯拉姆阿洪赝品真实性的，是一个长期在喀什噶尔面壁布道的传教士亨得里克。此君在中亚细亚留驻经年，在风起云涌的"淘书热"中也开始操持此道，并频频和远在印度的霍恩勒博士书信往来，探讨一些有关信仰和宗教方面的心得体会，也对霍恩勒博士佩服有加。他对自己的祖国贡献不薄，在斯德哥尔摩的瑞典国家民族博物馆中，就陈列着他搜集的大批赝品，可那时他并不知道赝品的存在。有一次，伊斯拉姆阿洪上门来推销三册由木版印刷的古书，他还编造了一个奇异的发现经过，说是从一棵枯树的树洞里掏出来的。而在当地，的确有将一些神圣物品藏在树洞中的习俗。正当他们讨价还价的时候，亨得里克的一个土著仆人进了屋子。

他是一个知情人。

这个土著仆人的一个朋友恰好是伊斯拉姆阿洪之子，仆人问他父亲是如何获得那么多的古书时，毫无城府的阿洪之子答曰："那些印本，是我父亲找一个印染（蜡染）棉布、丝绸的工匠，像制印模一样用核桃木刻成木版，然后印制出来的。那些文字是我父亲亲自写在刨平的木版上的。"

亨得里克迅速给霍恩勒博士写信，道出了这其中的真相。

但霍恩勒博士毫不犹豫地在自己的报告中驳斥了传教士这种不负责任的态度。他的最高裁定，遂使伊斯拉姆阿洪得到了一个知音、一次广而告之的宣传；他的地下流水线也开足马力，为他送来唾手可得的大量财富。话说至此，也可以看见知识有时候是多么率性和摇头晃脑。知识扇了自己一个响亮的耳光。

伊斯拉姆阿洪从来就没有过携巨款自首的念头，从来没有。

可他怎么能"供认不讳"呢？

这是一个至今也难以解开的谜，需要再次问问斯坦因博士！

参考书目：

1.[英]马克·奥里尔·斯坦因著，殷晴、剧世华、张南等译：《沙埋和阗废墟记》，新疆美术摄影出版社 1994 年版。

2.[英]凯瑟琳·马嘎特尼著，王卫平译：《外交官夫人的回忆》，新疆人民出版社 1997 年版。

3.杨镰著：《荒漠独行》，中共中央党校出版社 1995 年版。

青海湖上

冷本才让坐在青海湖边的草地上。

他已经有 87 或者 103 岁了，反穿的那件羊皮袄使他看上去像一只羊。

冷本才让手里抱着一只酒瓶，瓶口里插着一根草秸秆。有时候他含住草秸秆嘬上一口酒，然后眺望海面；有时候他抓起一只羊骨头的朵拉（转经筒），诵念起来。

唵。嘛。呢。叭。咪。吽。

他的眼屎挂在眼角，嘴角上的白沫泛着干燥的渣粒和白光。他好像坐了有一个世纪多了。

更多的时候，他像石块，垒着。

他的羊在身后高高的山坡上吃青。青海湖边上是堆起的湟鱼的尸体。人们把"六六六粉"撒在草丛里灭鼠，雨水又把药粉冲进湖水，捉住了鱼群。

冷本才让坐着、喝着。

风从天堂般的水面上吹过，犹如心旌。

冷本这时候看见了湖面上一支华丽的马队，吹拉弹唱着从水面上走过。队中一架华丽的马车上是一个唐朝装束的女人，脸面像一只漂亮的母羊羔。

冷本每天都看见这队人马从水上走过。

恰好是日升中天。

冷本说，噢，那是文成公主的马队。她要入藏，和松赞干布大爷成亲。

像羔羊一样的女人呀。

冷本看到马队时，就要喝上一口酒。——青稞酒在舌面上跑过，犹如草地上一筐子的鲜花在奔跑。

冷本是黎明出来的。

他坐着喝了整整一个世纪，等他回家时，两三瓶酒没有了。

夜晚的湖水也像草地一样。

星星们挤成一团，坐在破羊圈里。

冷本的家不远。一座泥坯的小房子卧在山冈上。冷本的院墙不是草泥糊的，而是一只只酒瓶垒起来的。瓶口向外，墩厚的瓶底把院子围得严严实实的。

羊圈也是瓶子围的。

羊不能吃亏。

一只羊要换几十瓶酒哩。

这个玻璃的院子，是冷本整整一个世纪喝下的。他有时不免骄傲。

冷本是个鳏夫。

夜里没事可干。羊们都安静地入睡了，青海湖上仿佛罂粟花般的

漫山遍野的今天

香气吹来，沁人心脾。

青海湖上，酒瓶飘飞。

冷本喝着，诵着经。夜深了，他蹒跚着趴在围墙的酒瓶底上，朝外张望。夜光使酒瓶发出阵阵碎芒，酒瓶把微明聚拢起来，可以透视远处。

冷本望着水面。

他看见夜晚的青海湖面上，疾驰而过的一列马队。马队上的兵卒们手里高举着刀戟斧枪，胸前的圆圈里是一个大大的"兵"字。

长辫子飞动着。

马队估计有好几百万人，天天晚上都跑不到尽头。

冷本悄悄地喝酒，不敢弄出声响。

酒气像日光下沸腾的羊圈。

春天的一个夜晚，我去拜访冷本才让时，他偷偷地问我——

"康熙的队伍怎么还没完呢？他们是去唐古拉山里打雪豹吗？"

我说：

"是的！"

复仇

我和扎西、琼坐在草原深处喝酒。

草原远在一堆高耸的寺庙和祭台深处，打马而过的人们，以及转经前往夏季牧场的部落与羊群，总会在这里盘桓数月，念经祈祷。

琼是扎西的新婚妻子。

我们三个，一块儿喝着土制的青稞酒。

一堆空酒瓶。

事实上，此刻透过窗子望出去，一面斜耸的山坡上毡帐如云。它们像密集的鸟群，模糊而杂乱。

夜幕四合时，窗外有传唱的声音。

我们是坐在一家回族饭馆里喝酒吃肉。在高原，精于生意和吃苦的回族人，首推的生意是饮食。

黄焖羊肉。手抓饭。干炸羊腰子。

羊尾巴油。羊肋骨。清水羊杂碎。

屋外的高音喇叭里，一位藏族老人哀婉冗长的三弦弹唱声，使这顿饮食功课美不胜收。

灯光低悬着。

琼、扎西，和我。

我们三个在薄暗里喝酒吃肉。

但那个人终于找来了。

"呕……喳……你一刻也不让我消闲，像狗一样地闻着找来哩。"
扎西说。

"啊是！"

"价，过来吃上些肉，别客气。酒，价你也喝些。"扎西又说。

"仇，还莫报哩。"

——那个人站在灯影之上，肮脏的腰带上插着两把银饰的腰刀。
手握在油光的羊骨头刀柄上，浑身酒气。

"价，先吃上些肉再说。"扎西道。

"仇呢？报过了再吃。"

"颇烦着（郁闷、烦恼），颇烦着。我来了一个兰州的朋友，不容
易价。我和我的朋友喝个酒，你就来颇烦我着。"

"我，心里也颇烦着。"

"价，我给你介绍一下。这是兰州来的诗人叶舟，我的，朋友。"

"价，莫听说过着。"

"我的朋友在哩。价，我陪着喝个酒，你价一个劲地颇烦着。"

"仇，先报过。"

"颇烦着，颇烦着。价，这个仇把我的酒和我的朋友干扰着。心
里嘛，价要落下个病根根的哩。"

"仇要来哩，不是我要来哩。"

"价，我倡议一下，你把我的媳妇子领去。价，你两个去报仇去。我要好……好好地和我的朋友喝上一下子。"

"成!"

窗下响起了一阵杂沓的傲慢蹄声，由近及远，几至模糊不清。琼在下土楼梯的时候，对我咧嘴笑了一下子。她的笑仿佛在说，那一碟子手抓羊肉凉了，再炒热了吃。

扎西继续和我喝酒。

扎西边喝酒，边和我说起他打猎的事情。——后来我才搞明白，他的那些打猎的历险故事，其实不过是在黎明时分，从公路上扛回来一具具夜间被飞驰的卡车撞死的动物。有些还是国家严令禁捕的珍稀动物，但它们是被汽车撞死的，就该闭嘴。

一地的空酒瓶子了。

扎西还要喝。打烊的哥哥单腿睡在隔壁的一根条凳上，呼呼作响。

夜幕下，那老人弹唱的是《格萨尔》片段。

那个复仇的人又来了。琼没来。

他站着，不吭声。

"仇，报过了没有?"扎西问。

"她喝醉了，像一只乖母羊。"

"颇烦着! 价，我和我的朋友喝个酒嘛，价有人颇烦着哪!"

"仇，报过了再喝。"

"价，这么办吧，我觉得颇烦了。"

扎西从屁股后面，抽出了一把锐利的藏刀，捋下袖子，在自己的胳膊上哗哗哗剌了三道口子。

血一下涌了出来。

"颇烦着。价，我的朋友心里落下个病根根了，酒莫喝好着。"扎西说。

"仇报过了，算了。"

复仇的人依然立在灯影之上，这使盘腿坐在炕桌前的我看不清他的脸。他站了一会儿，喉咙里嘟哝了些什么。

扑腾一声，他也盘腿坐了下来。

他用牙咬开了一瓶酒的封口，嘟嘟嘟地喝了起来。末了，他也抽出刀，像扎西那样，在胳膊上割了起来。

但他只割了一道口子。

随后，他举起一扇羊肋排，兀自啃吃起来，边嚼边与我和扎西碰杯。

酒瓶碰撞发出刀子断裂的声音。

他叫尕藏。

尕藏说："颇烦着，颇烦着。不报么，仇要找来哩；报么，好朋友在这里坐着哩。价，让人颇烦着！"

三个人喝至天亮，梦见佛光。

婚礼

尕旦和我骑马走进了草原深处。

这是秋天的日子。

天空粗糙。

　　大地雍容。

　　　鹰在疾驰。

马背上披着锦绣斑斓的被面，在日光下反射着斑点。草原辽阔，在绿色的毡毯上，那几幅彩色的被面很夸张，也很耀眼，据说那是杭州的丝绸做成的。它们是送给才旦的新婚礼物。

才旦是一个酒鬼、一个草原的好骑手、三个孩子的父亲。

他还是我和尕旦的朋友。

这样说的意思是，我和尕旦其实也是酒鬼。——两个月前，我接到了才旦捎到兰州的话，说他要和那个狐狸长相的女人结婚了，要我到草原深处和他好好喝一杯。我爽快地答应了。我先是坐火车，然后坐了三天的长途班车，最后雇了一辆"三马子"才找到了尕旦。我们换上了两匹大马，在起伏的山峦上走了八天。

明净的秋天在草原上奔驰，我们好像迷失了方向。

方向是才旦指的，可他现在已经烂醉如泥，歪歪斜斜地耷拉在马背上了。他早就醉了。

他的怀里，仍旧戳着几只青稞酒的瓶子。走马散漫地徜徉在草原上，他也散漫地捏住瓶子往嘴里浇灌。他像一个消防队员。他一直在浇灌着自己。

雄鹰在头顶徘徊，像一把匕首搁在天上，明晃晃地发光。

马蹄惊起了几只蝴蝶，像光斑一样烁闪。它们落在了锦绣斑斓的被面上，误以为那是一束束鲜花呢。

尕旦嘟哝着说："喔，一个酒鬼要改邪归正了，一个酒鬼要放下酒罐子立地成佛，一个酒鬼要在这个秋天给自己一些想头了。你会相信吗？"

我纠正说："他都让那个狐狸长相的女人生了三个娃娃了，他非要娶她啊。否则，他能算一个好酒鬼么！"

尕旦"啧"地一声，很不满地批判我说："屁！都是别人帮他生的。那几个娃娃里有客人们帮他的，也有干部们帮他的。你没帮他吧？"

我脸一红，很泄气地说："我怎么可能呢，我们是朋友呀！"

尕旦没理睬我的信誓旦旦，笃定无疑地说："你肯定帮了忙了，谁让你是才旦的朋友哪！你一定帮了忙了，我才不信你说的那些醉话。"

我没再吭气，信马由缰地在草原上颠簸。我知道尕旦醉了，醉汉的话是不足一驳的。

——远处的山冈上，经幡在飞。煨桑的淡蓝色烟雾，在天空中慢

第
一
辑
　
内
陆
高
迥

慢洇开。草丛里跑着一些灰褐色的鼠兔，它们发出短暂尖利的惊叫，原因是老鹰把影子撂在了它们的头上。

尕旦和我已经迟到了好几天。

可我们并没有把鞭子撂在马背上。马是无辜的。

草原上的婚礼一般要进行十几天，大家白天围在锅灶边吃肉喝酒，晚上则会围着一堆篝火跳锅庄。在暗淡的夜空下，那些女人们身上的银饰就会发出叮咚的响声，这说明她们跳到了兴头上，而男人们会无一例外地醉倒在帐篷周围。

尕旦和我，走在草原上。

仿佛两只旧麻袋似的，我俩早就疲倦不堪了。

竟然，翻过第九座山冈时，我看见才旦坐在一堆嘛呢石旁边。他的面前是一块绣花的毛毡。毡上摆放着香炉、肉疙瘩、银碗和一把刀子。才旦好像是在等谁，见到我们的时候他一脸的茫然。他举手，做了一个朝拜的动作。

很显然，他已经烂醉如泥了。

可他还是对我笑了一下，伸手把我抱下了马背，替我掸了掸身上的灰尘。

他撕下了一小块干肉，喂进我的嘴里；又从一只皮囊中挖出来一小撮酥油，抹在了我的脸颊上；最后，他干脆把一银碗青稞酒端给我，要我一饮而尽。

　　没有退路了，我接过来，径自灌进了自己的胃里。

　　我对才旦说了一些祝福之类的话。他根本就没听进去，又给我盛了一碗，命令我一饮而尽。

　　酒像一股火焰。跑进了我的身体内。我在一瞬间被点燃了。我把几块被面披在了才旦的身上，又对他说了一些似是而非的祝福话。孰料，才旦却用手阻止住我，样子很满足地说：

　　"现在么，我们公平了。你看你一下子就喝大了，你的酒量这么差劲了，你这样喝大了，你才不会糟蹋我，你就不会再笑话我了呀。"

　　才旦又说："我在这里，堵了你们几天几夜了。你们终于来了哦!"

　　　　清晨的太阳照在石崖上，

　　　　红石崖如屹立的神像，

　　　　那是佛一样的客人到来的象征。

　　　　中午的太阳照在河水中，

　　　　洁净的水如神圣的供品，

　　　　那是供品一样的客人到来的象征。

　　　　下午的太阳照在草滩上，

　　　　草原像开满鲜花的藏金莲，

第一辑　内陆高迥

　　那是花一样的客人到来的象征。

　　才旦一边唱着迎亲的曲子，一边拿起青稞粒和五谷杂粮，撒向天空。

　　这时候，尕旦从马上一头栽了下来，仿佛一只凌乱的麻袋砸在了地上，很不争气。我本来想上前扶一下尕旦，可我浑身像一团棉花那样柔软不堪。日光太亮了，地上逶迤而来的酒气，让草原变成了一座沸腾的马圈。我一软，就跌倒在了一堆青草上。

　　尕旦和我，像两只打开的麻袋那样横陈于草丛中，知觉全无。

　　我们睡了有三天三夜。

　　才旦在我们酣睡的时候，独自一人坐在那一方毡毯上喝酒。他边吃着酒肉，边醉眼迷离地唠叨说："你是我的朋友，你那么老远来参加我的婚礼，我心里过意不去得很呀，我自罚上三碗吧！我一定要自罚上三碗，你们别劝我呀！"

　　我和尕旦谁也没劝他，一任他像草丛下的溪流那样，漫无目的地流淌。

　　我们睡了有三天三夜。

　　才旦自罚了三天三夜。

　　最后，尕旦、才旦和我好比三堆未点燃的粪火，一直沉默了有三天。

　　而那三天，在草原深处的帐篷群里，一场火热的藏族婚礼正如火如荼地展开，就连机灵的藏獒，也没有嗅出我们的一丝踪迹来。

　　三个神秘的酒鬼，让草原深处挂念不已。

打猎的故事

喂，你想打猎吗？

你想扛回去一匹唐古拉山里的雪豹吗？

呵呵，那你跟我到动物园去！

——夜晚的星星们，像一包袱突然抖搂出来的玛瑙，从那曲的天空中照耀过来。其实，那不是星星们发出的光，而是雪山反射过来的透明的夜色。仁青扶着我走出了一家酒馆，步履踉跄地呕吐着。

他身上藏式服饰的图案中就有一块豹皮。

那些神秘的花纹可能启发了他。于是，他邀请我到动物园里去打猎。

那曲那边的草原上，正在举办"恰青"（赛马）大会，整个藏北的帐篷们都游移向那曲。这种情景我只有在甘南的桑科草原上见过，可那次是六世贡唐仓佛爷举行的灌顶大法会，没理由不多啊。这次不一样，草原上骑马的好手都走了，就连著名的瘸子，也在半个月前坐着一辆牛车到那曲凑热闹去了。

小城里似乎只剩下了仁青一人。他没理由不喝大呀。

仁青已经吐了有一夜了。

他的胸襟前，挂满了绿色的胆汁。

第
一
辑
　
内
陆
高
迥

　　我们一起走出了一家酒馆，在狭窄的街道上张望了半天，可没有一辆头顶发亮的出租车开过来。后来，我们索性互相搀扶着，在地上踢着石头和废旧的瓶子，大声唱着一些模糊不清的谣曲，往动物园的方向上挺进。

　　仁青说："你这个糟糕的汉人，你一点儿酒量也没有，你就根本不配做我的朋友，你从兰州那么远的地方上来，我没给你喝够，你回去在兰州一说，让那些人把我笑话死了，草原上的仁青不是一个窝囊废，你这个糟糕的汉人，你居然把草原上的仁青给喝吐了，这样对你有什么好处呀……"

　　仁青说："其实，我不是那个叫仁青的人，我只不过假装了一回仁青罢啦。我的前世是一个牧羊人，那时候，我才十三岁，你信不信？有一天，我赶着羊群钻进了唐古拉的一个山沟里，羊们在山上吃青，我在一个山洞里睡着了，我还做了一个漫长的梦，我梦见一位佛爷站在天上教我说书，我背诵了几天几夜，等醒来以后我一张嘴，我就能说出全本的《格萨尔》了，可那时候我连一个字母也不认识呀。"

　　仁青说："不对，不对！我刚才说的话是骗你哪，我根本不会说书，我也没听过格萨尔老爷的奇迹，那是因为我对不起一个朋友的缘故，我的朋友叫叶舟，他从老远的兰州来找我喝酒，可我没招呼好他，我还喝吐了，我吐得很厉害，我把自己的下水都吐出来了，我这个兰州的朋友扔下我就走了，我可能还打了他，我还嘲笑了一下他的长相，等我醒来，羞得我找了一个老鼠洞藏了几天，我没脸见人啊，我现在一说这件伤心事就要喝大。是呀，我也不能对不起你，你没喝好，那我请你去打猎吧！"

我们一直走到了动物园的后门，在星光下翻墙而入。

——夜晚的动物园里阒寂无人。在漆黑的深处，偶尔会传来野生动物们低低的喘息声。一只高寒地带上的蝙蝠在空中飞行，它的翅膀差一点儿刮在了我的脸颊上，吓我一跳。

仁青蹒跚地往前走，绕过几个黑乎乎的低矮建筑，来到了雪豹的笼子前。

几只蓝得让人忧伤的眼睛，在笼子里晃动不已，披着夜色的雪豹此刻比夜色更黑，鼻孔里喷出的白气逶迤上升，四周传来雪豹柔软的脚步声。

仁青对雪豹问候说："乔带帽（你好）！"

在清朗的星光下，我看见仁青从袍子里摸出了一枚银质的挖耳勺。他跟跄地走到了铁笼子前，轻轻一下，那扇铁门奇迹般地被打开了。

仁青钻了进去。

他的身影和那群雪豹混成一团，漆黑一片。

过了好久，在我惊魂未定时，仁青突然站在铁笼子里，双手抓着粗大的铁栅栏，对我嘿嘿嘿地发笑。他招了招手，似乎是在对我发出邀请。

那些凶猛的食肉动物居然匍匐在仁青的脚下，挤眉弄眼，哑巴似的。

仁青说："我和你一起打猎呀，你说的！"

我想，我的无动于衷可能惹怒了仁青，他伸手对我做了一个下流的手势，那意思好像我是一个天生的胆小鬼。

可我真不愿意糟蹋自己。我坦白吧，我是一个俗人，我不能把自己当成雪豹的一块点心啊。

我准备起身，我打定主意要跑到有饲养员的地方，请求他们帮助把仁青从铁笼子里解救出来，除此之外，我束手无策。他是我的朋友，他现在喝大了，他会为喝大而丢了自己的性命的。

这时刻，仁青却突然开口说话了。

仁青以一种极其鄙夷的口吻说："你不是我的朋友，兰州来的叶舟才是我的朋友，我亏欠下他的人情了，那一次我没好好招呼他，让他一肚子的委屈，我没邀请他打猎，可我现在邀请你了，你怎么能替我的朋友叶舟扛回一头豹子呢?"

说完，他一头栽倒在地上。

那些豹子，竟然像铺盖卷一样依偎在他周围，为他取暖。

他一直睡到了次日黎明。

他在凛冽的天光中揉了揉眼睛，在铁笼子里翻身而起。他走出了雪豹的领地，还给它们说了些什么，我没听清。

仁青看见在铁笼子外满眼焦急、困倦缠身的我后，猛地一愣怔，嘴巴能塞下去一只拳头。他若无其事地对我说："嘿！老哥，你怎么在动物园里呀，你是从兰州来看我的吧?!"

　　我扭头看了看铁笼子里丢三落四的几只玻璃酒瓶子，又看了看仁青明显瘪下去的胸襟，就立刻明白是怎么一回事了。

　　我对仁青说：

　　"对呀，我刚刚下了长途班车，来找你的!"

何谓边地生活

——以兰州为例

2月13日那天是我的生日。夜色深处，一帮酒鬼抬着我，来到黄河北岸的一家酒吧：呼吸。事实上，"呼吸"与北京三里屯和上海新天地的那些酒吧毫无二致，迥异的，也许只是川流的客人，进出"呼吸"的，大多是藏族与回族的小伙子和姑娘，我是汉族，可此刻，我成了少数的一族。醉眼蒙胧中，一个叫丹增的小胖子递给我一杆钢笔，算作礼物，我心花怒放，恭迎入怀，只差给那杆雕饰精美的钢笔跪下磕头了。丹增是闻名遐迩的藏传佛教六世贡唐仓大师（愿佛爷乘愿归来）的小管家，他递送的礼物，是佛爷身边的圣物，我由此沾吉。2月13日那天，亦是佛爷的生日，我立马感觉被一轮光环笼罩着，幸福无比。那天过去十三天后，又是佛爷圆寂三周年的日子，据说，寻访转世灵童的小组正日夜兼程，叩问着那个众人翘首以盼的秘密。

有一个绰号"老羊皮"的人，不久将赴北京办差，他受某人之托，正在四处祷告，欲请一尊佛像。不是一般的佛像，而是用六世贡唐仓大师的骨灰所塑（据说经过了复杂的宗教仪式，世间只有一百尊）。"老羊皮"终于如愿以偿了，他把自己喝大，差点儿阵亡在了酒桌上，在兰州，这是掏出一颗真心的表达方式，他请回来了。如果不出意外，佛像将会被庄严地护送进京，北京的某户人家里，将会香氛缭绕，佛唱高诵。

说这些话的时候，穆斯林群众迎来了他们最重要的节日——宰牲节。按着经上的说法，当初，主欲试探一下易卜拉欣的诚意，遂让他将自己的亲生儿子祭献给主，就在易卜拉欣动刀的一刹那，主显露了至高的神圣，用一只羊将易卜拉欣的儿子替换下来，以此来嘉许易卜拉欣的忠诚。节日来临了，曙光初现时，兰州的大街小巷里涌动着如云的白号帽与盖头，穆斯林群众走进各个清真寺里，赞唱着主的恩德，这是一种气势恢宏的合礼，一个精神凝聚的磁场，如果不是身处其间，你无法感悟到一种弥漫而来的震颤，也无法聆听到那种清水一般流淌的大音。合礼完毕，穆斯林群众就去市场上挑选牛羊，一般来讲，牛羊须是肢体健全、眉清目秀的那种，如果经济条件允许，七人可以合买一头牛，羊则每人一只。宰牲时，一般都会邀请阿訇先诵念一番，然后将祭献的牲畜举念给家中亲人，祈求主的赐福与恩典。在这一天，形状各异的清真寺穹顶闪烁着光芒，一轮新月在夜空里深邃悠远。

说远一点，有一年我在马来西亚，在入住的每一个房间里，我都惊异地看见天花板上有一个绿色的箭头，指示着方向，房间里还端放着一本《古兰经》。后来一打听，才知道箭头所指，乃是圣地麦加的方位，这是给信徒们祷告时用的。兰州亦如此，前年夏天的一个晚上，张承志从祁连山一带漫游莅兰，我叨陪末座，与一群年轻的阿訇和满拉迎接张老师。在餐厅吃到一半时，他们忽然集体离席，在隔壁的一间屋子里做起了功课，那是喧哗的餐厅里唯一一个干净肃穆的房间，用来祈祷，而平时是闭锁的。——我独自一人坐等，那一刻，感觉自己的内心空落落的，没有寄托与方向感。

神圣的信仰，犹如一股股水流，蜿蜒在黄河的两岸，日夜不息。

在兰州，宽阔的宗教仿佛一条河床，牢靠地托举着各民族的心理与期望，而在河床里奔腾的则是世俗的生活，以及简单的日子（用穆斯林的话说，那是浮层的生活）。这也许和兰州所处的特殊的地理位置有关——虽然它处于中国版图的地理中心，但究其里，它是边地；是深处于东方大陆腹地的一座旱码头；它是青藏高原、黄土高原和内蒙古高原交会处的一个起点；一个驿站；一座安详地静卧在层峦叠嶂的褶皱深处的城市。它的日常生活波澜不惊，与其他的城市毫无差别，但在日常生活的内里，则是湍急的宗教，是信仰的走向。由是，它的特点就是边地，是辽远与苍茫，是广袤和神秘，如《旧约》里所说：在旷野上，才会有神明的存在。

——那些洁白如雪的清真寺，以及金瓦红墙的佛教寺院，印证着边地的气息与精神。

黄河穿经水草丰美、天苍地阔的玛曲草原、禄曲草原和舟曲草原，横跨高高的积石山脉，携带着大通河以及源头无数的小小支流上的万千气象：冰山、格桑花、酥油灯盏、嘛呢石、神祇以及群鹰的目光，转身向东——将兰州劈为南北两半。与两岸的风光同驻的，则是泛滥着源头传说与奇迹的河水，以及羊群般美丽的民众们。

漫山遍野的今天

　　兰州成为五千里黄河线上，唯一伏卧在南北两岸的省会城市。像摊开的巨幅书页一般，兰州一路洋洋洒洒地建筑在黄河两岸的滩涂上。兰州是一个微弱的盆地，其地形为两山夹一河，黄河匐匍其间。狭长的地带，随着河水的蔓延几成东西近百里的城市走势，而南北两山的距离则仅有几公里。以兰州为起点，渡过黄河向西，翻越乌鞘岭，就是祁连山雪水养育的千里河西走廊，这也是被史书诗意地誉为"丝绸之路"的贸易大道，玄奘走过，法显走过，班超与霍去病走过，张骞走过。在岁月的深处，它是一条大蒜和玻璃之路，是一条杂耍小丑和茶叶之路，是一条传教士和探险家之路，还是一条战争与媾和之路。当一捆捆丝绸充塞于途时，它把一个叫"契内"（China）的东方古国一下子推到了地中海之畔。兰州以南不远，就是号称"中国的麦加"的穆斯林聚居中心：临夏（旧称为河州）。再往南，则是地处青藏高原北翼，被称为"藏文化三大板块"之一的安多地区（其余为拉萨地区和昌都地区），藏传佛教的最高学府——拉卜楞寺就位于安多的中心区域：夏河。兰州西南二百多公里远，坐落着藏传佛教著名的塔尔寺，它是格鲁派（黄教）创始人宗喀巴大师的诞生地。兰州以北，穿越毛乌素沙漠与戈壁，便与内蒙古接壤，藏传佛教的寺院也在草海之中绰约隐现。兰州以东，是黄土高原和汉文化积淀最深的地带，越过古秦州天水，就是秦砖汉瓦、飞檐高悬的古都长安。

　　在西北偏西，当古老的落日、孤烟、驼队、流放和异族语言消失在兰州以西的中国西北腹地时，兰州这个旱地的码头，也同样消失了河上的舟楫、船帆以及过去青铜般的旧时光。而今，兰州的旧城遗址已经荡然无存了。在范长江笔下那个破烂如城堡，肮脏蛮荒、民风淫荡的旧日城池，仅剩下了诸如西关、南关等暧昧不清的公共汽车站名了。

在兰州北山嶙峋壁立的山岩上，金城关的碑体赫然耸立。——兰州，旧时称为金城，而扼守黄河兰州段的则是这个险象环生的著名关隘，它是历史上雄关之一，唐代诗人岑参在《题金城临河驿楼》一诗中吟道："古戍依重险，高楼见五凉；山根盘驿道，河水浸城墙。"金城关一带以穆斯林为主的兰州土著居民为多，站在南岸，远远望上去，在一面缓缓隆起的山坡上，是黄泥色的土屋，低矮陈旧，散发出沧桑之情，而在这颜色单调如一的一排排泥屋之间，散落着无数座造型各异的清真寺院，高挑的新月和浑圆如盖的叫拜楼分外明亮。

我总爱在黄昏时分来到河边，那时，巨大的落日垂临水面，将闪烁的碎银洒满河道，山体通亮。河风吹拂，一日的功课行将结束，而对生活的感念才刚刚开始。黄昏时分，每个清真寺的叫拜楼上，总有一个浑厚如钟的嗓音在呼唤，在召集每个信徒来聚礼祷告，那种訇然如磐的大音，仿佛天堂的独白。

在金城关下，黄河缓逝，水波不兴。现在，还能看见用于特色旅游的羊皮筏子。穆斯林群众将羊皮从颈部完整地剥下来，缚住头尾和四蹄，用嘴将其吹得滚圆油光，再用牛皮绳子扎紧。四至七个或更多的羊皮气囊被搭扣在一起，就成了一架羊皮筏子。它轻巧快速，易操

漫山遍野的今天

作，犹如穿行在空气中，远远看去，像一群羊奔跑在发黄的河面上。
范长江在《中国的西北角》一书中，曾描述过兰州羊皮筏子的盛况。
他说，在几百只羊皮气囊组成的舟阵中，躺在筏子上成堆的货物里，
轻翻书卷，目光平稳。在早年黄河两岸还没有一座桥梁飞渡的日子里，
羊皮筏子是往来的唯一工具。它还是重要的运输方式，将货物和土特
产运至下游的各个码头。坐在筏子上，可以听见在河心里筏客子们嘹
亮的歌声——

> 黄河沿上牛吃水，
> 牛见了鱼儿（者）跑了；
> 端起饭碗想起了你，
> 吃哩么没吃（者）饱了。

> 俏阿哥干活（者）口渴坏，
> 想你（者）后园里找来；
> 尕妹妹好像是嫩白菜，
> 一指头弹出个水来。

是的，需要说说日常的生活。大约一百多年前，一位叫马保子的
人挑着面食担子，走街串巷地吆喝着，就是这个名不见经传的人，发
明了日后享誉全国的兰州牛肉拉面。如今，兰州人一天的作息是从早

上的一碗牛肉拉面开始的。黎明即起，在大街小巷的拉面馆前，人们捧着一只只海碗，蹲在马路牙子上，有的吸溜吸溜地进食，有的响亮地擤着鼻涕，这是兰州最奇特的画卷之一。一碗拉面下肚，一般会奠定人的信心，姑娘们的牙上沾着一块韭菜片子，毫无顾忌地大笑，小伙子们则敢杀上任何酒桌，一直狂拼到晚上。兰州人出门在外，对家乡的赞许一般都集中在三样东西上：《读者》、敦煌、牛肉面。

这里的饮食都是粗线条的，在广东粤菜和四川麻辣产品大举北伐之下，兰州本地的特色越发凸显出了它的粗犷与直率，其代表作就是手抓羊肉。清水里煮熟的羊肉块，不带任何调料，吃时，佐以大蒜瓣和椒盐，越是肥腻腻的肉块，越能吸引食客的胃口，饭毕，一杯盖碗茶（计有茶叶、冰糖、枸杞、桂圆、红枣、葡萄干等等）长驱入肚，唇齿留香，回味无穷。据说，现在兰州一天的羊肉消耗量在上千只左右，信不诬也。在一个风雪交加的深夜，我骑车路过中心广场，一个反穿皮袄的挡羊娃，赶着上千只羊横穿广场，我不明白这些披风挂雪的羊群要去哪里，遂好奇地问了一句。挡羊娃回答说：

"去肉铺！"

"去挨刀子！"

兰州市民的生活是散淡的，在写字楼与机关之外，在模特大赛和人体摄影展之外，在苏宁电器进驻和舌头乐队的摇滚演出之外，是兰州人温吞水一样的不紧不慢，他们经常说的口头禅是：天塌下来，有高个子顶着呢；或者：黄河里扔石头，多少是个够呀？一天上午，我

漫山遍野的今天

看见一位大妈对另一位叫嚷说："来，王妈，过来吃个纸烟，晒个日头，扯个是非来。"情人节那天，我看见一群靓丽的女孩儿左手抱着一捆玫瑰，右手拿着一把把麻辣串，站在寒风凛冽的街头，吃得不亦乐乎，她们的男朋友肃立一旁，脸上充满着毛遂自荐的笑容。

也有例外，这种散淡的性子，有时候却表现出了虚幻与暴戾的一面。

这与兰州这个微弱的盆地有关。一到冬季，气流不畅，工业污染和生活废气在盆地上方形成了一只"锅盖"，举目望去，兰州人的视野屈指可数。前几年，兰州人决定做一回愚公，移掉东边的一座大山，让南方的暖湿气流进入，结果，那座埋葬了数万亡灵的公墓被连夜搬迁，可那山至今仍耸立着，像一个巨大的笑柄。水均益曾经在《焦点访谈》上批评过一回兰州的污染，但本地人没给他脖子（没理睬），原因就是小水是地道的兰州"沙果子"（当地水果），他没那个权力，家丑是不能外扬的，胳膊肘子也不能往外拐。兰州的小伙子经常嘲笑外地人，说他们吵了一个下午的架，居然没动弹一下指头，白当男人了。话语里带着轻蔑。这样说的意思，是兰州小伙子只用拳头解决问题，三七不对（意思为情况不妙），就有砖头和刀子伺候。在电影《新龙门客栈》里，一身绝技的张曼玉差一点儿被一个屠夫给削成肉片，烤了羊肉串儿，那个屠夫说的便是一口地道的兰州话，此为证据。但这都是以前的旧闻了，现在大家都忙光阴，谁还忙着去蹲监狱呢，夯客（傻瓜）才那么做呢！

第一辑　内陆高迥

在兰州本土文化里，有一个关键词：光阴。它的基础含义是时光，但在本地方言里，它确凿地定义为：金钱。小偷的工作是找光阴；机关干部们混光阴；暴发户们挖光阴；小姐们在撬光阴；一般的老百姓么，则是拾个孬光阴……此乃兰州的浮世绘。

日常生活的华彩乐章，多半显现在了酒桌上。

在兰州，不管你办大小事情，一定要在上午十一时半和下午五时许最恰当，你的钱夹子应当饱满，预定的餐厅和包厢一定要符合胃口，最关键的是酒的牌子。兰州人自夸说：一年喝倒一个牌子，绝不是假话。一到夜幕垂降，大大小小的餐馆里人头攒动，猜拳行令之声响彻云霄，黄河两岸微小的盆地陷入了咀嚼的狂欢中。酒酣耳热之际，除了互诉衷肠外，人们一般都会醉眼蒙胧地夸耀起兰州，中央的某某领导是从兰州出去的，某某领导曾经住在我家对面楼上呢，水均益、李修平、朱军、张莉等等，小时候还和我们砸过人家的玻璃，在一起玩过玻璃弹子和鸡毛毽子呢……

此刻，我停下笔，抬头望去，春天的第一场沙尘暴来了，小小的盆地，被一道灰黄的幕布遮蔽了。和别人一样，我见怪不怪，忍住一口的沙尘，奔赴一个很陌生的酒局。

早些年，兰州南北的两山上只有一棵树，现在虽有绿色点缀，但始终也没有茂盛起来。黄河在山下白白流淌，但山上焦渴一片，植活一棵树要比养一个孩子还费事。有一年夏天，我和李敬泽坐在黄河中的小岛上，望着干枯的北山发愣。李敬泽说：要是南北山上都是原始森林，一条大河穿流而过，那样的话，兰州就是一座花园般的仙境城市了。我回答说：

"不急，实在不成，我们三百万兰州人民，就把南北两山用绿色的马赛克镶嵌起来。或者，用绿油漆刷一遍，年年一遍，让你恍然觉得是森林一片。"

——对了，忘了交代，这个方案是一位兰州出身的行为艺术家做的，但未获有关部门的批准。

1919 年以来的沉默
—— 仿《一件小事》，致鲁迅先生

　　我爷爷是个哑巴胎。他已经有 92 岁或者 130 岁了，他的年龄如今已成为一个众所周知的谜。在漫长而又琐屑的时光中，我爷爷像一块冰冷的废铁，龟缩在时间的一隅，发出一种喑哑的喊叫，但是没有人理睬他的冲动和颤抖。一个卑微的哑巴，有时候也有一种卑微者的幸福。就在我大学毕业，被分配到《晨报》工作的那个秋天，我爷爷忽然有了一种出乎意料的热情和快乐。他捧着我的脸，端详了很久，接着，他又以一种少有的敏捷钻进了他的布满灰尘和锈迹的房间。

　　他递给我几份 1919 年间的《晨报》，我似乎明白了他对我的关心和期冀。但是，我迅速发现我错了。我爷爷指着该报 12 月 1 日出版的"周年纪念增刊"上的一篇文章，大声对我说：

　　"这不是真的，他被蒙骗了。我发誓这不是真的。"

　　让我骇然的，并不是我爷爷对时光的突然发难和破口大骂，也不是他这块废铁突然有了用武之地。我诧异的是这篇文章，我从上学时就能倒背如流的著名篇什。

　　我知道，这些文字的后面，埋藏着一个很大的秘密。

　　"事实是这样的！"

漫山遍野的今天

我爷爷忽然操起一口纯正的京腔，饶有兴趣地说：

我认识大先生，那时候我们一伙混生活的哥儿们，都管他叫大先生。

那时候，我也就是一车夫，现在叫板儿爷，兴许是我祖上积德，我也拉过大先生几回，从绍兴会馆到砖塔胡同61号。那时候，吆喝我们的经常是一些阔人，也有腰里别耗子——假装猎人的，可大先生对我们却礼貌有加，拿我们当人看。大先生是读书人，没架子。

那年冬天，我从砖塔胡同拉着大先生去会馆。一路上风雪交加，北京城里模糊一片，只有几辆骡车在那里晃荡。我穿着一条单裤，习惯了，跑起来两腿发热，汗也往下淌，要是停下来，在路边等生意，那就惨了，风往裤管里吹，裆里的卵蛋能冻成冰糖葫芦。到了会馆，大先生付给我车钱，又特意多给我一块钱，让我去买一条棉裤。大先生说，这样下去会冻坏关节的。我拿着大先生的钱，眼泪就下来了。

可是第二天，大先生自己哭了。他从会馆里出来，走到我们一伙穷车夫那儿，我们都想拉大先生，争着抢着，可怎么着，大先生就哭了。他说，你们怎么都穿着单裤呀？

那天，大先生没要车，一个人走回家里去了。

大先生也有忒逗的时候，有回儿，他从教育部到会馆，不小心，把钱夹子丢在车上了。拉车的哥儿们急忙跑到会馆，送还大先生，让他当面清点一下，大先生很感激，立马拿出一块钱作酬金。大先生笑着说，这钱夹，如果被慈禧太后拾到，也进了她的腰包了。总之，我们和大先生忒熟。

但我们里面出了一败类，伤害了大先生，我们开除了他，就没告诉大先生。

这是一件小事。那个败类叫祥子，那年冬天才到北京城里混口饭吃，人挺年轻的，不懂规矩，刚开始还是一乡下孩子，后来臭丫儿的学会了逛窑子，一天的血汗钱全都扔进那个无底洞了，让人可怜。怪就怪我们都不知道，要早知道，兴许还能挽救一下。

就那几天，祥子的母亲从乡下赶到京城了，她听见儿子在北京城里看大戏、逛窑子的事儿了。祥子的父亲得了痨病，指望着他能给点儿钱治病。老太太在北京城里候了好几天，那个可恶的儿子也没给一点儿脸色，照样去嫖风打浪。老太太绝望了，可回不了家，就哭哭啼啼地说要死在儿子的车轱辘下。

我记得忒清楚，那是民国六年（1917年）冬天的事儿。

事发那天早上，我们起得迟。外面是白毛风，刮了一宿，风直往骨头里钻，那时也没什么生计，只有祥子那个狗日的出去了。中午的时候，会馆附近的巡警所让我们去领人，这才知道祥子出事了。

祥子拉的是大先生，那时候很早，街上没有什么人。他和大先生一路上聊天，跑得快，快到会馆门口时，那个老太太从斜刺里杀出来，撞上了车的把手。那老太太绝望呀，她说过，她要死在儿子的车轱辘下的，她果然就那么做了。

漫山遍野的今天

那狗日的心里有愧，没有理睬大先生，放下车子，扶着老太太慢慢起来，嘴里跟老太太嘀咕些什么，没有人知道。大先生冻得缩在车上，眼看着祥子搀扶着老太太走了。那个丧天良的准备把老太太扔在一个僻静胡同里，然后撒腿就溜的。

没想到，他碰上了巡警。巡警把他给扣了。

大先生心好，不知道这码子事儿的前因后果，还给了巡警一大把铜圆，让巡警转交给祥子，真是好心交给驴肝肺了。

我们都替大先生不平。古话说，不孝有三，祥子就该算一个了。那个狗日的在巡警所里承认，他当时就想轧了老太太，省去一个丢人现眼的拖累。这是人说的话吗？

他被遣送回乡下了，带着那个老太太。

可谁知第三天，京城里卖报的小贩给我们一张《晨报》，上面有大先生写的一篇文章，大先生还挂念着那个没心没肺的畜生，我们都哭了，大家商量好了，永远当哑巴，把这码子事儿烂在肚子里，不然，大先生知道了，会更伤心的。

"哎呀，我就是那个狗日的祥子，我对不起大先生呀！"

我爷爷蓦地趴在几张 1919 年间的《晨报》上，痛哭流涕的，像一个犯了错误的愚蠢孩子。

第一辑　内陆高迥

街道：一只船

以散文的方式

是的，在上世纪 70 年代的记忆里拾取枯枝败叶一堆。

——因为你的名字取自一条晦暗的街道。在时光的水面上，他和季节、羊皮筏子、鱼群、泥沙以及早春的枝条一起漂浮，闪烁着青铜色的诗意光芒。那天夜晚，你拐过街角，穿过东风旅社、煤场、花圈铺、车马店以及小学校的门口，脚步拖沓而空洞。星辰太累，你的母亲正在手术，贫寒的疾病缓慢地扩散，无助的父亲躲进了柴房偷偷地哭泣，而年幼的弟妹们快活得像健康的青蛙。你伫足在街景漫漶飘摇的深处，一叶障目。这时候，你就前定般地遇到了我。噢，如今我为什么一再地遥望，那座深陷于中国西北腹地深处的狭窄街道呢？为什么要讴歌兰州这座荒凉城市的三粒字母呢？一、只、船——一截短促的发音，一个瘦弱的形象，一只鸥鸟投下的阴影。一位名叫叶芝的人向我走来，独独向我打听这一场命名的真谛。仪式落满了灰尘，吃喝之人分崩离析。叶芝说："归根到底，能听见宇宙歌唱的地方是你从时间、地点、家庭、历史等方面都已经扎根或决定扎根的某一条街，某一个社区。"

漫山遍野的今天

时间让生命破绽百出，帆叶的痕迹连上帝亦手足无措。你仿佛行走在光绪年间的某个早晨：黄河暴涨，兰州城外一只木船随波逐流，漂至芦花漫天的岸边（据《兰州方志·水文资料》）。传说，那只芦获托举，抹覆了石漆和石油的新鲜木船中，有一个六岁的男童笑声嘹亮动人，他最后的去向在诗篇和谣唱中语焉不详。

多年以后，一位108岁的老土著却这样叙述：

随着清王朝对西北的频繁用兵，江南人随军西来者日多。他们有感于乡关万里，顿萌叶落归根之念，便筹资在此地带营造了一所义园，用来暂厝亡故江南人的灵柩，以便日后扶榇故里安葬。义园造型奇特，颇似一艘扬帆南航的大船。那高入云端的旗杆，酷似桅杆；弯曲高翘的飞檐，简直是劈波斩浪的船首。这座建筑物寓托着江南人的无尽乡恋。——于是，人们根据义园的外形，把这块地方叫作"一只船"。

走吧！

街景游移，夜光中的蝙蝠携带着明亮的呼哨，清贫的瓦楞和屋脊之上，充满了日常生活的世俗光芒。海德格尔说："培养和关心，乃是一种建筑。"童年奔走相告，你站在那里，犹如一捆旧日的书信，一处遗址，一块在时间中弯曲的青砖。我的笔端往往和你猝然相遇，像一对孪生的敌人那样优美。在兰州，污染的天空和局部的工业频频兴起，距河二里，在一只船街道纷繁黑白的记录中，依然能够听到泥沙俱下的河面上消逝的传说与奇迹。河水匐匐着，裹挟着从舟曲草原、玛曲草原、禄曲草原上滚滚而下的万千气象：经幡、藏传佛教、法号、羊群、神祇、嘛呢石堆、民族、风俗和自然，蔓延至你的诞生之地。微弱的小城，本雅明说："城市并不是因其建筑和群众，而是因其流浪者、漂泊者和梦想者。"你站在街景的深处，虚构的人，怀揣着一个颠簸的名字和光荣。一只船街道：诞生以及成长、学习的路途，一盏幽暗的桅灯，在最黑暗的地段打破了沉默。成千上万的红铜喇嘛口诵佛唱，心法合一，逶迤走过，他们炉灰似的背影，暗许下我今日的诗篇和劳动。噢，70 年代，一个手抄本的年代，一个可以用橡皮擦鼓舞的茫然季节，在你睡眠的窗外，一位清癯的穆斯林老人恪守方向，进行着内心的功课。黄河微波不兴，你失却方向，内心如辙。那些顺水而下的消息；那些灿烂的雨季和河畔的朗诵，都归入了一卷神示的羊皮。不是缘于怀念，而是一种气象的召引。雄心难熄的两岸，在所有的陌生人当中，你独独向我走来，询问了一处归家的地址。噢，孩子！我又能重复什么样的词语？

　　"因为我见到的幻象
　　几乎完全消失，但从中诞生的芳香
　　依然一点一滴落在我心中。"

　　　　　　　　　　——但丁《神曲》

以诗歌的方式

人生荒凉的现场，泥沙俱下
不期而遇的事件
　　将成为偶然的补白；
一枚徽章开始了锈迹的年代
一场生命的转移，佩带了睡眠
和深刻的伤害。

诞生的婴儿是多么盲目
而夕光中的亡灵却如此一致——
哦，黑夜枝头
　　无辜的群众
让街景游移，细碎的花朵
让一个梦遗的少年苏醒。

他将述说成长的细菌
以及发育的疾病中
　　一条随风而舞的红领巾。

虚构的人，此刻你要迎上前去。

第一辑 内陆高迥

谁取走了时间的芳香

谁就会在内心弯曲。

一本灵魂之书，隐秘开花——

其嘹亮的筑居和人民

　　仅仅少于一个国家的典籍。

没有人知道得更多

当你重新返回，一个奔走相告的童年

悄悄奠基——

因此，一张刚刚草拟的讣告

一幕油印的仪式

一次 70 年代锈迹斑驳的雨，将成为可能。

虚构的人，此刻你要擦身而去

你寂寞的筐子里

要埋下不由分说的引信。

在晴朗的黎明，你的晾衣绳上

　　一定要展览生活罪恶的秘密。

就在秋天的街角，一个大辫子的姑娘

储藏了冬菜；

她带着营养和喜悦

成了我的母亲。

那一条街道被命名为一只船

而漂泊的煤炭就在这里驻锡。

　　虚构的人，你只留下了恍惚的背影

在夜晚的电线杆上

凸显出两团麻雀乌黑的惊悸。

你像一个时代黯淡的喜剧。

你教会我认识了字母、毒药与恩情。

以索引的方式

　　作者对一只船的记忆应该恢复到 70 年代的早期，那时候的一只船街道，还是一片黑白混沌的世界——因为那时的黄河水在冬季还结冰，也有人穿着毡衣，在冬季的街道上不停吆喝着贩卖冰块。在寒冷的冬天里，嚼冰似乎是孩子们的时尚之一。坐落在一只船深处的是一家规模庞大的煤场，每天都有无数的解放牌卡车来往运输，街道的上空弥漫着呛人的煤灰，像一团团穿裤子的云。

　　一只船是兰州市区内一条鲜为人知的小街道，它东临著名的学府——兰州大学本部，西接长途汽车东站和旧大路，北毗东方红广场

第一辑　内陆高迥

的主干道东岗西路，南翼为 109 国道和 312 国道途经兰州时的交通主干线——民主东路。在湍急的车流中，一只船名副其实地成了一座安居着日常生活和梦想的小小码头。

在粗硬尖厉的兰州土话里，一只船往往被说成"一只喘"；在混杂了兰州土话和北京腔的别扭发音里（它是时髦的标志，带有贬义），一只船又往往被念成"一直喘"。

一只船街道距黄河只有两里多路，河水在这里转身北上，留下了一片滩涂之地。在晴朗的秋天，常常可以看见大雁等无数的候鸟在这里栖息，所以这一片滩涂被称作"雁滩"。

长不过两里，宽度也局限在两里左右，一只船街道就这样漂泊在记忆的尽头。——在小街的东头是一家东风旅社，常见一些戴着呢子帽，胸脯上插着钢笔，手里提着人造革公文包的干部同志们进出此地。傍晚来临时，东风旅社的一只高音喇叭会准时播放《各地人民广播电台联播节目》，一些国家大事和领袖人物的指示，会源源不断地递送到人们的心里。在旅社的隔壁，是一家国营的理发店，通常在节假日的前夕会人满为患，屏息排队的人，一定会听见剃头师傅在一块旧皮革上磨剃刀的声音，但谋杀不会发生，那是一个和平的年代。毗邻理发店的是一家兰州牛肉拉面馆，他们使用了一种本地产的蓬蓬草熬炼成

漫山遍野的今天

的碱水，让面条像无数根发丝一样诱惑你，通常一海碗的牛肉拉面你要付两毛八分和三两粮票，如果你使用了全国粮票，售票员一准会抬头望你一眼，以示敬意和尊重。上述这一块地段已经被改建成了宾馆和海鲜楼，每当公车带着官员驶停在楼下时，总有眼明手快的保安赶紧将一块红布遮在车牌上，红布上绣着四个字：恭喜发财！再往前走，是一家门可罗雀的药店，店员们一般喜欢在早上和下午昏昏欲睡地趴在柜台上，一到夜晚，他们便开始研磨各种各样的中草药，浑浊的青草气息将毫不犹豫地侵袭你的梦境。在兰州，你要是得罪了某个人，或者你借了别人的几分钱未还，别人会沉下脸来对你说：不要了，不要了，拿去吃药吧！紧挨着药店的是一家烟酒门市部，蛋糕和夹心果并排摆在柜台的上面，灰尘和营业员的喷嚏感染着这些诱人的食品。那些年，我们家来的亲戚，通常都会提上一包马粪纸包裹的糕点来串门儿，马粪纸已经被油浸透了，可全家人舍不得吃，因为我家大人在晚上会赶紧送到他的主任家里，以表问候。在烟酒店的尽头是一家肉铺，水磨石的柜台上横陈着发红的瘦猪肉，屋梁吊下的铁钩子上也是瘦不啦叽的肉。我有一位远房的表姐就在里面做事，每当家里来了重要的客人，我母亲会打发我去割上三两肉。我捏着肉票，踮起脚尖站在柜台下，对我表姐含蓄地一笑说，我要三两"丹顶鹤"。我表姐心领神会地给我一块肥肉簇拥的猪肉，上面只有一点点儿瘦肉，而且秤头拉得老高……如今，这一地段修建了一座兰州最高档的四星级涉外宾馆，但入住率并不是很高，倒是它的桑拿和按摩的技术被人们口口相传，成了上流社会社交与休闲的场所。

　　一只船街道的西头，被旧大路（旧社会的一条街道）包围着，一到下雨天，这里泥浆翻滚，行人遭殃。在街口有一家车马店（现在是长庆油田的办事处），一到深夜，就能看见打着响亮鼻息的马车钻进钻出，一夜的住宿费用是一毛钱，外带马匹的饲料。郊区的农民们常常拉着一车车的冰草送到车马店，换回一些钱去补贴家用。车马店的旁边是一家花圈铺，一户来自农村的外乡人不舍昼夜地坐在门口劈着竹篾，然后扎成一个个的花圈形状。有一段时间，街上总是莫名其妙地丢失扫把和笤帚，后来发现都被花圈店做成了龙骨骨架，于是外乡人的名声一落千丈，可最后谁家也或迟或早地去买花圈，怨气便烟消云散了。在西头的街口，也许能看见一个卖棉花糖的老人，操着一口河南方言。你递给他五分钱，就会瞅见他把一小勺白砂糖倒进一个旋转的铁皮罐子里，在一盏煤油灯的作用下，铁皮罐子里会飞出云絮状的糖丝，缠绕在一根竹签上。在西头还有一家大型的柴油机厂，那些年，传言从里面制造的机器都漂洋过海送到了阿尔巴尼亚兄弟的手里了。厂子很神秘，有一个同学是该厂的子弟，他常常能偷出来一书包的钢砂，像一颗颗扁豆，街上的二流子们往往向他索要钢砂，那时最流行的武器就是钢砂枪，二流子们在街头混战中靠它决一死战。柴油机厂倒闭于上世纪 90 年代中期，它现在是一个专售陶瓷用品和盗版 DVD 的市场，在兰州小有名气，一些留着长发的准艺术家和文学青年们经常出没于此，嘴里念叨着好莱坞和尼古拉斯·凯奇的名字。说到西头，还有一个神秘的院落，门口有解放军战士把守，每当夏日的余晖降临时，一只船街道上都会涌动身穿民族服饰的藏族同胞，更多的，则是身着赭红色袍子的喇嘛们。他们沉默地走进街道的西头，脸上荡漾着难以言传的神秘笑容。等我长大后才知道，在那座鲜为人知的院落里，驻锡着一位声名显赫的大活佛，他圆寂于 2000 年的春天。

说到一只船街道的南侧，就必须说到一所小学，它原先叫东风中学，后来改名为一只船小学。它是一所"戴帽子小学"，即含有初中两个年级。一座青灰色的二层楼，构成了它全部的内涵。我在 1972 年进入这所小学时，碰上的第一个班主任姓沈，她来自天津。时至今日，我仍然怀念她在第一次上课时晕倒的情景，她颤颤巍巍倒下的样子，给我留下了难以磨灭的印象。我们所有同学都呆若木鸡地看着她口吐白沫挣扎的样子，可没一个人站起来搀扶，为此她获得了那一年度的先进教师的称号。工宣队进驻学校是文革后期的事情，领头的是一个姓魏的家伙，他喜欢和学生们打成一片，在宽敞的操场上赌玻璃球。他玩弹子的水平在一只船辖区内家喻户晓，走在路上的时候，他一身发白的工装内时常传出玻璃弹子的优美声响。在学校围墙以南，整齐地码放着七排老式的平房，恰巧它的名字就叫"七排平房"。那是一些清朝末年修建的建筑，墙壁上镶嵌着很多的砖雕，故事内容一般取自岳母刺字和孟母三迁之类的典故。七排平房毁于 1976 年的一系列灾害，那一年因为有了唐山大地震，所以它的毁灭基本上无人问津。在我上学的路途上，要经过一段曲里拐弯的小巷，巷道的一侧是人家院落。有一户人家儿女颇多，奇怪的是老大儿子和老大女儿均为白痴，常常站在街口上往学生身上抹鼻涕，而他家的其余几个孩子都出落得异常聪明漂亮，尤其是一个扎着麻花辫的女儿，比现在的章子怡和巩俐之流的还要美丽一万倍，可是最近有一次我碰到她的时候，她骑着一辆三轮吆喝着买卖，我心里难过了一下午。在通往学校的路上，少年时代我最大的收获就是拣到了五毛钱，一看四下里没人，我掖进了怀里，幸好周围没有警察叔叔。

我家门口有一棵左公柳，据说是当年左宗棠西征时种下的。每当夏夜，院子里的老年人一般都坐在树下，谈论着梅花党的故事和一双绣花鞋带来的神秘体验。那棵树死于1978年，原因是树旁的一户人家总责怪春天的柳絮飘满了他们的院子，所以指使孩子铲掉了树根下的皮，它像一位老人什么话也没讲，在春天发芽时变得僵硬了。

煤场里有一个来自上海的老头，一直充当场里采购员的角色。一到夏季，人们常常看见他的自行车上载着一只水桶扬长而去，直奔雁滩，深夜来临时，煤场的家属院里就沉浸在一片沸腾的蛙声里。上海老头在院子当中唯一的水龙头下宰杀着那些青蛙，血腥的气息经久不散，以后几天，老头碗里的白饭上便堆满了青蛙腿。那年头，西北人

漫山遍野的今天

对这样的饮食呕吐不止，因为他们一般把青蛙叫作癞蛤蟆，一想就起疙瘩。不像现在，兰州城里挤进大大小小火锅店的时髦女郎们，首选的可能就是这一道菜，但她们如今改叫"田鸡腿"了，据说吃了能瘦身。

记得，1976 年 9 月 9 日下午，我刚从兰州大学的假山上玩耍回来，一只船街道上最著名的秦妈便拉住我的小手，泪眼婆娑地对满街的人们嚷嚷说：毛主席，毛主席他老人家缓下啦！（"缓"是兰州土话里"死"的意思）不到一个小时，秦妈也光荣彻底地缓下了。

在 1979 年秋末的一个傍晚，煤场偌大的场地上突然空无一物了，一队军车覆盖得严严实实进了厂区，车上拉着草席包裹的货物，军人们在口令的指挥下搬卸着，货物码满了整个场地，晚上还有荷枪实弹的军人在把守，没人明白那是什么。一只船街道上著名的"游击队长"肖老万在凌晨时分潜入场地，撕开了一包货物，他惊喜地发现里面全是鞭炮。次年春节的大年初一，他家门前一地碎红。

大约 80 年代初期，最早的一首邓丽君的靡靡之音是出现在一只船街口南侧的一座公共厕所里，一只巴掌大的"煤砖录音机"被人捧在手里。与此同时，出现的还有大鬓角、喇叭裤和女阿飞。

在一只船街道上，二流子们一旦看上了某个路过的女孩儿，心里就充满了毛遂自荐的英雄主义豪情。北京话里的"套瓷"，在兰州土话里一般被称"采马子"，马子是一个暧昧的说法，它绝迹于 1986 年，后来被"谈恋爱"这样的文明辞藻所取代。

80 年代初期开始的严打在一只船街道上引起了普遍的响应，原因之一就是它为流氓恶势力泛滥的重灾区。我们那条街上最著名的首领叫"铁公鸡"，他的军用挎包里，时常揣着一把锋利的军刺，他可以毫不犹豫地把军刺攮进一个人的后心里。"铁公鸡"在那次严打中被判了无期。毋庸讳言，他是我少年时代最崇拜的人物。

那时候，一包双羊烟一毛五分钱，一包经济牌香烟值八分钱。我第一次学会抽烟，是在王志刚家的屋顶上，抽的是一根凤凰牌的，浓郁的香精经久不散。在那夜的屋顶上，王志刚还给我们吹了一段口琴（那情景和姜文的《阳光灿烂的日子》如出一辙），是一首知识青年上山下乡的歌，也叫《四季歌》，歌词大意如下：

……四季的流浪人归来

小妹已离去；

我少年时代的朋友啊，你如今在哪里？

想起了往日的欢乐，我悲伤又欢喜啊悲伤又欢喜。

幼年的王志刚在一只船街道上勤奋画画的情景，至今还保存在老一辈人的心里，他时常坐在一架茂密的葡萄藤下，在一张张草纸上画着素描，我和妹妹经常充当他的模特。他是一只船街道上出去的第一个大学生，现在已经是蜚声国内外的雕塑家了。前不久，他还和国内的诸多雕塑家在陕西的阳陵农田里举办了一次展览，号称"和历史对话"，——他的作品是一堆钢铁的甲虫大军，跑过了冬季的田野。

在 70 年代末，一本手抄书在一只船街道上悄悄流行着。那时候，每家每户的孩子们都表现出了空前的学习热情，一盏盏白炽灯通宵达旦地亮着，我的同学们都在奋力抄写着那本大胆而刺激的地下书籍，它的名字叫《少女之心》。但是好景不长，家长们很快就发现了这一苗头，在我的记忆里，最早的"扫黄打非"就是从一只船街道上开始的。

第一辆自行车的丢失发生在 1982 年的某个傍晚，在煤场门口的路灯下，一位叫王建国的工人把自行车放在街边，一个人凑近棋摊上指手画脚，等次日黎明，他发觉自行车已经不翼而飞了，他坐在马路牙子上哭了整整一天。奇怪的是次日晚上，他的自行车又出现在了他家院子门口。

我在 1984 年考上了大学，离开了一只船街道。此后每一次写下自己的名字时，我的脑海里就会浮现出那一条在黄河岸边飘摇呼唤的小街。

　　大规模的城市改造也同样殃及了一只船街道，在某些官员的意志下，"一只船"要被一个更富于时代感和政治特色的地名所取代。——我一下子慌了，在当地报纸的大讨论中，我率先发表了第一篇带有强烈"讨伐"性质的文章，专门拿一只船的历史来说话。我的观点得到了市民的广泛赞同，"一只船街道"终于幸免于难，得以保存至今。

　　而今，我经常带着儿子回到一只船街道上走一走，一个颇懂八卦和风水的人告诉我，那里是我的由来和命名的根据地。——其实，我心里明白，我记忆中充满诗意和怀念的小街，早已物是人非了。我的记忆和书写，不过是一次次徒劳的挽回罢了。

谣唱

　　他们选择在一个深夜滚蛋了，这出乎所有人的预料。

　　他们在工地的几星灯火下，把肮脏的行李扔上车；他们还拿走了一台破旧的洗衣机、几杆笤帚、一根鸡毛掸子和十几双破鞋，幸灾乐祸地滚蛋了。——我听见整个大院长长地松了一口气。

　　他们是一群民工，来自积石山区的沟壑中。在漫长的夏天，他们和院子里的所有人都作对，人们都说，他们是带着仇恨来的。现在，他们终于可以滚回老家去了。

　　我躲在窗帘后，仔细打量着他们狼狈万状的窘迫和仓皇。我发现对面楼上的窗户都打开了，人们怀着快意蔑视着他们。一个络腮胡子的司机抬起脚，在他们的屁股后面驱赶着，嘴里骂着恶毒的下流话。他们东躲西藏地逃避着，眼光里伸出无数个钩子寻觅着什么？最后，他们又从一堆垃圾上搬出了一只稀罕的烤箱和一只废弃的煤气罐，夸张地抬上了那辆绿色的康明斯卡车。我记得那些垃圾是隔壁的王二家淘汰的，可他们却如获至宝。卡车上已经码起了一座高高的小山，在夏夜逶迤的风中，传来一丝恶劣的腐臭味儿，他们也许有几个月没洗自己的铺盖了。看到楼上的居民在观望，他们更加肆无忌惮了，他们朝着楼上开玩笑，说着一口难懂的方言，嘻嘻哈哈地打着手势，一点儿也没体会到城里人的鄙视与唾弃。他们就要离开这座城市了，滚回自己那个干旱丛生的羊圈里了。

可突然，他们禁止了喧哗，站成一排，把头上的帽子抹下来，像在忏悔什么。

谁都记得他们是春天时来的，那时候气温转变了，地上的灰尘含着水气在吹拂，鹅黄色的迎春花有情有义。在一个傍晚，他们被一个包工头雇来的大卡车领进了院子，像一群上世纪 30 年代的鬼子进了村。他们毁坏了花坛，在那里支起了帐篷；他们砍掉了几棵幼小的树，用于生火做饭；他们还在楼的一侧竖起了脚手架，准备在五层之上再加盖三层。冒着浓烟的水泥车开了进来；搅拌机的声音隆隆作响；数不清的砖头也占据了大院的每一处犄角旮旯。人们在忐忑中生活着，先前的秩序被完全打破了。春天以来，大院里的每个人的脸上，都挂着秘而不宣的痛苦，灰暗的眼珠子里快要凸显出一枚炸弹的恐怖形状了。

更有甚者，他们本来良好的作息时间被夏日的酷热给偷偷地篡改了，他们变得明目张胆、肆意妄为了。在月光明亮的午夜，家家进入恬静的梦乡时，他们就会加大马力跳上楼顶，浇筑混凝土或砌砖。午夜的搅拌机之歌，像一把锉刀在残忍地切割，搅拌棒的呜咽声，仿佛一支糟糕的坦克队伍兵败如山倒。月光被打扰了不算，人们咬牙切齿地盼望着天光大亮。那些日子，社区的几家门诊门庭若市，能够催人入眠的药物大量脱销。只有王二腼腆地说：这要是在世界杯期间就好了，省得我时时揪心丢了一场比赛！

这还不算什么，更让人愤怒的，是那些像鼹鼠一般的民工们在深夜的谣唱。他们操着粗糙的方言，不知所云地漫着一种西北的"花儿"，尖厉刺耳的咆哮声，像一辆永不疲倦的三菱重工推土机在碾来。在沸腾的工地上，只要有一人亮开嗓子，其余的家伙们便纷纷传递起来。粗糙的歌声此起彼伏，还夹杂着他们擤鼻涕、打饱嗝与放屁的粗蛮。他们糟蹋着民歌，不以为耻、反以为荣地开着色情玩笑，唱着男女之间最隐秘的故事，故意把尾声拖得绵绵不绝，好像要把一院子的居民都给弄醒来。他们的罪恶目的昭然若揭。

人们都说，他们是一群进村的鬼子，怀着对城市的恶毒仇恨来的。隔壁的王二反驳说，不，他们更像一群陈胜吴广，像一帮揭竿而起的起义军。

可现在，他们总算要滚蛋了。

这之前人们没发现任何的蛛丝马迹，让人匪夷所思的是，他们居然选择了一个夜晚要逃跑了，这事情完全出乎人的预料。因为家家户户准备了足够的唾沫和污言秽语，现在，竟然要让人们把内心的秽物搁回各自的身体里去，这是万万不能答应的。

可就在这时，他们禁止了喧哗，排成一队，像在忏悔什么呢！

是的，他们的一个伙伴，一个十几岁的娃娃回不去了。——那个满头卷发的小伙子是他们中间唱得最好的一位，可现在他死了。在夏天的酷热里，他一个人悄悄地跑到院子后的黄河里洗澡，一个浪头好似裹尸布，把他紧紧地纠缠住了。他的尸体早就运回了积石山的一座干旱的坟茔里了。他没见过那么大的水，他的家乡根本就没有水。在冬天时，他要背回三座大山上的积雪，才够一家人和几只羊羔来年的生计。

此刻，他们沉默了足足有半小时的时间，就那样抹着鼻涕眼泪地啜泣着。他们黝黑的背影，在我的窗下漆黑一片，我对面楼上的灯光都感觉无聊地关闭了，大家一定感觉到了他们还有什么阴谋似的，好像有人会拿起砖头砸了自己的玻璃。可事实不这样，我的邻居们在很久之后，都会满含歉意地原谅他们，像原谅自己的娇气与麻木一样。

因为就在空洞地沉默了一会儿后，他们突然开始了大声谣唱。他们可能在祈祷这个夏天的逝去，也可能是思念起家乡，当然，更有可能在安慰一个脆弱的亡灵，那个不幸的少年人。

这个告别的深夜，他们粗糙的歌词大意是——

"活着（么）是捎来了一匹布，
死了么，是拖走了一个梦……"

沉浸

　　他们是一群买荒的河南人，我老远就能听见他们用家乡话嬉戏的腔调。他们在夏日正午的时刻，为了躲避毒辣辣的日光，像一帮企鹅似的，麇集在楼后的阴影里。

　　此刻，他们封闭了各自的嘴巴，把秤砣和蛇皮袋藏在板车上，随便拿一块收购来的纸箱板铺在地上，跷着腿做大梦，或者凑在一起掀纸牌。有时候，我还能看见他们盘坐的膝盖下，散乱地堆着几张肮脏的毛票，那是他们赌博的资金。他们叫牌的声音极其夸张，沮丧和兴奋随时写在黑白不明的脸上。他们在等待西部特有的赤裸裸的日光西斜后，好继续他们游街串巷的吆喝。

　　他们通常用高分贝的嗓门大喊大叫，似乎那样的喊叫带着魔法或磁性，能将各家各户的废铜烂铁吆喝出来，也能将废旧的报纸和易拉罐、碎玻璃什么的邀请出来。看得出来，他们在等待时机，有时候，社区里的居民可能因为不能忍受这种刺耳的啸叫，就尽可能从家里搜出一些杂物，草草地打发了他们。居民们需要的是安静和午睡，而他们获得的是一些微薄的收入。

　　他们摸准了城里人的作息，但他们的脸上却散漫无比。

　　其实，我要说的是一本书的故事。——那一天，我刚刚路过他们乘凉的那个小集团时，不得不三绕四躲地穿过去，他们的板车凌乱地摆在那儿，仿佛一座座礁石和暗堡似的。就在那一刻，我看见一个小伙子穿着上世纪70年代样式的红线衣，躺在车上，正在随意地翻看着一本巴掌大的书，我的目光被烫了一下，凭直觉，我便笃定无疑地判断出，那正是我苦苦寻觅了良久的东西。

是的，那是一本用红色的羊皮装订的小书，里面是道林纸印刷成的《新约》。我还能肯定，它一定是这个买荒人从某个人家收购来的，它在秤上的分量，也不过才一二两而已。

我突然有了一种要占有它的念头，我的心里十拿九稳。——是的，我要获得它，我暗想。

我的朋友王二去年赴印度求佛法，临行前，他将自己珍藏的几千册图书无偿地赠送给了我。王二是一个前诗人，在80年代风起云涌的诗歌浪潮中，他着实领了几回风骚，也出过几本叫得响的诗集，其中一本，还被选为什么类的经典。他的名字曾多次出现在北京大学谢冕教授选编的几本书中，并界定他开了某种诗歌风格的先河。然而，后来的事情发生了某些逆转，王二在和我一起去桑科草原，参加了六世贡唐仓活佛的传经法会后，忽然皈依了藏传佛教，还被灌了顶、赐了福。王二迅速丢弃了诗歌，青灯黄卷，不亦乐乎！

他去印度求本源的想法也来得很突然，他说他愿意天天坐在恒河岸边，双耳闻听着佛号，供奉自己的内心。我是一俗人，理解不了他的美意，但我相信他有他的秘密途径。——在这个人来人往的世界上，

漫山遍野的今天

每个人都有一根自己的拴马桩，只不过有些人还没找到罢了。王二走得很彻底，把什么东西都送了人了。凭着多年的友情，我轻而易举地得到了一大堆书籍。

王二拿起一本绿封皮的羊皮书《日约》，叮嘱我说：

对了，它有一个兄弟，是红色封面的，我一直没找到它。要有机会，你一定要让它们重逢。

它现在是孤单的，也很寒冷哦。他又说。

日光依旧，和王二走时没任何区别。——我在正午的日光下，看见那个头发狼藉、面呈菜色的小伙子，恰巧拿着那本我梦寐以求的红色羊皮书，我心底里蓦地升起了一股攫取的想望。我在那一瞬间，可能立刻变成了一辆坦克，朝着他隆隆地开了过去。我汗漫滔滔地大谈了一番自己的要求，我直言不讳地讲了我和王二的浪漫情义，我还尽情表达了对他们这类买荒人的敬意与理解。果不其然，他很痛快地承认说，他是从一个死掉的大学教授家收来的这些废旧书本，他还批判了教授的不孝子女们，说他们不懂得敬惜字纸。他掩饰不住自己的得意，同时，他对我保持着充分的警惕。

我说："我乐意花十倍的钱买这本书，你拿着也无补于事呀。你买这些书报类的废旧品一斤多少钱？"

他对我说："一斤才七毛，要是卖家洒些水，那我就赔定了。"

我掏出了三十块钱塞给他，我的手不由自主地伸出去要拿书。他果断地拨开我的胳膊，把书从领口里塞进自己的红线衣内，一下子躺在了板车里，闭上眼睛晒起了老阳儿。我又开始了新一轮的耐心说服，可我的话都像拙劣的暗器，被他的凌厉身手给挡了回来。他嘟哝着河南话，反复只说一个意思。他说：

"不卖！我其实不缺那几个小钱。"

我想，他可能在待价而沽罢了，索性把口袋里所有的钞票掏出来给他。可他的姿势逐渐惹怒了我，他摇晃着腿，在日光下显出一副舒适与满不在乎的样子。我想我快被激怒了，可我还克制住自己，满脸堆笑地谄媚了一番，谁知那家伙是一个水泼不进、针刺不透的无赖。我越发变成了一辆愤怒的重型坦克，我打定主意要摧毁他的卑鄙和小气。我拿着一把毛票，钻进了旁边一伙掀牌的买荒人中，我坐在纸箱板上，和那帮异乡人赌钱。我乐意输给他们，只要他们高兴了帮我游说一下那个红线衣的杂种。

我果然输得很痛快，我把我的想法告诉了他们，他们纷纷指责那个不通人性的家伙，还嘲讽他作为一个买荒的可怜虫（他们自称是收破烂儿的），拿一本书装洋蒜。他们介绍说，那家伙的一个闺女是残疾，那家伙不到二十就生了两胎。在兰州这样的大城市里，不就是为了几个钱么？我掺杂在他们中间，一起起哄和做思想工作。可那家伙居然越来越像一个壕沟似的，横在了我面前。

我输完了口袋里的钱，气急败坏地离开了那帮恶劣的异乡人。

我暗藏着起码的自尊，每天下班后骑自行车路过时，还能看见那家伙躺在板车上，沉浸于阅读中的糟糕形象。我故意装作没看见，我

漫山遍野的今天

想自己也许在放长线钓大鱼。其他一些赌博的买荒人，看见我后都兴奋地给我打招呼，还拼命邀请我去给他们输些钱，他们觉得我的牌技臭不可闻，于是对我也充满了攫取的欲望。

日光下，他们仿佛一管管蓄势待发的加农炮，炮口齐唰唰地对准了我。

一团乌云从新疆飘了过来，一连几天的阴雨天气。我再也没看见过他们了。我趴在桌子上往印度回一封信，我在回忆和王二的友谊。他说，他在恒河边上的一切梦想都破灭了，不是在中国餐馆里刷碟子，就是在一家中医的门诊内装神弄鬼的。他说印度也有好几亿人哪，工作太难找啦。没事儿的时候，他就坐在街边的菩提树下抽烟，想念兰州的牛肉面和手抓羊肉。我在信里安慰他，可我的表达总是言不由衷。

某一天，那个红线衣的家伙终于摸到了我家。

他敲开门，嗫嚅地站在门口，将那本红色的羊皮书递到了我的眼前。——他一笑，牙齿上带着浓重的烟垢。我接过来，准备给他给钱，但他拒绝了。他说："按废品卖，那才值几个小钱么，我看你是真喜欢它。"我邀请他在沙发上坐一会儿，他低头看了看自己脚上的水渍，顽固地摇了摇头。我问他，真的能看懂书里的那些内容吗？

他含蓄地回答说："够好玩的了，上帝那老头真的想啥来啥呀？"

我说：

"是的！"

现在，红色和绿色封面的羊皮书，终于在我的书架上热烈拥抱了。它们一定在喜极而泣，握手言欢吧。

漫山遍野的今天

跟踪

　　那天，我和王二决定跟踪他们。

　　刚开始，我们俩不动声色，一个劲儿地饕餮不休，并相互吹捧对方。我们也假装没看见他们的嘴脸，一任他们在窗外评点着。他们的舌头上挂着涎水，咂巴着十几张肥厚的嘴唇，发出很响亮的吞咽声，可他们什么也没咀嚼到，这让我和王二异常兴奋。我们频频举杯，我祝王二此番去印度求法后一切顺利，争取早日获得一个什么博士或硕士的头衔；要么，就成为一位高僧大德，普度众生于茫茫人海间。

　　王二要去印度留学，我邀请他泡了一会儿酒吧，又在红石迪厅疯狂地蹦跶了几小时。等我们大汗淋漓地出来后，两个人的肚子不约而同地喊饿。我索性送佛送到西，请他钻进了一个火锅店内烫些东西吃。我们落座在靠街的一扇巨大的玻璃窗下，桌子中间红油沸腾的铁锅里热气蒸腾。无数的红尖椒在油面上上下起伏，花椒的香味儿逶迤走远。服务员把点来的蔬菜和肉片摆放整齐，允许我们拉开架势，鼓足勇气地多掏一些钞票。

　　可就在我们举箸的同时，他们呼啦啦地来了。

　　他们穿着旧式的服装，歪戴着各种各样的帽子，身上沾满了石灰和水泥，脸上挂着伤疤和狗皮膏药的痕迹。他们成群地坐在玻璃窗外一座花坛的栏杆上，所有的眼睛盯住了我和王二。我们的举手投足，都暴露在了他们目光的光天化日之下，这无疑让我们的动作尴尬了起来。更有甚者，当我把鳝段、鱿鱼片儿、凤爪、墨鱼和脑花什么的下锅时，他们都会"呕"地叫上一声，以此来表示他们的惊讶与鄙夷。当我把一碟摇头晃脑的鲜活泥鳅，扔进沸腾的红油中，可几只垂死挣扎的家伙猛地跳将起来时，他们竟在窗外哈哈哈地狂笑开来，好像我是一个多么笨拙的混蛋！

他们的盯梢使我和王二狼狈不堪，我们吃喝的动作逐渐走了形，一不小心就会烫破舌面和喉咙。后来，他们也许有些不甘心，几个人把脸贴在玻璃上，也让他们自己的鼻子和脸蛋夸张畸形地变了样。他们嘻嘻哈哈的，指点着铁锅内翻滚的食物，露出了愤怒或嘲笑的神情。他们可能在说："瞧！这些垃圾被城里的东西们吃了下去，原来他们是这样的人哦！"

他们欢喜的姿态好像是一种恍悟，然后他们怀揣着自以为是的真相，打着口哨，唱着一些乡野沟壑间的酸曲儿，一路扬长而去了。

我和王二决定跟踪他们。

既然他们在一旁笑话了我们半天，为什么我们就不能跟踪这伙儿潜伏到城里来的陌生的异乡人呢？

午夜时分，兰州的街道上只有一些零星的出租车在嘹亮地拉客，草木沉寂，飞鸟杳然，百姓平安，黄河水波澜不兴。我们尾随在那一群高低耸动的民工们后面，瞅见他们铺开了队形，在霓虹闪烁的街道

漫山遍野的今天

上昂扬不已。其中一位还扯开了嗓门，粗糙地喊唱说：

> "背上了炒面嘛，装上了馍，
> 兰州的大街（gāi）上浪上三趟……"

　　走到拐角处，在一盏橘黄色的灯光下，一排铝合金的阅报栏一字儿站在街边。我和王二看见他们在那儿叽叽喳喳了许久，还把眼睛搭在玻璃上盯了老半天，可他们最终没看出什么究竟来，样子煞是失望。

　　突然，他们像一伙恐怖分子那样，分头散开了，从四处搜集来一堆砖头瓦块，然后齐刷刷地站在了阅报栏前，像纳粹的行刑队那样。其中一人用方言下了命令，其他人举起手中的砖头瓦块，砸向了那一排无辜的玻璃。——黑夜中，城市发出了猛烈破碎的哗啦声，一地的碎片在橘黄色的灯光下，反射着疼痛的光斑。他们跑了，各自提起一口猛气，撤离了肇事现场。

　　我和王二互相扇了一巴掌，看看对方是否还清醒，我们不相信会是真的，可我的脸上确实火辣辣的，有痛感！

　　我们迅速跟上了他们。

　　他们又开始唱了。

　　这时，对面走过来了一对情侣，他们把指头含在牙齿下，吹着口哨起哄了。那个午夜出现的女孩子长发飘飞，仿佛一阵黑色的烟云飞驰而过，那个小伙子戴着眼镜，一副很文弱的神态。他们相互搀扶着，没敢吱声，也不敢张望地侧身走过。那一对天使的懦弱可给了他们胆量和豪情，他们开始指着那个丫头很新潮的连衣裙，大声说着下流话，使用了乡野田间最粗蛮、最逼真、最简单的淫词秽语。他们的挑衅奏了效。那两个孩子撒腿就跑，他们在后面撵了一阵儿，直到跑到我和王二的面前才若无其事了起来。他们立刻变得很镇定。

他们像一群在深夜杀进城市的敢死队员。

他们，在搜索着可疑的目标。

果然，就在那条锦绣斑斓的时装街上，他们一齐发现了几家商店门前站着的塑料模特们。——白中透粉的塑料肌肤，在霓虹的照耀下烨烨发光。那些鼻息皆无的塑料模特们，却将自己身上的隐秘部位全都暴露了出来，高耸的乳房和细长的脖颈，丰满的臀部与耻骨下端的暗淡，似乎都成了一种诱惑的源泉。她们冰冷地站在街上，恒定不变的微笑灿烂生辉。而他们，先是愣怔了片刻，然后磨蹭着举步上前，最后将那几个塑料模特团团围住。这下，他们的目的得逞了。

他们摸着塑料模特的表面；

他们抱住了塑料模特的身子和腿；

他们用烟头，烫着塑料模特的某些部位；

他们，使用了大胆的辞藻和最色情的想象；

他们在爆笑不已，把血红的舌头，贴上了塑料的肌肤；

他们也许，把塑料模特当成了村里的孕秀娃和小芳；或者，当成了水渠对面的刘寡妇也不一定。

　　我和王二泄气地坐在马路牙子上，一边抽烟一边给自己打气。王二说："他们是这个城市的梦想者、漂泊者和无助者，他们让城市的存在显得合理而富裕。想当年，陈胜吴广他们不就是这样发家致富的么，别难为他们了，我明白你想拨打110。"我一时语噎。

　　可一场恶战突然爆发了，我和王二来不及有什么反应。

　　他们互相之间动以拳头，施以猛脚。他们在争夺那几个模特的所有权，他们在混战中，立即肢解了那些塑料的美女和绝色佳人。一人的鼻孔里冒着鲜血，另几个人的头上是板砖在伺候，还有一人躺在地上昏厥了过去。

　　他们互相揭着老底儿，理直气壮地骂着对方的祖宗八代，激情澎湃。

　　仅仅一颗烟的工夫，他们各自抱住一截大腿或一条胳膊，他们搂着明晃晃的塑料脑袋或半截身子跑了，消失在了乏味单调的霓虹灯下。现场阒寂，只有一个昏厥者面孔模糊。

　　第二天，我去机场送别，王二上飞机前颔首合十，口诵经文。我问他是什么意思？王二很不乐意地对我讲：

　　"我想不起印度人民的币和咱们的钱，差价究竟是多少来着。"

　　是的！我根本就不懂什么叫差价。

　　所以我没法儿告诉王二。

第
一
辑
　
内
陆
高
迥

"我有权保持沉默！"

　　我对他的采访是在看守所里进行的。

　　我带了好几套特批的手续，才得以把他领到操场上来。

　　这是一个郊外的秋天的下午，四周的高墙上密布着狰狞的铁丝网，岗楼上偶尔会闪现出武警战士的身影。天很高，从远方而来的风还会吹向更远的远方。他穿着号服，剃着一个发青的脑袋，像一根沉默的木桩戳在地上。我递给他一根烟，还为他喂了火，他贪婪地抽了几口，把烟雾全都压进了肺腔内，一点儿也没浪费。他的脸部表情异常淡漠，似乎我是有求于他。我安顿他坐在一架双杠下时，恰好天空中有一队大雁飞向南方，空旷的鸣叫在云彩下传之久远。他脸上的肌肉抽搐了几下。

　　我表明了自己的身份，我说我受报社的委派前来采访他。因为他很特殊。

　　他似乎在那一瞬间愣怔了一下，但很快就恢复了自然。那是一种僵硬的自然，在秋阳慵懒的照耀下，他的身体里有一层阴影沉重地掠过。我说："其实，我早就认识你了！"

　　他也无聊地说："我知道你认识我，你是来算账的。"

　　他的家在兰州以西二百公里远的永登境内，我是在这年的正月里

漫山遍野的今天

第一次认识他的。他所在的村庄被国道312线劈成了两半，扼守在这一条繁忙的运输大通道上。就地取材的欲望就成了他们唯一发财致富的途径，他们想不到别的路数。黄河奔流出青藏高原，在这里掉头向东，直插兰州。永登就被抛在了河水以西之外，那一片干旱丛生的土地盛产玫瑰，据说一斤玫瑰油在国际市场上的价格是上千美金。史书记载曰：苦水玫瑰甲天下，指的就是这个地区。

我认识他的时候，正好是农历正月，我的采访车从敦煌路经永登时遭遇了罕见的塞车，大概有上千辆汽车窝在北风呼啸、大雪弥漫的道路上。刚开始我还以为前方出现了车祸，可当我拿着相机跑到现场时，我才大吃一惊。

那是我第一次看见他。

他像一只畸形的大鸟，在公路上舞蹈着。

他穿着一件黑色丝绸做成的大氅，胳膊下缀满了各种各样的羽毛，花里胡哨的色彩在他的身上堆积着。他的脖颈里，挂着一串燃烧似的红辣椒，双颊上涂抹着锅底的油灰，乍一看像是在开封府里打坐的包公。他的头上插着孔雀的翎羽，在漫天的雪花中柔软地抖动着。他振振有词地堵在两头的汽车前，念唱着一种可怕的咒语。

他是一个光天化日之下的剪径之人，他伸手索要买路钱。

在他的身后，是整个村子里几百号人的声援队伍。他们敲着锣、抬着牛皮大鼓，在声嘶力竭地为他助威。他们淡漠的脸上写着骄傲与冷漠，一种绝不妥协的坚定布满了他们的身体。在突然杀出来的这一支莫名其妙的大军中，他出乎意料地成了他们的头羊和领袖。

他拿着一把蒲扇，在每一辆车头前扫来扫去的，似乎要把晦气和霉运一扫而空。他的肢体语言就像一只掉了队的孤独的黑鹤，在宽阔的长街与雪花的衬托下发泄着一些什么。只要有某辆车交上三十块，他就会变戏法似的从空气中抽出一根红色的丝带，打一个吉祥结挂在车上。他仿佛是上苍派下来的使者，要为人们消灾禳难。

没有一辆车能逃出他们布下的迷宫，没有。

我站在一个土坎上，亲眼看见一辆试图闯关的汽车瘫痪在那儿。令人恶心的事件发生了，那只舞蹈不断的黑鹤，居然手拿一泡新鲜的大粪抹在了车上。这一招果然很灵验，其他的司机都纷纷纳贡，满脸堆笑。

他神秘的舞蹈被我拍了照，还上了报纸的头版。

后来，他又神秘地失踪了。

我再递给他一支烟，看他饕餮的样子，我干脆把剩下的多半包都塞给他，他心满意足地揣在了兜里，对我表现出一种鄙夷和不在乎的神情。他盘腿坐在双杠下，长长地舒了一口气，很懈怠地问我：

"你一定有求于我，你提要求吧！"

我说，我准备把他的罪行曝光。因为对他的执行不会太久了。

他在神秘失踪后潜入了兰州。在漫长的夏天，他租借了一间民房，昼伏夜出地光顾一些居民的家里。他似乎真的是一只天空中的黑鹤，在午夜时分轻而易举地飞上了人家敞开的阳台。在人们酣睡的梦境中，

漫山遍野的今天

他翻箱倒柜，不亦乐乎。在好多社区内，一些午夜的不眠者笃定无疑地看见了一只神秘的飞鸟，在楼群间徜徉飞翔的姿态。他们发誓自己看见的不是外星人，而是一只硕大无朋的飞鸟，它和频发的盗窃案没有丝毫关系。

他得到了一个优美的绰号："飞天大盗"。

可他终于失了手。他在钻进一家居民屋里后，竟然喝掉了几瓶烧酒，他烂醉如泥了，在一个黎明的天光中，他束手就擒了。他在恍惚之中被押在了刺刀之下，等待着最后的时刻。

秋风寒凉，他坐在操场边的双杠下，摸索着脚上的镣铐，神色黯淡地说："你信不信，只要取下这只铁链，我就能像天上的大雁那样自由地飞翔了，谁也阻挡不了我。我是这个人世上的例外，我的胳膊就是一对翅膀，我能飞！"

我点了点头，我回答说我相信他。因为我的确看见过他飞翔的样子。

可他突然泄气一般地对我说：

"呔，你别想打听我内心的秘密，我有权保持沉默！"

"那么，就让我带着自己的幻想死掉吧！"

——他压抑了很久的烟雾，忽然从鼻孔里释放出来了，像一只蓝色的妖魔，袅袅而升。

第二辑　一般见识

杀人的民谣

一定，有一个人坐在大地上，细察过日头内部的湿柴，是如何噼剥烧起来的。我猜，一定有一个人，曾经骑在马上，游方四季，栉风沐雨，逡巡在日头内部的那一只玄鸟。这人是谁？我竟不知道。正史稗说中，也不曾提起他一星半点。反正，一定是有这么一个人，盯住日头死看——终于，他的眼底里生出了一层苍苔，日久生锈，蚌病成珠。

我猜：人黝黑的眼珠子，就是被天空落下的笔毫，标点过的。

这个人瞎掉了。只得在月光下颓坐，迎风洒泪。月亮是日头失散的一个小弟弟么？晒月亮时，他会揪住一棵棵青草，究问这个答案。显然，月亮晒他时，月亮也晒着世上的青草。起伏的泥壤上，谁都仰头究问着这个答案。

后来，他翻开了一本经书，指给人念唱。他仿佛看见一位王子晒着月光，越过宫墙，也去寻求这个答案了。

这位王子是佛。他坐化在一片青草地上。

于是，我猜想：这世上或许真没有一本真正的经书，能写下清晰凿然的答案，叫人了然于心，拈花一笑，渡此苍茫。那个瞎掉的人，或是你，或是我——只是我们晒着月亮时，眼底里曾有过一层荫翳，都不太确凿作答，不曾看见。

那一年秋夜，我和漆进茂坐在草原深处的土冈上，晒着农历中秋的月亮。这个经年沉默的男人，蓦然开口，唱了一首杀人的民谣——

天留下了日月，

草留下了根；

人留下了子孙，

佛留下本经。

减法

这几年，往山上跑的次数多了起来。

山曰华林，位兰州南翼、黄河右岸，实则是一座半生不熟的土冈。在张承志的《心灵史》笔下，它是晚清回民起义时，最后的堡垒之一。在一百多年前的冬日，义军们汲水浇山，将山冈铸就成一座冰雪的掩体，以待劲敌。

但政权的箭镞像一把扫帚，又将它净扫一空。

现在，这里是民政部门旗下的殡仪馆，亦是一个人最后的归宿。往山上跑的次数多了，多是去送父执辈的，道一声走好！领取骨灰的一段光阴里，大家掸净尘灰，风度翩然，像一只只鲜艳的花圈，站在土冈上，接着谈说起人际、股票、八卦、绯闻和接下来去饕餮的餐厅风味，浑然不觉。

仿佛，生活真在继续？

这次，竟然是他?! 他是我的一个异姓老哥哥，五十挂零，一直对我关爱有加。从倒下，再被送上山，一共才一个月，短得像天空掉下的一滴雨，给他打了一针无望的液体。他才华横溢，热爱生活和美女，酒量惊人。在他嬉笑的背后，却埋着一个文人的失意、落寞和苦闷。在他的丧仪上，我写下这样一联：寂寞刀笔吏，辉煌酒中仙。

漫山遍野的今天

前不久，我还去陆军医院看过他。待他从昏迷中醒来时，他告诉我，他读到了我最新发表的一篇小说。瘦削的笑，从他的脸颊上挤出来，也顺便帮我挤出了小说中的那么一点点"毒素"——他说，文学应当是真的，加上善的，再加上美的。洵不虚言。

但现在，他的死却是一道减法题。

——其实，谁都知道，人生只是单行道上的一趟美丽奔跑，不许掉头。人生的幅也不大，只够填满一只红砖大小的匣子，像他。

但他年轻的死，让人登时肃穆萧索，一下子寒自心生。我们五个朋友，站在初冬的土冈上，开始使用减法，来计算这一场美丽的奔跑。

五个人时，就在殡仪馆门口支下帐篷，玩诈金花，或斗地主。

后来，进去了一个。剩下四个人时，就在帐篷里打小麻将，彩头是一毛两毛，不伤和气，又能鼓舞斗志。

又进去了一个。剩下三个人时，玩掀牛九（西北的一种牌戏，三人组合）。

两个人时，知白守黑，下围棋。

——剩下最末一人时，世上的黄昏便降临了，百鸟惊飞，乱云飞渡。最后的一人也该撤掉帐篷，蹲在门口，替世上来往的行人掐指算命，指点一二了。

……

等等！写到此处，腕下雷霆。我直觉得那个坐入了世上的黄昏，替人掐指算命者，不是那最末的一人。

　　——它应该是一只空碗，置放于暮色下的土冈上。碗，也曾经少年，也莽撞，亦憧憬。在跌仆和传递中，有了痕印和豁口。所以，它现在命定般地空着，置放于黄昏和大地，如一个婴孩。它应该带着前定的宿命，要去接盛风霜雨露，接盛一切天下人的故事、泪、情仇和爱憎。

　　尤其，它要接盛下一切人的后果与前因。不分贫富，无论男女。

　　当罡风袭来，这只碗，能在暗夜里吹响——像那最末的一人，迷了路，或是醉了酒，被抛舍在长路上。

将进酒

故事说：

有一天，一位爱尔兰人来到了都柏林的一家酒吧。在吧台上，他点了三大杯啤酒，然后静静地坐在角落里，一一排开，再去依次喝完。好心的侍应生上前，提醒说：先生，啤酒打开会走气的，您应该一杯杯来打。

这位先生闻听，先是感激，后哈哈大笑说：小伙子，事情是这样的——我有两个朋友，他们一个在美国，一个在澳大利亚，而我现在坐在都柏林。临分手时，我们约定，以后不论在世界的哪个角落里喝酒，我们都要以这样的方式去喝，以纪念我们曾经度过的那些美好的日子。

小伙子恍然。

后来，这位先生常常光顾，酒吧里的常客们也都熟悉了他的方式，并心里暖和，充满致意。

故事的转折开始了——

这一天，这位先生走进了酒吧，只在吧台上点了两大杯啤酒，然后闷闷不乐地坐在角落里，默默喝着。酒吧里的常客们看见这一幕后，都噤了声，气氛一下子冷了。心直口快的侍应生实在憋不住了，上前劝慰说：

先生，我很悲伤，您损失了……？

哦，不！这位先生理解了他的好意，哈哈大笑说：不，小伙子，不是你想象的那样。我的两个朋友仍然很好，正活蹦乱跳，他们一个在美国，一个还在澳大利亚。现在，我之所以只喝两杯，实在是……

这位先生顿了顿，坦白说：

——只不过，是因为我自己戒了酒而已。

坦白讲，这是一则听来的故事。听完故事的夜里，我也只身犯险，跑进酒吧里，按这样的方式喝了一回。失败的是，直到我双眼明亮、身体无力地喝瘫在角落里时，我也闹不清那走失的人是谁？那该怀念的一人又是谁？

没了怀念。

再没有比没了怀念，更糟糕的事情了。

一个人在世上驻留，迎送晨昏，短得像一声没有尾音的叹息，渺小亦如芥子。而"怀念"这个词，就是一根拴马桩，能系住漂泊、爱憎、后果与前因。或者说，"怀念"这个词是一个插头。一旦接通，反使人通体光亮，熠熠生辉。即使在暗夜疾行，迎头碰壁时。

——在转折到来前，这仅仅是一篇淡漠的小说，波澜不兴。酒吧喧闹如散文，液体似诗。当猝然的转折开始后，那杯酒即成了一种哲学。

因此，中国才有《红楼梦》，而爱尔兰肯定会有一部《尤利西斯》。

幸福在哪里

大学时，我是逃课的生猛分子。因为我不信任。但我也有一个积极的想望：每家校园该有一片修林、一根笛子。该有一位面貌带点儿模糊的美女，去跟一个游方的僧人辩经。精彩时，他们手掌击空，掌声沾花落地。笛子呢？也应声作答，像一介忠诚的书童，弯腰拾起一枚叶简，夹进经书。

于此，一座深沉的图书馆，被弃之不顾，渐成废墟。

——夜晚点灯，细读课本，贪享文字之美。天光放亮时，我则抱着自己流连昏睡，心骛八极。那是 1986 年，一切都是旧的。几乎每天早上九点，楼道里便会响起一阵木屐声，乏味，冗长，去往水房洗漱，路经我的梦境。像是问话？也像是一笑而过的提醒？这个从黑夜脱身的人，在空阔的长廊里，常会打开身上的某个开关，哼唱起一句歌：幸福在哪里？

反反复复，就那么简单一句，追撵着一个叫"幸福"的人。对过是水房。水声哗然，一遍遍将我的梦境浇湿——我不知道，每个人的少年时代，是不是都有一次去做落汤鸡的机会？反正我是。

那时候，一切都是旧的。

其实，现在也没有变得更新。

　　后来，那个人走掉了，歌声也杳无音信。他去了哪里，继续去拾那一句歌词？还是早被幸福拐跑了？我竟一无所知。

　　只是，他将疑问留给了我，叫我一直锈迹斑驳，心生苍苔。

　　一直旧着。

幸福这个人

我坐在黄河畔，晒太阳。

太阳不是一个词，是铜制的器皿，灌了油，递出一灯如豆，让我去辨识世上的心肠。那日午后，他们一对夫妻拉着满满一架子车的废品垃圾，负重地登上了黄河畔的一面长坡。风吹坡顶。顺便，也吹凉他们身上的盐粒和牙齿明亮的笑意。他们卸下拉绳，长舒一口气。女人从怀里摸出一只苹果来，在汗襟上揩了揩。刚要递给自己时，却又闪电般地喂到了男人的嘴里。男人踏实一咬，留下一记月牙形的瓣儿，再推让给女人。

废品收购站的路尚远。

我继续晒太阳，看见车上有一块废旧的纸箱板，印着苹果公司的那枚标识。

另一次，大雪初霁。我穿过一只船街道。

在 58 号大院前，我看见一位美貌的少妇，端着一盆热腾腾的衣物，在擦洗晾衣绳。她背对我，心情沉浸。高贵、性感、妖娆，亭亭玉立，像一只优美的天鹅。按理说，我称她为建国嫂。晾衣绳其实是一根铁丝，手抚过，会有一种青铜的声音，弹奏空气。她打开一件件

第
一
辑
一般见识

　　热腾腾的衣物，双臂一甩，将它们一一抻展，挂在铁丝上。定睛看去，却原来挂满了几十块尿巾尿布，上头淡黄的印痕说明了什么。屋檐下，一对老人坐在轮椅车上，晒着云层里稀薄的日光。他们静寐的样子，像极了一堆旧日的档案。

　　作为街坊，我知道他们是建国嫂的公婆，瘫痪多年，难以自理。只是，在她抻起尿巾，迎风一甩时，我望见了一层水汽，骤然腾起，缠着五彩的霓虹。那一刻，太阳恰巧露了头，朝人世上一觑。

　　——我在一些宗教画上读到过：在圣人或使者的头顶，常有一轮鲜亮的光圈，作了证明。

葬仪的行进

青海东部，靠近积石山一带，有一场葬礼在行进。

山里积雪盈尺，风寒鸦瘦，枯木遍野。起灵时，一只黄铜的铙钹在前头狂响，一路奔行，仿佛头羊或领袖，作了引领；十几根清漆的灵杠，抬起龙头寿材，在清冽的日光下疾步紧随。我知道，那座金色的车辇上，坐着一个静默之人。这个人的名字，叫"死"。

路经每个院落时，村人们必会燃起一堆麦草，焚烟路祭，送君十里。

此刻，在积石山上，一幅版画在秘密地印制：那群缭绕的烟柱，仿佛一根根梯子，直端端地站着，正接续世上的亡人。

麦草是今年的。

今年的麦子下来了，但亡人却来不及吃上一嘴，就上路了。

在浩瀚的雪原上，一副鲜艳的寿材奔行着，犹如一艘刚打造停当的新船，撵着天上的梯子，去说一句话，去赶一次长脚。

我心里一疼。蓦地想起昌耀写过的那个词——

"慈航"。

追悼几个词

"风，随着意思吹。"

十六年前，在写下这句诗时，我的墨水就干了。墨水一干，说明一个人也该到了闭关隐修的季节。有一扇门，再也不必跨出，只需要潜心修持，冷热自理。诗，乃是一座修远的寺庙，只在暗夜里砌筑，可真不是写出来的。犹如风起，像一篇自然主义的散文，往往无人问津。

风吹，这是一个通透的瞬间，天空无蔽，让书打开，让心一凛——风吹自然，风吹古代，也吹过我的先人和祖籍。风吹过 10 点 43 分，也将吹过明天傍晚始发的一列火车。风吹人世上的生灵，也吹过一个婴儿刚刚溺尿的响声。这个小小的幼兽，其实还不知道，风也是一个难心的人，揣了惆怅，手持桨板，打望着这个空荡荡的人世上的流水。水穷处，自然也不见了风起。

现在，连那最后一点点的意思，竟都没了。

……风呢，也就从远路上撤回，懒得究问。我被城市这家伙拎起，夹在腋下，嗅见了汗腥和馊臭气，惶惶若一匹瘦狗，拎着骨头，在人世上奔命。

没了意思。

词的死掉，就在眼前。

——说话的空隙，风换了装，改了心思，与其他的伙伴们逐一走散，相忘于天涯。还好，我揣着一本秘密的亡灵册，细数它们的名字：

流年、倾听、凌晨或黄昏、如来、落叶、天意、义、苍茫、小驹过河、宁静致远、棋局、真水无香、云絮

……

在卷末的空白处，我静候，等待填写其他的亡灵之词。他们会来的。因为每一个词，事实上都是一纸契约，写在部首偏旁里。只是，现在他们还未坏掉，还像一台台磨损的引擎，在荒凉的人世上，吁吁赶脚。

其实，墨水也是一个词。

墨水干了。现在，我再也记录不下什么，连一个亡灵之词的间架结构，一阵逶迤流失的翅影，一捧净水，都再也无能为力了。

也好，我这就阖上这本卷册，敬请安息。

一日不作，心生荆棘

有一朋友，少时为贼。

贼的妙处，就是不能被屈打成招，再将鸭子嘴煮硬，滴水不泄。从宽待之，若一日为友，则终生为友。海枯石烂这个词，也不好去形容。他是我的发小。在过去的旧日子里，我有幸当过他的班长，替他写过作业，撒过小谎，还请过几次家长，严肃地谈过成长的疾病（做贼一事除外）。

准确说，他偷的是白玻璃。

那是一个玻璃紧俏的年代。虽说大地粗糙，无限生成，但玻璃是石头的精血，工业化的针管尚不能恶意抽取，索要无度。其实，旧日子也有旧的好处，比如路不拾遗、夜不闭户。家家户户窗牖破损，蚊蝇穿梭，日光也缓慢，梦亦稀松平常。自从打碎了教室里的一块玻璃后，他一受罚，就积极上了道儿。

那年夏日，这个贼伤透了脑筋。他一直忖度，如何安全地将一整块玻璃，运出玻璃厂的大门？玻璃厂在学校附近。偌大的场地上，码了几堆需要外运的玻璃。茬口发青，仿佛一汪汪雨后的水洼，埋伏着几只青蛙。后来，他终于想出了奇绝的窍门，落草为贼。

　　——夏天的正午，他佯称工厂的子弟，公然地进了厂区大门。工人们在楼群的阴凉里歇着，远远望见一个小孩，张开双臂，呈现一个"大"字，臃肿地走来。随口问："做啥的?"他便含蓄地回说："练功! 夏练三伏么。"问话的人也再懒得追查，任其在空旷的场地上，蛤蟆样地来来去去，不亦乐乎。

　　他将一块块玻璃偷出来，不光赔了学校的，还将另外的砸碎在废品收购站里，贱卖了。一块废品卖出去，值七毛来钱。这在当时是一个不小的数字。我跟着他，吃遍了兰州城里最好的牛肉拉面。

　　却原来，他充分运用了光线的原理。有人叱问时，他便稳住身姿，正面迎人，让日光照透怀里的玻璃，仿佛身无阻碍，了无牵挂。用他的话讲，日光也有发黑的时刻，况且一只肉眼呢。

　　他屡屡得手，一日不作，心生荆棘。有时候，遇上刮风下雨的天气，他就跳着脚，郁闷非常。再说，玻璃的丢失引起了有关当局的重视，还误以为是反革命分子在搞破坏。于是，设伏一下是必要的。东窗事发的那天中午，他又在一趟趟演练蛤蟆功，待对方抛来一句问话时，他照例回说：

　　"练功! 夏练三伏么。"

　　恰此时，一丝暗云忸怩而来，遮住日光，泄露了他。

　　他一番惊叫。玻璃似一条青鱼，滑脱丢手，泥样地瘫痪在脚下。

第二辑 一般见识

但鲜明的荆棘丛却很刺眼，泛着光亮，犹如一捆细密的毒刺，退出了他的身体，救赎他。他被管制劳教，三年不知肉味。

　　心荆肉棘。

　　——这本身就是一个令人魂飞魄散的词。不说，也罢。

飞越疯人院

跃下山冈，就望见一座青砖的建筑。

那年六月的末梢上，天水一带气候异常。不是井底里冒黑水，就是青蛙集体过街，像动物世界里的起义军。夜里的天象也奇崛。星星们挂在一张沉闷的蛛网上，一步三叹。借上一辆自行车，我和一帮多血质的青年准备去郊外，去探视一下疯人院里的动静。

谁都知道，疯人院里的宝贝们，揣着一颗敏锐的心，也有出世的看法。

郊外的麦子青黄了，灌浆已毕，给起伏的山峦泼上了一层油漆。歇脚时，我们在麦田上朗诵诗歌，打滚摔跤，把理想寄托于远在远方的风中。又扶正一棵棵麦苗，替秋天做了交代。上个世纪 80 年代最后一季的云朵，也含有一种文艺的灌浆气。我们把成列的麦苗，看成一首首刚写下的、成长的诗。

驰越山冈，疯人院像一枚印章，别在地上。

正值放风时。铁丝网里的操场上，一个个病人们身穿条杠的病号服，或在散步，或在吟诵，或在墙根里晒日头。也有一群肌肉发达的，争抢一只鸡毛毽子，腾起一团团尘灰，仿佛按下云头的孙悟空。支好自行车，我们跳过铁丝网前的壕沟，趴在网眼里细看。

第
二
辑
　
一
般
见
识

　　此时，病人们也围了过来，叠着罗汉，对我们挤眉弄眼的，看着新鲜。我和那个奇崛的世界，只隔了一层薄薄的距离，吹弹可破。突然，一个病人指着我们，欢快地招呼伙伴们，讶异地喊：

　　"快来瞧，外头有一帮疯子。"

　　"一帮疯子！骑着自行车来的，是一帮长头发的疯子哦。"

　　"戴眼镜的疯子们。"

　　在劈面而来的讥诮声里，我和这帮多血质的文艺青年们，惶恐地跳上自行车，丢盔卸甲，骑上了丘陵。

　　云层低垂，疯人院像一块卵石，滚下了山冈。

春天

剪羊毛的季节，悄然来了。

草原深处，一座寺庙刚刚砌毕；一只鹰捧着完卵，驰越天庭；一块毡毯将捻完一半；一个黝黑的婴儿才啼出一声。

风起时，一个剪羊毛的季节，落地生根。

——其实，我一直相信，是太阳这个彪形大汉，拎着一把黄金大剪，走过草原。要不，比牛奶还白的羊子，比白昼更亮的羊子，说明什么？风吹斜表情，天空陡峭，鲜花打开。这个醉酒的糙汉子，踉跄奔行，在星宿上买醉，于云朵上长卧不醒。那时，蜜蜂是沉默的，狗也不知所终。

春天了。

终于，他想起剪羊毛的季节到了。

数不清那些秘密的羊子，究竟是从哪一根青草的根部上，悄然跳将出来，站在这个荒凉人世上的，像晨时的露珠，挂在大地的腰际，像一片片瓦，在地平线上飞行；像一根根燃香，机深如海。经过漫长一季的寒凉和摔打，它们被雪冻伤，被风弹破，被鞭子遗忘。现在，它们是一只只瓷器，蒙了土，覆了尘，漏洞百出，挤满在草原深处，等待探看和修复。

——它们破着，碎着，裂着。在春天，祈望一位热烈的修补匠人，拎来一只黄金大剪，去细查，去慰藉，去剔净身上的疾病和哀痛。

这时，太阳来了。

太阳这个糙汉子，从蛮荒的醉里，一步步醒转，忆起了荒疏的手艺活。他是一个锔伤补心的工匠，一年一回，赶着春季，来到人间。平素的日子，他则站在天上，翻看手里的账册，记录着世上的爱憎与情仇。

剪羊毛的季节到了。

草原上，脚步恳切，经幡猎动。

这是一个需要举意的时刻，

我知道，我其实也是这么一只羊子，一只携伤的瓷器——日光照我，如照着世上所有的好儿女，带了恩情，去怀想下一季的生动和热烈。

世上的天平

坐在山顶，拍打灰尘。

仅仅是路经。翻过天山时，一场起自巴音布鲁克草原上的大雾，散了。散也就散了，不过是一阵流奶与蜜之地的风。从远处来，又回到了远处，像一个人走掉，再就没了消息。却突然间，云塌陷，天敞开，一个广阔的世界大得无边无际，竖在眼前。人的心，也就断成了游移的悬崖。

鹰若标本，挂在太阳上，一动未动。

这么空荡荡的人世，荒凉到了惆怅，不置一字，也没了那种水落石穿的一粒粒声响。这时，便需要拍拍衣服，抖落灰尘。

拍打灰尘。

——在山脊上，手一抬，其实只听见了自己的空洞。接着，乃是人世上的一粒回声，弹滚而来。"拍打"这个动词，仿佛一个人的乳名，荒路了许久，现在才被唤醒，跟着前世的踪迹，嗅闻而至。

人的心，其实也是一捧灰尘，一丸泥，在宽阔明亮的人世上浮游。拍—打，只那么随意的几巴掌，心的空洞便毕露无遗。

据说，这荒凉的世上，最早是有一架天平的，用来秤一秤心的重量，再去分配每个人的来路。埃及人这么想过，中国人也这么想过，

第
辑
一
般
见
识

黑人与白人、富人和穷人，也都如此作想，猜着末路上的歧途和光阴。

于是，在上秤前，拍一打，便成了宗教的源初，是一种信仰的举念。让心轻下来，再轻下来。比一片羽毛更薄，比天堂还轻。

但现在，人的心都实了，充耳不闻。

那一架世上的老天平，也杳然无声。

破碎

再没有比这个词，更残酷的理由了。

"破"，其实是一种声音，挣扎地张开嘴，攥出心，念出这个字的咒语——风起兮，让这个空荡荡的人世一下子警惕起来，抵住嗓眼，破、破、破地发音。破的时刻，云裂，地坼，日头西沉，暗鸟惊飞。

一个人的姿势，也就出现了漏洞。

"碎"，则是一捆明亮的荆棘，掉下来。将这个人的影子，钉在地上，去继续他世上的伤心与怀想。

破碎：一旦碎到了破的地步，即使一尊神佛，也再不会破矣。

书道

　　有一度，不喜欢沈鹏老的字，不能究里，惟因直观。

　　我甚至觉得，在一页劈木抽髓、鞭辟取筋、辗转而来的宣纸上落笔，不是每个人都有资格。那该是一份圣职。从念想的第一刻起，须一退，再退，直到成为一介修士，或一位忍者，披古时的星斑，戴旧日的月痕，漱口，净手，将自己锻塑成一枚那时的青箭，自虚空里射来——

　　于香氛缭绕的宗教感中，在偏旁与笔画之间，延展想象，闪转腾挪。

　　或者，与刺绣相仿。一匹取自春蚕的丝绸，凛凛冽冽，寄托于流水，委身于午后的一阵地气。该有一位心碎的可人儿，倚在织机下，呢喃秘密。

　　但今天不！

　　在一件印刷品上，有沈鹏老书录的杜牧诗句，突遭电击——

　　　　直道事人男子业，

　　　　异乡加饭弟兄心。

漫山遍野的今天

　　心想：书道的正途，或许不止停在"艺"的自炫，间架的无懈，结构的匀称上。更非表演的仪礼，亦非亵玩之鸟。在力透纸背的另一面，该有与云宣深埋的呼吸相应的——"义"，去适时作结。

　　远远望去，所谓的纸墨之寿，也无非是一个"义"字，守在了地平线上。在旧时，乃是士的贞节，是墨的操守，是一诺千金，才可能腕下雷霆。

　　于是通透；

　　于是海纳；

　　于是鹰高挂、日垂悬、帆正紧；

　　于是太初有道。

牧云的人

有一个人站在云上，揣摩世间。

我觑不见他的表情，闻听不到他的脚步声，也摸不见他的心跳。但我知道，一定，有那么一个人站在云上，放牧着，什么。

要不，风起时，怎么会有大团的云雾，从天空深处挤出来，从日头的库房里癫跑出来，从青草的尖芽上漾荡起身？要不，午后的那一阵子暴雨，干吗要急慌慌地擦掉地上的污泥，连累了旱獭和地鼠的王宫？要不，夕光砸下来的一瞬，山腰上大金瓦殿的脊顶，怎么会坐着一位观世音？

秋草黄了，在甘南草原。

早起，一个羸弱的阿奶，带着她的朵拉（转经筒）、羊只、酥油、茯茶和经版，走进山里。黄昏时，一匹单身经年的獒犬，牙缝里塞满了妖怪、魔鬼、传唱、爱情与失败，在毡房的周遭踱步，雷霆不已。——四姑娘叫卓玛，在今年夏天的转场中，一个人悄悄走掉，再也没了指甲皮大小的消息。

一帮子穷亲戚，坐在草原深处，

时常寄信，说明

近况。

漫山遍野的今天

一定，有那么一个人，站在云上，放牧着什么？

——其实，我知道此刻，秋深了。

秋深的时候，即便一只滚烫的巨鹰，青春也会被吹凉。我的青春也凉下了。我热爱的穷亲戚们，嘴里吮过的酥油，也越来越，淡了。往后的日子，八成是一道窄门，云落下，冬莅临，草原和牛羊也会被冻伤。

只是，那牧云的人，也牧着世上的一切，偏偏不作声响。

我亦缄口，热泪长流。

第一辑 一般见识

世上的奇迹

经上说，惟有旷野中，才有神。

这是一句令人悲愤的话。在乌泱泱的人世上，神忽然弃绝，和他怀里那一颗奔突的心，跳出三界外，杳然无踪，寂寂绝尘。——徒留下一把悬置的椅子，一介空虚的名望，一粒符号，替世代作了道歉的说明。于是心想，在神撤身别离的那一瞬，会不会鹰击落，日暗淡，泪抛别，像西北"花儿"里所唱：除非青冰上开出了一朵牡丹？

心念如灰。

风起时，灰便是不着一字，像神的衣袂下卷荡的尘埃，一一顿灭。

悲，是一种情致，向下的俯冲，一堕，再堕，终止于万劫不复。而愤是一种姿态，撒出去的手，攥不住什么，惶惶而走。多少次穿州走府，空手而归，其实说的是一卷卷纸灰，在复辟的路上踏行而来，意欲回归原形，比如塑身为一棵树，一枝苇，一茎草，一盏花，以站立的姿势，再悲愤地翘望——

神的缺位，也使这个乌泱泱的人世，登时宽大明亮了许多。

何以？

漫山遍野的今天

三个友人狼奔豕突地回来，从果洛，从玉树。照例，我看见他们颠沛的屁股后头，跟着一阵失败的尘风，于是接引，于是洗涤。

酒像一盏灯，

照着归路！

于是，他们说了一幕世上的奇迹，大意如下：在海拔4 200多米的玛多县城外，有一处嘛呢石堆。——祭祀的嘛呢石并不鲜见，若六字真言的字母，标识着轮回或地址。在青藏高地的犄角褶皱里，像石化了的鹰，或鹫，静候顿悟与澄明的一瞬。玛多的却不同。三个友人结结巴巴道：好家伙，不亲见，难置信，足足有二十六亿块斑驳的大小经石，堆在地上。

不信？

去查《吉尼斯世界纪录》吧。

其实，我知道，宗教恰是这一刻产生的。

神的匿藏，并非出于勘破，亦非自愿，自觉更是一份无上的修为，无从谈及。像任何的案件一样，灰尘会泄露他，空气会出卖他，一不小心，让他无端端留下逶迤的印迹子，指示来人。——这印迹子，犹如一团毛线，牵出线头，一个人方可迷信起迷宫与传说，尾随而上，供养或寄托。

与其说是一份信仰的功课，不如说，是在寻觅神，留下的印迹子。

我烂熟的几本经书，说到底，大多是神在用茶完毕后，用词语，用一条条哑谜，用三更时万物的脉动，用四序，用轮替的晨昏，悄然留下的印迹子。——神在忽然弃绝的一刻，并不想背离，于是留下指示。

心想，那二十六亿块嘛呢石条砌筑的祭台，实则是一方镇纸，"镇"住了一条忽隐忽现的印迹子，怕其弥散，恐其消失，畏其遁迹。在这个宽大明亮的世界上，神所遗赠的这一条线索，多像是一根即将朽烂的马桩，另外还系下灵魂，系下漂泊，系下前世与今生的因果，再系下情仇与爱憎的细节。

所以经上常说：赶紧！

夜里托梦，梦见二十六亿块石条，是一只上升的椅子。

——只是，那一只悬置的椅子，现在空着，将来亦将空着。空空如也，仿佛眼前这个宽大明亮的人世，人来人往，鼻息可闻，却又萧然远引。

但椅子上，始终不见，即将到来的

那人。

漫山遍野的今天

彩票经

而今，彩票成了显学，人人吟咏。

守号之人，一定是在穿州走府的长路上，了无伴当的旅人。他的钵，一直空着，盛下夜露、鸣虫、翅影与风尘，像一部初创的哲学文本，一无来路，二无归途。他牙关紧锁，偶遇的释子、妖魔、杂耍者、玻璃匠人、冥想者，均对其无解。一个守号之人，羁留于地平线一侧，餐风饮露，塑身如佛。

选号之徒来也！

其实，世上只有一只算盘，执于高处的某人，噼剥作响，理论于心。——在天罡的上方，是日轮，乃月印。轮替的长路上，它计算着脚程，刻画了得失，于翻云的笑脸下，露出了覆雨的霹雳手。在地煞的角度上，四粒珠子，标识着四序的阴晴，斗星的热烈与寂寞，以及内心的表情。

这是一本诗集。

选号之人终生的修为，乃是告发，这本诗集。

尚有那随机而为的人，默认了机器的文明，——唰，吞吐自然，是一篇破绽百出的散文，好比夜宴之后，黎明初起的悔悟，好比鞋窝里埋下的一枚沙粒，好比一声歌剧式的咳嗽。呵呵，嘿嘿，弱水三千，

第
一
辑

一
般
见
识

一瓢足矣。

　　且慢！

　　漏下的一人，该是冥思者，类似圣人。他不参与投注，却时时发思，犹如六祖当年的棒喝，使人一凛，继而拈花绽笑。

　　黄姓同事，热衷福彩，经年不息。

　　一日，黄姓同事站在投注站门前，位列末端。买彩票的队伍，令人忆及旧年代里抢购冬菜的情景，但彩票和大白菜、土豆、胡萝卜又有革命性的迥异，前者关乎精神，酝酿庄严，后者为了果腹。百无聊赖中，黄姓同事觑见路边有一算命的瞎子，神袍，道冠，执一广告的幡子，在风中伺立。脚下还有一幅"双鱼图"，楚河汉界，职守分明。黄姓同事玩性顿起，仓皇道：

　　"算一次多少码内？"

　　回说，"五元！"

　　"给你十个元，老神仙，帮我算出今晚彩票的七个号码来。"

　　——孰料，瞎子扔掉手中的幡子，摘下鼻梁上的石头墨镜，双目炯炯，玉树临风地断喝："呔！滚一边儿去。我要是能掐出那七个号码，划得着在路边摆摊算命吗？发傻了你呀？"

　　那一瞬，黄姓同事说，瞎子真像，一座刚刚翻新的寺庙，熠熠生辉。

漫山遍野的今天

据说，中头彩的概率，好比是将全美国的黄页堆在一起，你像李寻欢那样，拿一枚钢针，例无虚发，一针扎中了你家的电话号码。呵呵，恭喜你!

刚写到这里，一则新鲜出炉的新闻来佐证。欧洲大陆的新一轮彩票开出，奖额高达 1.7 亿欧元。据说，差不多等于一个普通工人，劳作一百三十七辈子。

一百三十七辈子。

——心想，静俟到那一世的人，准定荒凉、冷寂、无端萧瑟。因为，那时世上的人，均已成佛。雨露广洒，香氛遍地，一纸彩票，究竟能得渡几米?

说这话的人，也摘下了墨镜。

标点

最是仓皇辞庙日。

——想象说，该是一团骨殖，不再敛迹，松开了锈蚀的翅翼，找见了往昔鹰或鹫的感觉，意欲从一个国家的屋脊上起跃，斜刺里（一个多么惊心动魄的辞藻），晾晒于空气，像一次痉挛，像一辈子的瘫痪。

因为，最后的时刻到了。

在昏暝的雾霭中，也该有一枚针，匿身于命运之手。当鹰或鹫，在内心里摊开自己的一刹，这枚针，夺地袭来，一个人也就成了国家和历史的标本。——谁也说不准，它是一只鲜亮的花圈，还是一声短促的惊叫。

等等！

在腾身的一刻，亦该有一道暗影中的门槛，将人一别，拽住一生中最末一次的邂逅或踉跄，留下窸窣的衣袂，仿佛那个时代印刷错误的一张报纸。这道门槛，内心湍急且热烈，张了张嘴，却不发一语。于是，在"别"住的刹那，可以重新来标点——

最是，仓皇，辞庙日。

最，是，仓，皇，辞庙日

漫山遍野的今天

最是仓皇，辞庙日。

最是仓皇辞庙，日。

剩下的句子，似乎都留在了门槛内，掩面而歌，有一种嗜血的狂欢。在那人凄厉的脚步声后，吹灭了灯，浇熄了灰尘，刈除了一些粗枝大叶和这些标点。由此，这首词变成了一阕杀人的歌谣。

教坊犹奏别离歌，

垂泪

对

宫娥——

天问

天空滴落

佛

的精液

这是数年前，我在拙著《诗三百》里写下的句子。——只是，在笔管拔颈而起的一刹那，我看见已经干瘪的毫尖，慢慢湿润，渐渐肿胀，呈澎湃之势。那是一种欲望的表达，由衷，恳切，世事洞明。果然，毫尖上积攒下了一粒红墨水，由初亏的月，转向满盈。我目瞪口呆地盯视着——它飘摇，凋零，如一枚深秋的果实。

我尾随它，忙诵唱了一句祈祷，阿弥陀佛！

它

滴

落

或许，哲学是不需要究问来路的，

尤其在秋天。

夜半

零时刚过，走廊里传来了一阵子窸窣声。

这个病房是一个套间，我陪护家人一间，另一间空着，空了许多个小时，日头拿走了什么，夜又送来了什么。但灯绳一响，有一种东西就跑干净了。——下午时，刚从里面推走了病人，污迹斑斑的床单，像开给另一个世界的入门证。门是"L"形，担架拐不过弯，俩兄弟抬着妹夫进来时，一愣，再一愣。

我劈头盖脸地迎上去，想帮衬一把。

妹妹向隅而泣，提一个网兜，塞满了脸盆、布鞋、板凳和十几块鏊饼，像长路上，赶脚的旅人。妹妹只是哭，肩胛忽高忽低，哭得布衣上的印花都快开败了。败也就败了，花败在夜里，说不定也是一种归途。但人不能。我忙计算着角度，好给他们出个像样的主意。

只耽搁了三分钟，胡子拉碴的弟弟就耐不住了。

放下担架，弟弟抄起妹夫，一扔，扛在了自己肩膀上，大步流星地跨进了病室。我木然，仿佛看见了"黑旋风"李逵，从一本禁书里溜出来，在世上打家劫舍，了结恩怨。弟弟卸下妹夫，打开，随手一丢，抛在了床上。——被褥里挤出来一股子陈旧的气息，像回忆。

说是要挂水，但护士们阒无影迹。

第
辑
一
般
见
识

凌晨时，俩兄弟蹲在电梯口，烧烟，叹气。

于是知道了，他们来自甘肃景泰，家在毛乌素沙漠的南翼，六亩薄田，靠天吃饭。妹夫出外拉沙，但车子翻了，胯下的"三马子"倒扣过来，横砸在妹夫的脊椎上。弟弟说，天爷呀，连车帮子都歪了。哥哥亦介绍，县上的大夫说了，脊髓还在，或许，或许是神经断了吧。

妹妹忽然恼了，从网兜里摸出一双筷子，当着弟兄们的面，咔嚓，撅折了。

折了的筷子，登时露出了一簇簇刺，带着冷寂的锋芒。——原先，它们敛住自己，顺滑，细弱，布满了光泽，与眼前的人世合二为一，似乎并不会觉出什么。但现在一打开，却是一束藏有秘密的荆棘。

妹妹不说话，原来，

是哑子。

我一激灵，想起刚才"黑旋风"弟弟的鲁莽举止，蓦地一疼。

墙上的指示灯闪烁不停，电梯始终在上下，运行。在夜半，这只神秘的铁箱子，在搬运着什么，谁却也没有揿下这一层，无人走进来，说一句暖话。

俩兄弟也不说，只顾着掰开鳌饼，往口腔里填。吃到干噎处，喉咙里打雷，有一种骨骼的声响。颊上的泪，是咸的，却不能解渴。

——惟有墙上，那一排阿拉伯数字的神经，熄了，亮了，再灭了。

来一杯茨维塔耶娃红酒

醉了的下午，再来一杯，方可解酒。

我和小活佛思来想去，选中了广场附近的酒吧，我的天堂。天堂的法人代表是小弟，诗人出身，说不定会有什么秘不示人的私酿，一快心肠。秋阳高照，坐在楼上宽大的玻璃窗前，广场上蚁动的人群，闪烁不止，仿佛自高树上飘下的叶子，在风中呢喃——

干!

小活佛是转世来的，80后，接近三张了，长相如早年的费翔。手机彩铃是周杰伦的，腕表乃天梭，足蹬耐克，喜食本帮菜，收藏好莱坞碟片。小活佛的主寺在甘南草原以南，在拉卜楞寺读经，常来兰州为人摸顶和开光。私下里，小活佛爱和我煮酒论道，说诗，议女人，谈六世达赖喇嘛仓央嘉措大师。顺便一醉，梦里不知身是客，在世上挂个单。

其实，我并不觉得他吃酒过分。我猜，这或许是另一份修行，为我不知。

这个醉了的下午，再来十杯，亦不能解酒。

往昔时，杯子是大的，大到了能够溢出的边缘，带着世上的喧嚣和泡沫。口感也杂，有一股子旧时代的尘烟和莽撞，试探青春，催逼光阴。渐渐的，杯子越来越小了，歌哭的时间日少，人生的幅也变得窄小——小到了再多的酒水，亦不能溢出的程度，比如现在的我。

小活佛已经瘫软了。我也站在游移的悬崖一畔，见山，不是山，见水，不是水。刚要喝瘫的一刹，不小心侧转身子，猛地看见了大厅中央的立柱上，贴着一幅诗联。字是天堂法人代表的，落款却是茨维塔耶娃——

不久之后，秋天就要来了

我们将走在

往日，不曾走过的路上。

于是醒了，舌下生津，仿佛含了一片致命的解药。

我轻轻吟咏，声音若一根羽毛，唤醒了对岸的小活佛。窗外的艳阳歇了，该到了倦鸟归林，明月出山的时间。小活佛道：

"好诗!"

问，"好到了什么地步?"

"唵，吗，呢，叭，咪，吽。"

——六字真言。

不待释义，小活佛忽然起身，拧出一个热烈的榧子，喊来侍应生。我站在桌边的此岸，有一种溺水的仓皇感，亟待一根接引的绳子。小活佛却吩咐说：

"来一杯茨维塔耶娃红酒！"

末了，又追喊：

"加冰！"

私心

　　我想筑一座高炉，用泥坯，用草胎，用耐火砖。我想填进黝黑的炭，让世上所有的风吹燃，让火肆虐，像一个疯狂的夏天。于是，我想丢进一坨铅块，放在炉膛的中央，看着它由灰转红，由红变白，再由白，抵达银子的亮色。——我不喜铁的冷，铝的轻，钢的执拗，铜的黯淡。那时，我觉得铅是最优美的金属，是银子的前生，心里哗哗的，有深藏的波澜。

　　出了炉，它应该是一汪汪液体，会泻地无踪，消失了它的魂，弥散了它的魄。我小心地捧着它，开始浇铸——

　　我富想象，我会捏造，我有形形色色的陶范。我想铸出一把小手枪，挎在腰间；我想铸出一只红军时期的水壶，再镌上一枚红"★"；我想铸出一只铅笔盒，藏下少年的心事；我想铸出一棵高树，落影婆娑，枝繁叶茂，再站上一只鸟。

　　有风吹来，鸟儿抖了抖翅，一飞冲天。

　　呵呵，我还要铸就一双银白的球鞋，不用粉笔涂，不怕雨天的烂泥，大踏步向前；我要给妈妈铸出一只锅，昨晚炒菜时，那一只露了底；我要给小学校铸出一块黑板，虽说它是亮银的，但最白的纸，能作最美的画；我还要铸一个爆米花的机器，走过一只船街道，在家家

漫山遍野的今天

户户的门前，美美放一炮；我要给邻居姨娘铸一条金鱼，像灯笼一样，点进水里（半月前，她哭天喊地，捧着一条黑玛丽的死尸，葬在了葵花地里）；我想铸出一副透气的护膝，老爹的寒腿病犯了，趔趔趄趄，像黑白电影里的敌特分子……当然，我最想铸的，是一本《小英雄雨来》。如果可能，另外再铸一本《51号兵站》。

风起时，图画翻卷，一个个黄昏被夹进书里，没了踪影。

发烧是难免的，尤其在一座呼啸的高炉下。此时，我最想铸出一滴水，透明的水滴，刚挂在树梢，刚从瀑布上跳下，刚从井口里渗落，刚从一块遥远的冰上融解——

将我，

点化。

1974年夏天，我八岁，带着积攒了半书包的牙膏皮，去卖给废品收购站。一只牙膏皮一分钱。三只，刚好能买一本连环画。

那时，我还不知道牙膏皮是锡制的，还以为是铅。

甚至，我不明白"铅"是什么，更不理解"铅"其实是这个世界上，最重的一个汉字，含着一口微微的毒，像一坨银子。

在那个年代。

仿佛

髣髴，亦即后日的"仿佛"。

在这些繁复的笔画里，我看见了一个词的深入，一次归位，一场秘密的典礼。——它本来轻佻、顽劣、懵懂，却在凝听中，谛见了一声遥远的律令，一嗓子棒喝，不由得停顿下来，检视自己。渐渐的，它开始收拾住奔突的内心，踉跄的脚步，敛住翅膀。它洗净铅华，素面朝天，倏忽间，变得整肃和庄严起来。这是一个词的完胜，卸下了甲胄，站在了今天的辞典里。

从"髣髴"开始，应该是有一个坡度的。

在坡顶上，有众望所归的海拔、景致和内心表情。它翘望，由此起步，抛别了市声，丢下了陡峭的凡俗、主义与理论，疾步简行，立意变得轻盈与愉悦起来。像一个词组成的鸟，在天空中掠过，写下粗黑的标题，以及段落大意。

佛，

此刻，矗立山巅——

而后，俯瞰人世上剩下的全部事情，皆是"仿"。

发面

　　那时，要蒸馍或烙饼，总是先发面。

　　新麦是最好的，粗颗粒，不要研磨太细。——它们从打麦场上赶来，带了秋后的喜悦，且裹挟着刈后的田野上的鲁莽、笨拙与记忆，遍体鳞伤，磕磕碰碰。陈麦不同。陈麦搁在面柜里，等于去年冬天的一场雪，尚未融尽。

　　发面前，母亲釃半碗温水，手试一试，不烫，亦不冷煞。然后将一剂酵母丢进去，静等化开。酵母是上一次蒸馍或烙饼时寄存下的，留个引子，好继续下一顿的口粮。此刻的一坨酵母，表皮结痂，干燥，硬实，仿佛一枚疲惫的土豆，从秋野上拾来的。它的内里，却接近于一捧水，包藏着在一些秘密的时刻酝酿下的精神、体香与逻辑。——投进温水，酵母便醒了，睁开最初的眸子，仿佛一介转世的灵魂，瞧见了稀薄的往世。它笑，或者哭，手之舞之，足之蹈之，像一篇性灵主义的散文，掠过了今生今世。

　　半碗水，开始浑了，若记忆。

　　母亲将酵母水撩在新麦的粉堆里，开始搅拌，匀速使力。先前还是分崩的粉尘，离析的心跳，此刻聆讯到了一句失而复得的呼啸，声声断，雨霖铃。——穿州过府，自长路上踏行而至的酵母女王，不再

第
一
辑
一
般
见
识

锦衣夜行，杜门茹素，避世隐修。倏忽间，它抖落了风尘，露出真容，廓开了子宫般温煦的怀抱，拥揽八方。

我相信，这是一次结社。

甚至起义。

功课将毕，母亲大汗淋漓，赶着将这一坨柔软的面团，款款放进面盆，再苫上一块湿巾。她轻缓的动作，像抱起婴儿时的我。

夏天，只需将面盆搁在窗台上，炽热的空气逐浪而来，嗅它，闻它，尾随它，烘托它。如果冬天，必须将面盆搁在炉边，免得冻伤，犹如它们是一群远天远地的羊只，煨心取火。在漫长的发酵途中，少年的我，会听见它们叽叽喳喳地说笑，有一团团的气泡，自它们的身体内漾荡而出，生涩、忐忑、混沌。——是的，它们是属于秋天的，现在却被夹在夏日和秋风中，不能不表达意见，说出表情。

这时刻，一定在酝酿庄严。

我想。

北地的人们擅长面食。

面食一般是"死"面，比如面条、饺子、疙瘩汤、一锅子、揪片子，拉面，等等，缺乏艺术和伦理，冷寂，不易消解。蒸馍和烙饼却不同，是"活"面，是在锅头灶下，将往年的地气接引过来，延续当下。"活"的精神质地，或者说宗教大背景，则是酵母，带着暗火与念想，湍急夜奔。我在兰州的榆中北山上，闻听过一户农家的酵母，是荒年迁徙时，从山西洪洞的大槐树下捎来的，相袭几十辈人，恩泽广被，代代不斩。

——"活"的市井之语，即是"发"面。由动词的"发"，抵达名词。

发面被切成剂子后，放在喧哗的笼屉里，在柴火的赞美中，蓬松，壮大，亭亭玉立，一扫少年时的稚嫩。往往，刚搬下锅时，母亲会紧着给热腾腾的蒸馍和花卷们挨个儿点染红曲、姜黄和蜂蜜汁，打扮再三，如出阁的闺女。蒸馍和花卷是居家时吃的，青春短促，不待久留。

但烙饼是长路上的伴当（土话：伙伴），救人性命，养人胃肠。烙饼别称"锅盔"。远古时，四方征战的将士们歇缓后，垒砌石头灶，倒扣钢盔，架在火上，又将怀里发酵的面团拍扁，丢在盔盆里，以挡饥寒。母亲烙饼时，经营得更细，会在发面的脸蛋上洒一些苦豆子、葱花、煎鸡蛋末，擀圆，碾平，一擀杖铺在铁鏊子里。鏊子下，乃是父亲从木器厂央来的锯末和刨花，文火，烟淡，风轻，漫长得像一场魇住的睡眠，且在傍晚。

灯下，一家人守着清贫之岁月，不知寒暑易节。

回头去看，面，真的发了。

屋顶上正落雪。炉子上，会有刺刺啦啦的响声，山蛇一般。原来，发起的面，先知先觉，早就逸出了盆口，掉在炉火旁，像是警示。

　　夏天，发了的面，仿佛一棵蘑菇树，挺拔站起，卸下头上的湿巾，双目炯然，山呼海啸，一泻千里。——在这支澎湃大军的身后，是酵母女王的震天锣鼓，是令箭，是大纛，是温酒斩华雄，是百万军中只取上将首级。

　　面粉一般白雪雪的羊群，攻城略地，势如破竹。

　　——这是一个时代，对饥饿的态度。

猜想

养活一团春意思，

撑起两根穷骨头。

——异姓小弟兴安在南方打工，周游遍地，音讯时断时续。每次
醉酒，便挂来电话，诉说心肠，几乎使完了南方各地的长途区号。现
在好了，落脚佛山，算是有了一份正经事。腊月中，小弟忽然衣锦还
乡，且带来了一位女孩儿，还秘密领了结婚证。女孩儿自我介绍道：
湘乡人氏，在职小学教员，距佛山亦有上千公里。他们是网上认识的，
一线牵的姻缘。

我赶忙置办了一桌酒席，给他们小伉俪接风洗尘，抱拳作贺。

女孩儿五官端正，礼数有加，眉宇间总有一丝说不出来的喜兴。
对酒当歌，我和小弟酩酊不已，心生劫后余生之感。小弟嗫嚅再三，
让我这个愚兄评价一下他的小媳妇。我思谋一番，夸赞说，"她脸上
一团春意，暖人。"孰料，女孩儿接茬道，"大哥，是春意思吧？"我
笃定说，"正是！"

她冰雪聪明地说，"我家和曾国藩家，只隔了一座山。我也姓曾，
远亲。"

翻过年，接到小弟的短信通知，小两口诞下一子，八斤。

我赶忙回复一联，以此恭喜，"养活一团春意思，撑起两根穷骨头。"——落款是曾国藩。三秒钟后，答复翩然而至，曰：

"孩子就叫，春意思。"

黄金在枝头转移

　　"蓬"，是一介贫穷的词。诸如逝若飞蓬、蓬门荜户、蓬户瓮牖、蓬乱、蓬头垢面，在在不同，均显出了这个词的漏洞与苍凉。怎一个"蓬"字了得。这还不算，再添上一枚"草"字，算是逼上了绝境，退无可退。

　　在寂寥的西北，蓬草是一种写照，更是命运。

　　假设，这个奇崛而辽阔的人世是一张餐桌，蓬草则是朱门前的一抔残羹，是罢席灭灯后的一堆冷炙。冬雪落下时，木叶萧瑟，天地寒凉，惟有蓬草抱紧浑身的骨骼，风滚草，在崎岖的旷野上奔嚎。——洪荒时代的遗孀，经书里的弃妇，一行错误的标题，天空扔下的发锈零件，一路滚过，滚，滚滚，滚滚滚，嗓音里埋下了恨意与仓皇，直至化为白骨。

　　春天却是一剂针，喂给大地，蓬草仍有雌守之苦。

　　它含着舌根下的一口苦涩，于夏日的酷热中，贴住岩层，根蜿蜒于地火，与蜥蜴、砾石、地鼠、浅梦、罡风、沙碛为伍。——丑陋的成分，倒了邪霉的阶级，恶毒的血统，它像一座旧时代废弃的仓库，无人问津。羊齿懒得采，马嘴疏于吞服，牛亦作了骑墙派，硕大的身躯挂在天际，仿若赝品之鹰。秋天来了。秋天也不会好到哪儿去，不

第二辑 一般见识

说也罢。

如此看来，给蓬草再插上一记草标，亦会经年不售。

在极端的黑夜中，蓬草是沉默的大多数，拽住一根灯绳，知道总有一盏灯，为自己点亮。或者说，它本身就是一盏灯。

其实，我想说的，是兰州牛肉拉面。

小时候，我垂涎于这碗面，但只有在考出好成绩时，父母才会给三两粮票，两毛八分钱，去饕餮一顿，犹如经书里的圣节。多数日子，我含着满嘴的涎水，走过面馆时，万念俱灰。——清贫岁月里的食物，在记忆的沟回里深埋，像陈年的老酒，越发浓香，越发勾人。惜乎，我们再也看不见一根水淋淋的黄瓜上，刚枯萎的花蕊，刚退隐的毛刺。再也嗅不到新一季的麦香，初春时蒸进馒头里的槐花和榆钱儿，卷进锅盔里的野玫瑰……自然猎猎生寒，人心，已被典押于对过往的抒怀里，沉重如磨。

那时，我常常看见一日的买卖停当后，厨师们坐在门口，手执铁锤，在敲打一块块黝黑的石头。石头嶙峋狰狞，大小不一，仿佛刚从古代的山崖上劈伐下来，在飞溅的火花下离析，带着旧年代里的密码。我不明白这干人在做什么，个个像艺术家，在雕凿，在剥离。碎裂的石块，渐渐被碾轧成了粉末，再丢进滚沸的铁镬里，在炉火上烧煮。刚刚还清亮亮的一锅汤，被煮成了泥黑的水，脱胎换骨，屙干，晾凉，珍存。师傅们告诉我：

"这是蓬灰！"

肉食者鄙。

秋风吹，山蛇肥。万木飘零之际，西北的农民们便携带了铁耙子，将旷野上的蓬草收拢回家，一半烧炕，一半点灶。蓬草燃尽后，炉膛里的灰烬，方成了这一季仅存的骨殖，蕴藏着精和气，被埋进了地下的深坑，像一场公开的葬仪。深埋三年，原本散漫的余烬，在地火和意志的催逼下，竟变幻成了一块块黝黑的顽石，被起出，被运进城里，被敲击成粉，被熬煮成汤——

是谓，蓬灰水！

蓬灰富含碱性。

在鳞次栉比的面馆，在西北农家的灶头上，此乃最经济、最贴心的食料，佐人胃肠，悦人心脾。使过蓬灰水的面粉，登时发生了革命性的转变，由白而黄，丝丝缕缕，仿佛一束束扯自太阳的金线，缭绕在碗中，纷飞于喉舌，落实在念想。——这是名播四方闻名遐迩的兰州牛肉拉面最致命的秘诀。可惜，人心思变，光阴流转，现在的一碗碗拉面中，多的是见效极快的化学制剂，是市场批发的揿面剂。而蓬灰杳然，退居地平线以西，生死孤寂。

第一辑 一般见识

青绿，进而焚为灰烬，达致于乌黑，终结在黄金一色。我也从少年人，混入了颠沛的中年，从一茎蓬草上，看见黄金在枝头上转移。

是谁？

——其实是里尔克，这样说过：

"我们嚼着，痛苦的拌料！"

牙疼的精神分析

牙疼不是病。

——不是病，但它们麇集起，深埋在口腔里，砌筑了一个人的源头与动力。它们是洁白的石条，层叠着，开了光，发了咒，挤挤挨挨地窝藏下，像一个人青年时期必要的结社或激情。哪怕一生只此一回，哪怕迎头碰壁、覆水难收，一个人的唇齿之光，亦会烨烁光辉，带了标志性的笑，凛然远引。

反叛也是需要的。比如现在，牙齿在长路上的，一次踉跄，

甚至跌绊。

——先是一线彗星，自天际一侧擦过，留下若有若无的印迹。一不小心，落下来星点的火苗，犹如一个哑孩子，在青冥之长天里呢喃、撒娇、耍横，揪扯不清。渐渐，又出现了一杆秘密的焊枪，带着变压器和弧光，在一个人的沟壑或山川中啸叫，揭竿而起。焊点所及，这个人一退再退，避闪不及，遂廓开了身体和内心，被洞穿，被蚀尽，被一阵漫漶的抒情擒获，张口结舌，类于朗诵。

的确，不是病！

第
一
辑

一
般
见
识

牙疼，说到底，乃是一个人青年时代的梦想分泌。

上初二那年，因为嗜糖，牙齿上出现了霉点。张嘴给大家瞧时，都说要赶紧治，以绝后患。姜姓同学自告奋勇，牵拽着我到了人民医院，原来他父亲老姜就是牙科的一名小匠人，免费。那时穷，以为坏牙也是反动的旧社会。

长杆的钻头伸了过来，递进口腔里，小心翼翼地剔除、剥离、钻探。那时才十来岁，历史清白，家庭可靠，但钻头不究其里，竟然东问西看，一骑绝尘，深入骨髓，在内部拷问着良心和质地。老姜一发狠，在我的牙壁上打了洞，穿凿附会，直达神经。

于是，一束神经断了，在弧光中焦煳，腥臭不已。

老姜挺干脆，一不做二不休，填塞了一团药棉，杀死了它。

于是，那颗坏牙，经年埋在我的嘴里，像一座虚掩的穴洞，时时提醒着。偶尔，用舌头一吮，我的眼前便幻化出了老姜的笑脸，僵硬的举止，以及那时清贫的友爱。再吮时，我觉得自己的疆域在缩略，在退却，思想和身体越来越空，越来越残缺，留下了不可尽数的失地，来到中年。

——今年中秋节，我带儿子，去了西安的碑林游玩。

在一座唐时的庭院拐角，冷不丁发现了一处门庭冷落的摊位，治印，立等可取。儿子好奇，嚷嚷着要买一方印。交钱，书写姓名，择好石料，并在电脑字库里挑中了悦目的字体。摊主驾轻就熟，径自取过来一杆牙科的钻头，点焊其上。

牙科的钻头，仿佛一位旧日的塾师，摇头晃脑，在宫格上描画，凿试，精雕细琢。粉尘拂动，像我和这个时代的俊杰们，被劈山伐石，打磨一空。

我带着一颗旧日的坏牙，冲师傅笑——

老姜，

问你是否别来无恙？

老姜没认出我来，气沉丹田，手脚利索。三分钟，方告完毕。

那一刻，隔着漫长且氤氲的时光，我忽然恍悟，我其实根本没有一颗所谓的坏牙。——我，仅仅是一颗坏掉的汉字，曾被修整，被扶正，被补充而已。

牙疼不是病，乃是一个人的偏旁或部首，

偶尔垮塌。

放牛班的秋天

那时春天，歌声尚在路上。这个平庸的音乐教师逶迤而至，站在城堡般的"池塘底教养院"门前，四顾茫然。克雷芒·马修，多好听的发音。——马修，像我家曾经的隔壁回民邻居，秃顶，矮小，宅心仁厚。1949年，战争结束不远，连路边的花也紧着身子，埋藏内心，披一层昏暝的外衣，不曾开放。谁都知道，救赎才刚刚开始。

一场救赎，从何说起？

像少年时的牙齿矫正。第一次见到牙箍，在成都的大慈寺，刚送走了野鹤闲云似的流沙河先生，忽地杀来一位美女记者（来采访），翩然落座，麻辣腔调机关枪般地扫射，发问连连。唉，着实废人费事，让我漏气。美女相当精致，鼻子是鼻子，眼睛是眼睛，一组普通死了的器官，组装在她的脸上，却像施了魔法，十分耀眼，令人不敢去瞧，仿佛她是一块阿尔卑斯山下产的瑞士手表。哦，美女是断不可拒绝的，说不定，她是前世的一株花草，曾绊倒过你，荆棘犒赏过你，伤不起。我正襟危坐，搜肠刮肚，一面审美，一面作答，好像我是唐朝年间过来的一介邮差。

倏忽间，言归正传，话题刚落实到杜甫蒙难，在此地筑棚而居，我忽然发现了美女口腔中的一副铁齿铜牙。一根发光的钢丝，缭绕其上，像十字绣，将上下两排嶙峋狰厉的牙齿盘踞了，捆缚了，截铁，断金，掷地轰响，令她口中的杜老夫子及传世诗篇佶屈聱牙，受难不已。我感到了那一丝挣扎，戕害神经，沦陷骨髓，中伤大脑，遂惶惶然溜之大吉。后来识见多了，见怪不怪，只当是一般的治疗手段，无碍观瞻。——我想说的，其实是电影中"池塘底教养院"里的那一群野孩子，一伙行为偏差的坏分子，一帮幼小的困兽们，等于那个时代的口腔中的一副乱牙，层峦，叠峰，错杂其间。

于是，克雷芒·马修来了，春天开始的一刻。

简单极了，《放牛班的春天》就这样，没什么了不起的。春天时，最好去踏青，摘花，酩酊大醉；或将牛羊赶上坡顶，怅望远方，把深蓝色的天空一遍遍看白；或劈柴，晾晒冬衣，将被雪压塌的屋顶一一修葺；要么，什么也懒得做，去穿上一双烂靴子，在融雪中踩烂泥，听呱唧呱唧的声音，仿如天籁。可这些小事件均未发生，马修老师刚进了"池塘底教养院"的大铁门，一股酥风吹了一下，心悄悄痒了一痒，春天便迅即被关在门外，与世长辞了似的。

一群什么破孩子呀，像被扫帚归拢的垃圾，堆在那里，一座旧城堡。

我猜，里头一定有战争的孤儿，失去家的娃娃，被父母撵出家门的混球，摸到了法律这一根电线的小罪犯，纳粹军官和正经人家的姑娘诞下的私生子，破产大亨的小杂种，女明星一不小心犯浑的产品，人上一百，种种色色。电影也语焉不详，没指名道姓地说明他们的来历，也不必。——总之，他们的脸上有旧年代的疯狂，亦有硝烟过后的印迹，老也洗不干净似的，像遗传基因。

　　一本关于希特勒的传记云：那年头，日子太苦，希妈妈怀上这孩子时，一直不想要。有天下午，希妈妈应约，前去诊所堕胎，准备自私一下，从此单独享受生活。孰料，希妈妈在半路上不小心崴了脚，不良于行，这才怏怏然还家。这一个秘密的因果，从此改变了历史的走向，留下了 20 世纪最狼狈的一段章节，这谁都知道。——看电影时，我甚至觉得讲台下的这一群少年，都是希妈妈的那个孩子，他们的长相，都是希妈妈崴了脚后抽搐不已的结果。上课了，打铃了，马修老师登上了讲台，可想而知吧。

　　唉，这一副时代的乱牙，对着他龇牙咧嘴，虎视眈眈。

　　我其实也坐在讲台下，面影模糊。

　　20 世纪 80 年代的后半程，我就在校园内闲逛，虚度年华。那时的季节，像泼了一大桶汽油，到处都在燃烧。——除了足球和女排，诗歌与崔健的摇滚像一个切口，暗夜疾行。我们恋爱、打架、辩论、结社（一般是诗社或文学社），还不定期地出版一本油印的小诗册。我们向女同学索要馒头票，私扯画报上的封面女郎，在厕所墙上画下最富想象力的一部分女体，蔑视书本，嘲笑师长，作弊、偷试卷，还连夜去宰了外语公共课老师家的一堆白鹅（她把关太严，不肯通融六十分）。我们喜爱一个疯子，他叫尼采。我们把自己人都称作天才，身边

漫山遍野的今天

时时有一个江湖，叫圈子，非请莫入。我们已经不太满意北岛、江河、顾城和杨炼了，连高尔泰"美是自由的象征"也稍显过时，我们和南京、昆明、北京和四川的"诗歌江湖"取得了秘密的联系……空气在颤抖，仿佛天空在燃烧，暴风雨来了？

来了！

那一场热病，就像少年时的牙齿矫正。那是放牛班的春天，我宁愿相信我就坐在讲台下，看见邋遢的马修——这个平庸的音乐老师，开始教大家唱歌。低音，中音，高音，分作不同的声部，各安天命，各司其职。当然有一个例外，小孩子汤姆·佩皮诺，什么也不会，干脆就坐在讲桌上，聋子的耳朵罢了。

于是，唱歌是牙疼这种热病的另一种发泄孔道，亦符合孩子们的天性。却不是一般的流行曲，乃是圣歌。——"哦，夜的力量如此强大，让我看见了您的面影。"城堡的高墙深院外，有一丝神秘的光线，穿行而至，勾勒出了他们的明眸皓齿，让层峦、叠峰和一嘴嘴乱牙，逐渐归位，莲花尽吐。

马修，后来像一本被念完的废课本，被扔掉了。

或许，在放牛班的春天，我掉了一颗牙。秋天时，新牙萌发，我在黄河岸边的师大校园里，完成了早期的启蒙。

当时，我的绰号就叫小汤姆。

第
辑
一
般
见
识

羊

一只羊是一种命运的寓言，而一群澎湃而至的羊则是国家的象征。在蔚蓝色的港湾里，羊群驰入了大海，号角吹鸣，灾难奔行无定。那运送金色羊毛的舰队折戟沉沙，缠绕了女巫的唱腔。在你们思想的中途面临了诗歌，独存下我遭遇了十万羊群。

星光熄灭，青铜之木锈迹横生，一个季节在这个世上寂寞地老去。谁细察？谁翻卷？谁又在举身投入？一本肮脏之书在人间奔跑，它喊叫："因为日期近了……因为那日子已经近了！"我要向你们道出一口隐藏的泉源，在宰牲季节的微光里，鹰砸在大地的胸腔中。由是，我歌唱的不是一把刀子，而是血。牧羊人名叫"命运"，在乖僻弯曲的世代，他是收集者和光荣者。谁看见了他陡峭的面孔，是你吗？命运；谁聆听了他倾斜的朗诵，是你吗？爱情。如今，在我的诗歌中呈现的不是水，也不是奶汁，甚至不会是蜜与酒；我奉献的是一摊新鲜的热血。宰牲的季节到了，忆起贫穷的岁月竟然那么久长，使人慌张。也许预备的心情需要的只是忍耐。在那些过去的好时光里，月光垂照，十万羊群细如尘烟，端坐于静谧的山冈，我的诗歌是那样的衰微，仅仅用蝴蝶和花朵筑砌着颓圮的篱墙。罪恶并不昭彰，因为我们不知道罪恶的是谁？光辉没有基础，素朴又失去了拯救，心灵的嚼铁在暗夜

漫山遍野的今天

中吼叫。经上说："羔羊必牧养他们，领他们到生命水的泉源……上帝也必擦去他们一切的眼泪。"

宰牲的季节到了，在如此盛大的秋天，我家乡两岸的草原上，桑烟煨起，鼓角传唱。死亡的狂欢昼夜相连，纵马而来。"那日临近了，忿怒的大日到了，势如烧着的火炉，谁又能站得住呢？"在西宁的牺牲之夜，我目击了从各个巷口汹涌而出的十万羊群，怀揣着祭品和光荣，昂首迈进了肉铺、锅台和锯齿的吊钩。命运的牧羊人端着双手，真切的祷告在最发光的时刻开始……道成肉身，因此我诉说的不是一种义人的捐献与放歌。牺牲的意志就是正义、勇气、黄金和迎头痛击的姿势。《慕佐书简》云："只有从死这一方面（如果不是把死看作绝灭，而是想象为一个彻底的无与伦比的程度），那么，我相信，只有从死这一方面，才能透彻地判断爱。"如水的天命，死亡喊叫着穿行了地狱和天堂、梦想与尘土、光明和败北。我想在血中完全真的赞美吗？幸免于苦难是有罪的，同样，幸免于爱情的人也是有罪的。我的诗歌的羊皮书卷被你们视同语录，我所书写的字母要一一变成见证的指南。宰牲的季节到了，谁也拖不下我们行走的双脚。我和你、牧羊人，"这些人是从大患难中来的，曾用羔羊的血，把衣裳洗白净了。"

噢，诗歌是大地的短暂者，我们幻觉的栖居须赋予热血以万象，精神予山川海拔。启示的门是由羊开启的，因为一只羊是一则赧羞的寓言，而十万羊群则是国家的象征。举意的器皿在粗糙地锻炼，如水的天命让深秋的世界流布着一种闪烁的灯火。十万羊群与我和我雕刻而出的诗篇走过：群众、失败者、首领和头羊、酒杯、信仰和皈依、祖国、尊严和一切清贫的生活、美的诞生、自然和人的秉性不绝如缕。

　　宰牲的季节到了，唯有最神圣的灵魂，构成了众羊之门。

焰火

　　焰火是一次高处的失败，是一场中断的青春。它使时间变得无足轻重。让天空闲置，充满荒凉和隐隐而生的泪水。高处，它的距离是一个人诞生、成长、美丽，甚至来不及允诺和奔跑。焰火的本质是由肉体到精神，恰好与爱情相反，它使宜于倾听的耳朵都纷纷关闭，让举念的双手都端坐下一闪即逝的神明。仅仅一瞬间，焰火飞升至风中的天梯，否定人类，带着极端的渴意和绝望。焰火的内部是寒冷，是千仞之下的血流如注，像一个夏天归入了企鹅的内心，静止、埋葬以至冰冷。焰火是火的一次化学反应，是火的形而上学，因而焰火是哲学的最基本命题。焰火是一次升华，是精神的高洁和肉体的灰烬，它验证了俗世的琐屑庸碌和可能的天堂。焰火的生是戛然而止；焰火的死是归于寂静，它的悬念和巨大的提问使倾身而去的人类仰望、指鹿为马和自以为是。但丁说："我看见你如何栖居在你自己的光里……"焰火的生命其实是一次飞行、吹鸣、迎头痛击。它使黑夜千疮百孔，成为神圣的打击和深入的追问，结果却为黑夜吸纳、吐露、再生。焰火和彗星的区别，在于彗星是一种宿命，它的形式大于内容，而且宿命的火仅仅是一种痕迹，犹如阴谋和未遂的愿望，带着轨迹和秘密的意志。焰火之火脱身而出，迅速、短暂而炫目。它要求的只是一次追问，一场公然的牺牲，对于旷野和天空的索取与缅怀。某种意义上讲，焰火之火光亮的只是自身，它使个人大于集体，使后者陷于混沌和盲目，成为预言者和小先知。焰火是火之家族中的秘密组织（有时是邪教），歃血为盟，成为此刻的骑士，像一把断裂的刀子，锈迹缠身，镶刻着可能的歌谣。焰火是东方文化的极端形式，当一个文明古国发明了火药而只用于炮仗和节日时，它代表了繁荣、欢乐和吉祥的不可捉摸。焰火之火广大而空虚，它占据了空间而又一无所获。它血脉偾张，义无反顾地断裂，使时间停滞，使空间破碎不堪，使人类渺小和慌张。那么焰火这只网究竟在打捞着什么？风雨星辰？季节？还是呼吸？焰火之美是一出牺牲之美，它使白昼成为一场喜剧，又使黑夜成为悲剧。它易碎、高远、不堪一击，使钢铁之夜无所不在，由此焰火成为了一种坚持的举意，比鹰闪烁，比日光艰难。篝火易于让人伤怀；柴火是基督的事迹；灯火代替着一种遥不可知的命运；秋日之火是欲念丛生，而唯有焰火之火是动摇、破灭而复归的凝视，由此大地粗糙地生成，日月运行。焰火之火同时穿行了地狱和天堂，使我们安于劳作、安于品质和赠予。那些离开攒动的人群深入旷野的人，是最后一批理想主义者，深怀尊严和美好的主题。高处的焰火之光，其实只为他们照亮和引领……噢，在焰火即将垂灭的刹那，我看见，一队整齐的天使，身着白衣，秘密地走来。

灯

灯使万物有了界定和意义，并从中退出，成为目击和见证。因此，需要赋予灯以过去的尊严和古老的品质。但丁说："……你却从睡眠中走来。"他的意思仅仅在于你使灯成为一种孤独的在场和指证，并同时穿行了地狱之黑和炼狱之烈。

在灯的巨大坡度上行走，当它只是一种器皿时，它和秋风、枯叶、井水一致；而当它深入抵达，成为挑灯守望的主人，它和热情、青春、血液相等。所以并不是一盏具象的灯，它驰越、高迈、脚步坚定，把数个世界和全部人类推至眼前。精神的微醉之火，一个词的遐想力，时间的重量及广袤空间，幼小儿子的梦中发光，都是灯使然。当一盏灯诞生，万物因此呼吸、生长和憔悴，这个秘密的因果和链条源于一种神圣的目光，或者可以将其称之为上帝苦苦"挑选的器皿"。太阳是对人的一种深刻否定和游戏，在巨大的赞美的同时，它昭示着真理的不可企及和变幻无定，当它离去，人类像尸体一般地倒下。灯是一个黑暗世界的传教士，它将人心收回，使洞窟、战乱、疾病和泪水渐渐聚拢，形成公社和集体。当你抬头凝望时，它是正义、良心、温暖和耳语的替身。灯：这个毛边发光的词丰满充盈，让你无端地想见圣母的幸福隐现的脸庞和她即将说出的谶言。在灯的村庄里，古老的诗册

第二辑 一般见识

和羊圈，以及我们艰难的生息，悠长沉醉。那些铁血的执火者是出于信仰，负灯逃亡；那灯下的沉思者其实是一种担当，在二者之间，灯的意义才得以铺展开来。

巴什拉说："在同一村庄里，有两盏哲学家的灯，那就太多了，多出了一盏灯。"火，是灯的异端的权利，它往往和革命、献身或者过激的暴力相联系，陷入不可预知的沉沦与偏狭。灯平衡着我们，它是一种优美的秩序和递赠，使我们始终慷慨于眼前的事物，而对辽阔的无知产生敬畏和追问的念头。

灯是对火的一次抽象的追取，它博大深沉，囊括着万物和九死一生的睡眠与爱情。在旷野中奔跑呼唤的是灯之意象；在贩盐路上寻找的却是灯之肉身。当灯光熄灭，黑暗还乡，一贯萦绕着我们的恐惧、颤抖与徘徊将复辟重来。但是内心之灯呢？依旧在我们四下摸索的手中一一传递，并放置于光明的高处，谕示我们。内心之灯永不垂灭，这是只有历经了光明之暗与黑暗之光的人说的，于是，领袖和头羊出乎意料地产生。灯和孩子及天使有关，在宁静的背面是一路踏歌而行的关怀、呵护和抚摩。

在秋日明朗的天空下，一朵云也是一盏灯，带着神示和象征，让人无限起来。在这样一盏伟大的神灯面前，过去只属于现在，未来也是灯中的盐粒，噼剥作响……在这一处心灵的坡面上，谁和灯相遇，谁就是那亲爱的人。

黑夜

　　黑夜之黑犹如无所不在的钢铁之船。黑夜之黑有如上帝的一次秘密的谈话，在那深处，就是可怕的众神的居室。所以巨大的帷幔，所以高挂的预言，起立、奔跑、终止以至实现。黑夜之黑：带来者、具有者和赠予者。在这只破绽百出的口袋里，囊括着一个人的尊严和垃圾：诗卷、热爱、遗址、灯火、痛苦、惊骇、拯救以及突如其来的宗教。黑夜降临，就像我们脱口而出的那样，黑夜，即将降临——不是须弥山顶的黑夜；不是末法时代的到来；甚至不是末日的忏悔和惊喜，而只是一个普通的夜晚凭空落地。

　　里尔克说："究竟谁度过了它？上帝。你度过了它吗——生命？"在这种满腹的神秘主义的忧伤中，凭着内心的起誓和慷慨，我发现——黑夜之黑，在这个伟大的"几何存在"中，一个人和数个世界的孤单、形影相吊和破碎。倘若星子密布，那也只是这种前定的挽歌的深邃奥义、内蕴和无以言表。可能的天堂在哪里，这黑暗的实体就在哪里。哺乳者的吮吸，以及流云和内心的舞蹈使钢铁之色富于人性，时间的链条锈迹横生，空间无从缘起，剩余之下的只是精神与肉体。黑夜，披沥而至的冥想与关怀，像一个最后的女儿，成为祭司和领唱。你热爱这生死未明的黑夜吗？有人如此质问。在我们芳香四溢的体内，留存着这样一个愿望，等待着秘密。

黑夜之黑，使生为之艰辛窘迫；使死成为信使和骑士，稀薄、广大、无上，占据着头顶的神明。噢，即将在银色的月光下，伴随着黑夜的鼻息，迎送之间的生涯、爱戴、追逐和情义一一翻身、站立，甚至丰收的大地、凋敝的城堡、肆虐的河流。它们是唯一的膜拜，填补着亘古的黑夜之黑，使之光明。

这就是神性的第一日。在这神性之夜，惟有奇迹的火深入旷野，和内心的道路。在凝固成石的时光中，这是先知和使者的领域。这不是灭没的追索，在我的窗下，我聆听到了藏蒙之间的长跪和顶礼，回族之中依次频递的口唤和举念。因此，唯有这黄金的世代是第二日。经卷留下了，洪水退尽，这黑夜之黑仍然昭彰，像一匹九死一生的大马，带着旧日的歌谣。黑夜之黑，静处是凸现的故乡，而远方永远是四散寻找的人心和在路上摇动的木铎，激越清晰，腰斩了琐碎之下的哀痛和伤情。在广大的夜空中，黑夜之黑使一轮新月上升，它单薄透迤，像硕果独存的一卷医书。而巨大的山川上，寺院飞行，经幡落地，一个人类在灯火丛中安于睡眠……仅仅到了黑铁的世代，或在第十日，早起者离开了村庄和黎明，正如海德格尔所说："历史是民众进入了如水的天命，并开始其历史的捐献。"黑夜之黑，当我度过这样一个神性之夜，让我说，一切才刚刚开始。

雪在烧

唯有在万物枯灭飞逝的季节，我们敞开的双手上才会有天使纷乱杂沓的脚印，像一队公开出演的合唱队员。雪在烧，与其说大雪在烧，不如说是血在烧——这是只有旷野般奇崛形象的冬季所昭示的唯一奇迹。《启示录》说：那骑在马上的，叫作"死"，指的即是冬季。它枯寂、反复、疾病缠身，在历经了精神的夏日和秋风中滚落一地的肉体之爱后，形销骨立，亦步亦趋。冬季：十二卷经书之后的驻足、叹息以及永远的旧地。一名战士，荷戟彷徨、刮骨疗毒、枕戈待旦。这漫长的冬季犹如一张飞卷的兽皮，横陈于天际。因此不妨说，这公然肆虐的北风和寒意追伐的日子只是等待着一则秘密的消息、口唤和示意。它双目圆睁，在大地的流火尚未点燃，倾斜的星辰还未陨灭之际，它等待着第一阵使者的春风……于是，奇迹发生了，漫天的雪花如钢铁之炉，轰然砸下。

雪在烧。雪是神示的文字，留给大地解读；雪是天使的羽翅，在沉寂的心上镶刻了脚印。雪：银子的碎芒，月光的仓廪，当它一旦奔跑、呼喊和投入，一座颂歌的村庄即将显现。因此，雪是东方的意象和化身，它和酒杯、泪水、恋情以及伤怀息息相关。"晚来天欲雪，能饮一杯无？"其实灌注的是雪之尸身和消极的笑意。"风花雪月一场空，转头今日还是一场梦"则是佛印之下的感悟、破灭和放任自流。因此，需要赋予雪以冲击、牺牲和勇气的一切概念，使之燃烧，成为大火，端坐天空，光亮一个茫茫无际、生息皆无的庞大冬季。所以在这个意义上，血与雪成为同质，具有性格、思想及一切可能的品质。雪在烧，它挂于高处，内部之火丛生漫流，使巨大的天空和黑夜成为舞台，噼剥作响。雪在烧，十万雪花蜂拥而入，投入炉口和刑场，像一批揭竿而起的民众。十万雪花，在内心的道路上，也犹如十万鲜血，跟跄奔跑、摩擦生热，熠熠生辉。如果闪电是一道悠长的呼唤，那么大雪在烧则是一面伟大的经幡，直接、深入、带着天庭的谕示深入人心。在此，血液涂上了雪花之血，使之成为热情、理想和生命的同一意味。那个浑身死寂的人，那个骑在马上的人，那个叫作"死"的人如今在哪里呢？他跪伏旷野，如同整个人类，恭迎着这一场大火。他听到的是十万雪花的集体赞美、奔跑和气喘吁吁。他看到了天空下精神的狂飙砰然落下，热血纵横，青铜枝下，春风伊始。这一堆形而上的大雪之火由是成为冬天之门，它使大地宜于眺望，使山川成为造化。血在烧，血是一种整肃、提升、纯净的水晶之物，洁净着我们自始至终的目光、心灵和关切。

一个疯子突然闯进了正午的市场，他急切地宣布：雪在烧，十万雪花抱成一堆，熊熊燃烧……而众人耻笑。一场寒冷的冬季尚在途中，像生命中的任何时刻，它的突然驾到，使我们措手不及……

盐

看见灯光了吗？西北以远，在遥远的贩盐途中，如果我们看见了命运的灯光，就请歇下手脚，就地放弃吧。但丁在一个雨夜里如此痛苦地质问自己："你为什么单是，这么热心地望着那些灿烂的光芒？"噢，清贫的生活，那么悠长沉醉，我们满腹的伤情中偶尔分泌出咸腥的泪水。不是因为悔恨、劳碌和千疮百孔，而是盐的匮乏与心灵的丧失。十二个小先知在君临的日光中飞行，她们焚毁的秘密其实是如下的一行字："你们里头应当有盐，彼此和睦。"在柴达木之南，在茶卡或察尔汗（分别为藏语和蒙古语，意即：盐湖——作者注）的地火中，我愿意为你们背回一块盐根，并且说："我是你们中间的盐……"

平庸而经济的日常生活一再地冲击着我们，使我们漫漶一地、流泻一空；我们所葆有的营养：高贵而自尊、正义与光明、牺牲与奉献的勇气及信心使血管蒸发、肉体真空。在这个宽大明亮的世界上，我们的生命始终也找不到那唯一的一滴卤水，来澄清我们的念想。看见村庄的灯光，仿如看到了人群。在遥远的贩盐途中，我中止了行走，歇在一盏光明的油灯底下。没有人能承担一个世代的溃败，尤其在旷野深处。我歇在我命运的灯下，抖落了藏在羊毛丛中的盐粒。我的舌头就是殉道的开始，它已经窥破了来日的辙印和高处的叹息。盐，我说的不是咸腥的化学，我指的是诗歌的几何，一个人类进化的炭火和一种皈依的心情。要用盐来止住内心的渴，要用行动的书写来扶助眼眶中待哺的慌张。因此，我要在灯中撒入盐粒，助其燃烧，为我回答；我也要在伤口和鲜花的根部埋葬下天鹅的新娘。

我指的是原始的盐。固体的海水。静止不动的心跳。日光的晶体。洁白的风暴。肉体之歌。革命以及患难与共的爱情。传说的石头。谣唱之齿。夜半的歌咏。宗教的钟磬以及大地粗糙的生长。谁的心中有盐，谁就不会是一片坍塌的废墟。顺着盐的道路，让我们一一回到地上。让我们充满光荣的劳绩，麇集屋顶。

"看见灯光了吗?"锦衣夜行的使者穿州走府，遍体梨花，如此紧迫地训示着。看见灯光了吗？其实，我双手端起的只是一捧盐之激情：根须飘拂，覆及山川和人民。

布克哈特说："伟大的思想家、诗人和艺术家之所以喜欢险象丛生的氛围和置身于生机勃勃的急流之中，是因为他们本身就是富于力量的人。"

奇迹的盐将使人光辉，而信仰的盐又让人踏实和沉着。因为盐，布克哈特接着说："伟大的、悲剧性的经历唤起了精神，赋予他以衡量事物的不同凡响的尺度和对人世的独立评价，如奥古斯丁的《上帝之城》，如伟大的但丁。"盐自始至终平衡着我们，在水声和万物的流逝中，让我们进入了历史、死亡、性和无尽的诗篇。因此，霍尔特胡森说：未来的"内心世界"的诗人正着手将自己迄今东游西荡、飘忽

漫山遍野的今天

不定的才华集中到一种独一无二的、特有的和权威性的音信上。

　　某种意义上讲，故乡也是一种盐，心灵的浮萍需要家园的养育。

看见灯光了吗？灯下的群众在唱：

　　　"马车从天上下来，

　　　把我带回我的故乡……"

布达拉之鹰

　　觉悟之神嘹亮地奔走。在充满手印和法号的天空下，建筑之翼将降临人间。一座世俗的城市将围绕宫殿展开，而荒凉的筑居从此拥有了可以仰望的海拔。"哦，布达拉！"当我舌根翻卷，像一行错误的印刷修改了这一个个音节时，"立刻，在那绿色的珐琅上，那些伟大的精灵呈显在我眼前。"建筑之翼铺天盖地，在时间的涡流中，轮回的人群必然再次聚首。神已经被人驱赶，只有历史的旷野深处才有光芒的痕迹。"如今，我的诗篇要歌唱新的刑罚。"作为使徒和邮吏的但丁，看到神，已经被人粗蛮地驱赶和暴殄。在最崎岖的天空中，只有鹰是树，羊群是热烈的粪火，给予了我们最秘密的思考与保存。一座山，在迢遥的河流上将自己变成一只理想的灯笼，耸着肩，弓起脊梁，在墟烟和尘埃密布的人世上等待消息。"如同幼小的鹳鸟，突然有了一种飞行的欲望。"是毁弃？还是背叛？抑或是一份牺牲的隐遁？布达拉之鹰，一只翅膀是雪，而另一只翅膀则是血。她紧锁的桥梁频递，呵斥着我们赶紧。如同一首诗篇的结局，在谣唱和青春的道路上，我们不是收获者和收集者，心灵戛然而止，守灵的油盏在全身游移。还记得那个雨夜吗？在精神的屋宇上，一只鼓的心脏在提问。在雨夜，穿行于青稞和桑烟的街道上，一个人生寒凉的现场，我和我双手的睡眠

漫山遍野的今天

一齐到来。

> 孩子，暂时的火和永恒的火，
> 你都已看到，现在到了另一个地方，
> 我自己再也无法明辨。

我拥戴那种翘首以盼的姿态，在切齿的目光中，未来的石头在今天的祝祷中灼亮燃烧。凭着什么样的福祉和披沥而至的关怀，噢，我还要怀恋这些砌筑于云朵之巅数以千计的房间。一个微弱的土地测量员的身影穿行于活佛的人间，而被驱逐的十万奴隶呼喊："我要以宝贵的鲜血，娶她为妻。"铁汁流淌，残阳似血，劈山取石，骨殖灭迹。一幕神示的大光明成全着最后的赞意。眺望：多么酸楚的内心姿势啊。布达拉之鹰，如今你栖居的人类之巢是如此衰败而凋敝，"那些美人和英雄，那些在我们内心引起了爱情和殷勤的艰辛与悠闲，如今人们的心在那里变得邪恶了。"

宫殿的蜂巢，灵魂的隐蔽居室，在九百九十九间而外，我渴望这最后的一穴。谁代替了群众和集体？谁抛弃了信仰与大义？捐躯而出，化为道路与和平之镜。布达拉之鹰，你努力的轨迹只有在我的眼中明亮如砥，鲜花怒放。那一眼光明，那一座为世人叛离和诀别的石窟，仿佛旧日的作品。烟雾与灰尘填满的嗓子，等待着油灯之下一只名叫新娘的羔羊，在暗夜里叫关，如果我还要写下浩如烟海的卷帙与典籍，那么我会死去。谣唱说："在这个世界上，我们仅仅相处了半天，离别时为什么不说声再见？"布达拉之鹰，开窟造像的人会失却双手，不劳而获的人却坐拥酥油的城池。如今，我只得到安慰的麻痹和一捆诗篇中的荆棘，我身边的不朽之人却云："我看到全宇宙的四散的书页，完全被收集在那光明的深处。"

我答："在最高的旷野

必定有一团最美的神迹。"

噢，祈求飞翔。

漫山遍野的今天

诗歌

　　一场书写中的寒冷突如其来的降临。一个生命的尺度是一毫米，还是八千公里？谁也无力回答。唯有诗歌秘密地运行，让我们得以自尊、光亮和宠辱不惊。一场书写中的寒冷理所当然地降临。灵魂隐秘地开花，恳求的奇迹撤身而去，夕光中的乌鸦带着寓言和昭示的字母凭临天顶。噢，诗歌的良心如今奉献而出的不是热血、牺牲和重若青铜的举念，剩下的只有泥泞、凋敝和梦魇深处的痉挛之辞。牺牲者的花园，比如鲁迅的花园，在眼前晦暗的季节，成为了精神的经幡和墓地。从来没有什么像诗歌这般的圣洁之器让我们离神明如此之近：她引导！她提升！她洞彻以至照亮！她使光荣成为光荣！她让泥沙俱下的奔跑、泪水、青春和朗诵化为不朽。海拔之诗，测度着我的欧姆。一个人类掘井自饮的行为将不再荒唐。一场书写中的寒冷必须降临。需要一场自天而降的狂飙之声，涤荡甚至瓦解我们肉体内外的肮脏、垃圾和蠢蠢欲动。牺牲的功课犹在眼前，捐献而出的只能是一种干净圣洁的情愫。技术主义的时代使战士蒙羞，而奔走相告的人群洞穿良心、法则和执火的传递。暗夜如此高广，甚于煤炭的世纪。一个迎头痛击的孩子所以哀叹："和所有以梦为马的诗人一样，我不得不和烈士与小丑走在一起。"诗或歌：金子的门环，在人类的旷野之上迎送岁

第
一
辑
一
般
见
识

月，目击朝代。此刻，一个信仰的姿势不再是聆听和弯曲，而是高声
颂扬中的质询。一场书写中的寒冷义无反顾地降临。平庸的世代，歌
声多么徒劳；凸现而出的骨骼和逐渐流逝的体温委顿如泥，恍若隔世。
寒冷日复一日，肢解的机器工厂在四方嚎叫。在集体的错愕之中，诗
歌的奇迹必须彰显。奇迹：坚持的血液；转折之下迎面而来的革命；
法老的尸身和遍地的红旗以及我们不辍的念诵和祝祷。因此，里尔克
说："离开奇迹是前景黯淡的，唯有通过奇迹而不是通过我们，艺术
才成其为艺术……"如果剩下的是我！我要赞唱的不是女神，而是一
抔隐忍的灰土。在天使的队列中，那个突然呼唤我名字的人，就是一
桩奇迹的诞生。一场书写中的寒冷和黎明一齐驾临。诗歌的村庄刚刚
搭建，语音混杂的劳作简单且令人呕吐。看看，在猪粪和泔水中端坐
的一人，心灵的约伯和心潮澎湃的上帝热泪双流。黎明也是一场无辜，
尤其当她展开了一卷鲜血般的红色羊皮书卷。我们知道，诗歌已字迹
全无。一场书写中的寒冷无辜吗？盛大的阴影自始至终笼罩着椎骨。
如果诗歌是一种人类的立法，就请放弃。恰恰相反，在狼群和瘟疫肆
虐的村庄，需要的是一次执法的出击，需要的是一场整肃、停顿和革
命性的叹息。公牛毕加索看到：我们一发现我们的集体探索的失败，
每个人就不得不去进行个人的探索。个人探索总是返回到当代的最初
形式：即凡·高的形式——一种实质上孤独的悲剧性的探索。这就是自
我修炼的缘故。一场书写中的寒冷已经降临。在最后的营地，一批铁
血的战士强忍孤苦，刮骨疗毒……

敦煌：我诗歌的首都

　　我聆听到了哺乳者的歌声。这歌声如风：风吹新疆，风吹玉门城楼，风吹古老的祁连和胭脂山下的草原，风吹沙石和岩画上陡峭的祖先，风吹自然，风吹一座灯火中辉煌的首都。在歌声中，我仿佛目击了创造，感恩于人民，报答了时光。内心热烈的人，将把万有的一切和琐碎的生活细节归于创化之功。敦者，大也；煌者，盛大也。诗歌的泥水匠，在 20 世纪的滴落中，坐在炉灰和尘土中投桃报李。敦煌：我诗歌的首都。

　　西望长安，在干旱和引颈翘望的爱戴中筑砌的码头。艾伦·塔特说："地区主义在空间上是有限的；地方主义在时间上是有限的，在空间上则是无限的。"在泥沙俱下的溃败中，我所企求的神迹仅仅是获取一种遍体鳞伤的搭救，诗歌的乌托邦，文字的废料场。一卷红色的羊皮书与我在人世间奔跑。噢，敦煌在上，犹如祖国在上，集传奇、谣唱、酒、历史和人民的生息于一体。企及的道路如此漫长，它断送了青春、埋葬下心跳和体温，使黎明折腰。为什么独我一个在"此"，洞悉着被显露与放逐的奥义？走入腹地的净水，像一只骆驼穿过了针眼，如今我打开一卷诗册，让荒凉者更加荒凉，让失败者更加失败，但我迎头痛击的书写并不会因此获得！我的敦煌，和我由此凿试而出的隐秘文字：《大敦煌》。但丁说："你可以学会，说出你的渴望，人家好替你准备答案。"内心的坐标，凸现于万象之上。它歌哭；它鼓舞；它飞升或者引领，倾向于海拔的居住。在路上，隐隐约约地出现了鹰和村庄，异族的嘹亮风采和宗教的经幡近乎想象，是故，海德格尔才说："诗人只是在度量时，诗人才创造诗歌。他这样言说天空的景象，即他服从不可知的神顺应于其中作为陌生者的形象。"

大道昭彰，生命何需比喻。

让天空打开，狂飙落地

让一个人长成

在路上，挽起流放之下世界的光。

楼兰灭下

    星辰燃烧

        岁月吹鸣

而丝绸裹覆的一具骨殖

内心踉跄。

在路上，让一个人长成——

目击、感恩、引领和呼喊。

敦煌：万象之上的建筑和驭手。

当长途之中的灯光

布满潮汐和翅膀

当我们人生旅程的中途

在路上，让一个人长成——

怀揣祭品和光荣。

寺院堆积

　　　高原如墙

　　　　　　大地粗糙

让丝绸打开、青春泛滥

让久唱的举念步步相随。

鲜血涌入，就在路上

让一个人长成

让归入的灰尘长久放射——

爱戴、书写、树立、退下

　　　　以至失败。

帛道。

骑马来到的人，是一位大神。

春日之书

茨维塔耶娃在致帕斯捷尔纳克的问询中，曾义无返顾地书写了"我是那抵达的第一封信……"因此，我愿意在这样的时刻翻开春日之书，犹如抵运的心情在古老的庭院里散步、吹息、冥想和相互拥有；或者，我本身是一只门环，而为春日的风吹动，让我听取了木塔之上的风铃、拥吻和神示的文字。

让我的诗卷上空无一物。因为它是你的。

我首先看见的是那个女孩儿。在恍惚和暗夜的提升下，她多像一根银色的哨笛，在我一泻而下的爱戴和追索里吹着、飞行、飘动直至消逝。虽然她已经远离，犹如秘密的出走。春日之书，那第一页的叙述是这样的：苹果树下的拥抱，犹如一对裸体的神……滚落一地。她鼻梁高耸、美丽自负，让我无端地想见一座古希腊的喷泉、雕像和正午。她应该是这样的，而且愈加如此。她偶尔坐在我心灵的山冈上，亭亭玉立，手提马灯，光亮了我喑哑的的书写和自以为是。世界都已褪尽了，那些十八岁丧失青春，二十岁成为买办的人们在春天的负面窣窣而动。这使我喑哑和踉跄的奔跑有了尖锐和意义。我愿意这样触及一匹丝绸下的你。你是我诗歌的女神、指南和三本破旧的药典，让我空怀大志，睡入神州。你是我的妹妹、亲人和远处包围的红旗。

漫山遍野的今天

　　女儿希腊，凭着真意和福祉，我将拥有一个可爱的女儿。她在春日的高潮中诞生，亚麻布下无邪的小兽。希腊，在三月的广场上光腚跑过。而她的生命，又再次印证了我的无知、愚蠢和无病呻吟。时日漫长，万象敞亮，只有行行重行行。

　　春日之书上写着：美丽新世界。

　　接着我将再次目击旧日的黄昏。那个黑白照片的年代，旧书中的武士，旧物，旧地，旧情难忘的回眸。我要在心里迎上前去，我说，你是，我的。在春日的节奏和朗诵中，我要一一细察了翻卷的树木、轰响的泥泞、深入的爱情以及举意之下的私奔和牺牲。叶芝说："我们是最后的理想主义者，我们选择了传统的神圣和美好的主题。"并且我将带着我自己，历经精神和肉体、穿州走府、奔走呼号。而事实上我吹动和唤醒的只是一个旧日的自我，年轻冲动、才华横溢，顺便我唤醒了春日下那一一沉睡的事物：羊圈、马匹、爱人、隔日的尘埃、你和另一个你。我喜爱你们全都起身，坐在蒸腾的日光下，双手劳作慰藉心灵。

　　"伟大而神圣的爱，多么安宁。"（塞菲里斯语）

　　而我仍然退去，我蜷伏于鲜为人知的音乐和石窟中，凿试着自己粗糙的手艺。我在内心游历了北方和西北的绵远七星，长泪横流。在春日之下，我将再加进自己孤独的耳语和心跳。我看见一个赤子跪领了自然的恩宠和秘示，真意和信心只向赤子打开，而一座国度和人民不也是在巨大的山川上凭听和勤于劳作吗？我要在熙熙攘攘的大街上走进幸福的人群。

我像一个对春天犯了错误的孩子，低着头，抄着手，从春日里走过，或者可能我是唯一的目击者，拾取了遗漏之沙下热爱的心情。我吮吸了大气和乳汁，披沥而至，犹如窗外健康的树林。我笨拙而羞赧地说出，我是让一只鸟拖来了整个干净温煦的天空。

而为日光念诵。门环开启，最后我看见你款款而至，轻推满载鲜花的小车，沧桑清冷，微笑频递。你是这反复之下的绿色信使，你是我萌动和成长的日子，春日女神。你灵息飞动，拍我如拍一块田野，犹如穿透了神明的小风。就让我如此深切地吻你。

在春日之书的封面上，我要醒来。

青铜枝下

青铜枝下，马匹诞生。

推远的大气和背景，以及屋瓴和书卷之下的心情都归于爱戴和一番追寻。在一阵旧日书简的呵护中，我看见青铜枝下，马匹诞生。不再是第一次的春天，不再是明眸皓齿的初逢和拥吻之下的爱怜，甚至也不是你，旧日的女神和心头怒放的雷霆。让诉说再一次归入了黯淡，让书写停止，当我心中明媚的霞光重又四溢，当我站在四月的明天，那理所当然的节日归于光荣和梦想的春天……

请让我穿过春分、雨水、惊蛰和清明，在这盛大的曙光下，解放大地的美和我自己。

芳草碧连天。那依次涌入的星辰和大地的栅栏，不是作为美，而是一再止息的精神与灰土。在这个宽大明亮的世界上，人来人往，珍存于旧日的吟唱为谁而逝？谁是那凭想中永远的地址？噢，我和整个初生的四月如此深切地爱戴的你，就要驶离。叶芝说："我多想摸摸它，像个孩子一样，但知道我的手指只能摸摸冰冷的石头和水……我们爱得太多的东西啊——我们的触觉却无法估量。"一支哨笛吹着，在久远的质询和谎言中，我和春天的迷离以及爱情，负火而亡的伤口和疼痛，将会秘密地抵运。

需要多少努力和慰藉，才能填补这剩余之下巨大的空虚？需要多少激情和泪水，我才能目击这春天的真迹。在我无端的歌声中，漫上山冈的那个女孩已将夜色堆积，而黎明的久唱和关怀又从哪里开始？在一处遥远的庭院中，我细心谛听你的吹嘘和花瓣的垂临，都为春风净扫。如果你是春日和爱情之下破败的努力，如果你失去了一种清丽而行的诗句，不是生活和脊梁的弯曲与击打，你只是我心之一隅幽暗的花园和垃圾。

除了你，谁配引领这个春天。

噢，"我知道你的梦，你曾梦过，走了，这就够了，就算有太多的爱和恩情在你面前死去，曾使你感到困惑又怎样呢?""那时，所有的火光都已熄灭，而你在星光下细察那些灰烬"。无力扶助的远逝像一堆燃烧的红铜，从此，"从此"是一个什么样的概念? 我的七卷诗篇，以及车轮之下的念唱都成为徒然。让你的谎言成为谎言，让短暂的人生委弃这一枝暗哑的花瓣。事实上我诉说的只是春天的一节音乐，随风翻开，你的微笑简单如寂寞的音标。而为心情所困的阳光，明亮刺眼。

青铜枝下，马匹诞生。

"我低声说：记忆，你碰到哪里都是痛的。"（塞菲里斯语）咫尺的邂逅，在错误中疏远的天涯的回眸，都已如此真切和坦然，但是请告诉我这个春天的真相，请告诉我真相背后你依次躲闪的心情。噢，我芳香的身体，等待着你的内心：如此纯洁的秘密，让高洁而行的精神和勇气一再窒息。你曾经是我的谁? 而我，曾经又是你的谁? 如果

漫山遍野的今天

一切都将从此消逝，而我们又曾经是谁？

　　伟大而纯洁的爱，多么安宁。

　　春天，以及你的伤口，将我和我的生命带到如此之远。我热爱这宽大明亮的世界，我仰承于这水滴石穿的春天。四月的正午，那依次频递的叩门和内心的红云，犹如高挂在空中的风琴，拾取了少年的心跳和琐碎。你是我永远的最爱，春天；你是闪失之后皈依的地址和唯一的思念，女神。我所热爱的你，一直都在起点，像通常所述的那样，凭着什么样神圣美丽的种子，来萌芽这份心情和世界。

　　但是，无力挽留的春天必将逝去，我所追寻的世界并非你的想象。让天空干干净净；让一再的哨笛拾取了阴霾之下蒙蔽的浮尘；让我内心的房间鲜花盛开，听取了田野上劳作的歌声和朴素的爱情；让我入睡，并且永生记挂着心头的水面上不再凭临的天鹅和妹妹。在一阵旧日书简中，我不再感到巨大的渴意，以及奔跑之中拥戴的这一份幸福的春天。

　　青铜枝下，马匹诞生。

　　旧有的风貌，荡然无存。而初生的绿意和马背上深埋的双膝，说的是我第一次仆倒的心情。让箱子和丝绸空着，让诗卷不着一字，让我深埋入你的爱情，醒了，看见并且远离。

　　自从我突然开始，怀有一种蔑视和骄傲的心情。在我内心的春天，青铜枝下，马匹诞生。

挽别

美丽如你，让风尘刻画你的样子。

你是我春季直至秋季的一则漫长故事，四季的风景；你是我执信的民谣中三枝漆黑的玫瑰，遥远的火堆；你坐在水上，像一只含泪无语的白羊，秘密的信使；羊脂灯台下，我和夜晚反复梦见的筐篮，美丽的你。

美丽如你，这苹果树下的拥抱，仿佛一对裸体的神，滚落一地。

没有人知道，除了我。

你在半个中国走动，北方以北——你是我秋风吹凉的草原；你是我头顶神明的灯笼；你坐在土冈上怅望七星之下的州府，刻满我颅骨；深夜的投宿，这凄清的客栈像我膝下的三座羊圈，悄掩柴门；于是你梦见我，轻推一辆满载鲜花的马车，悄然抵达你的一个念头。

你是我的孩子、女儿、亲人和一卷诗稿；你是雨阵中一座坚持着的桥梁；你是你，甚至不是别人；你埋在河砾中，为太阳托举，黝黑而发光；青春飞动，你不知道你秘密的驻足带给了我初次的幸福。

美丽如你，让风尘刻画你的样子。

你是午夜里高挂天空的新娘；你是微醺后走在草海之东的一只马灯；你是我一生难以抵达的远方，照亮人世的灰尘和屋梁；你不变，

漫山遍野的今天

漫游以至漫游到我再难以倾听和思念；你是我呼喊中的一片纯净的大气，稀少的壮丽；你是我难以走开的井台，灌满日夜的泪水。

你这个美丽的哑子，深藏于一只黄昏的马头琴箱，破败而奔跑。你是我一再追索的秋日的神灵，高坐于三匹母马的心脏之上；你是我晨祷中一片举念的大音，击透千秋的恩情，甚至你也是埋在一双新鞋子中的爱人，健康而自足。

除了你，又会是谁——

是谁在这最后的门厅里坚忍默坐，高声朗诵？是谁，抱住火堆照亮自己秘密的行程；谁坚忍，而从不说出？谁给了我一生中唯一的吻和散步？众人都已离场和酣睡，世界退去，如今只剩下我们两个，在这迷蒙渡口的灯笼下交接；是谁，给了我一生的热爱和爱憎分明的天性，使我义无反顾，美丽如你。

你只是我，让我也将你包容进来。你是我的半个身子、妹妹、敦煌、伤疤和羊群。

你是众人离去后仅有的优秀的嗓子；你是尊严和持久的默默无语；你走遍了整个中国的北方，因此你也就是北方。一匹豹子，一阵念想和胸廓中无知的饮泣；如今，你和千里万里的马匹草堆走在一起，我一眼认出了是你。

你只是我，美丽如我。

你是我日后的一支劲笔，一沓白纸；你是我难以回复的春天夜晚的悸动和心跳；你是我的爱，一生不再，一生难改。你是我，三只口袋里迎风挺立的家园。

你只是我，一个普通的夜晚，望见你——

月光大地，一万只羔羊静坐山冈。

美丽如你，今夜使我难忘

第三辑

引舟如叶

写照片

　　我思忖，那一辆微型皮卡在疾驰的过程中，一准儿发生了什么。事件发生时，搭载在车厢顶上的那只纸箱子，一定被一个蛮力之人彻底撕开，损毁了，弃置了，消失了，顺便抹杀了我家的历史。这家伙是谁？暗中潜来，遁逃而去，在一个晴明的午后，干下了一桩不齿的勾当。又或者，缘故出在那只纸箱子身上，心存贰念，潜伏日深，此刻觅见了一个机会，遂带着叛逃的快意，踮起脚，小人得志地晃了晃脸，不告而别。——文学的想象害苦了我，我懊悔不迭。剩下的，只有猛抽自己，把肠子彻底悔青。

　　搬家的建议提了许久，总一直拖宕着。

　　母亲说，给我留一些时间吧，我要跟老街坊们告告别，说说话，不能一走了之啊。都几十年了，熟得跟亲姊妹一样，这么唐突搬走，会让人戳脊梁骨的。再说了，也是给你们儿女们争脸，在一只船街道上画个句号，没旁的意思。父亲也别有理由，总说那套新房子有甲醛味儿，养过花，搁过洋葱头，天天开窗，点过蜡烛，还放过烧败的煤砖，但老也吸不干净，头晕。前一个理由无可挑剔，任由母亲乐颠颠地去说长道短，带一脸的泪水回家。后一个却站不住脚。妹妹请了专

漫山遍野的今天

业的检测人员，三拨儿，一次一千多块，二比一，白纸黑字盖红戳，证明宜居，对人体基本无碍。但一直这么拖宕着，暗中抗拒着，彼此都快烦死了。

我们大院整体搬迁，位列市政府的一个宏伟规划。满街挂满了红幅，喇叭阵阵，身穿制服的动迁人员时时上门做说服，早迁者奖励，怠惰者扣款。某日早起，有晨练者忽然发现街口上停了几辆重型挖掘机，像怪兽一般盘踞着，利牙嶙峋，不动声色。于是大家口口相传，知道日子近了，真的近了。

果然，连街口那几棵阔大的左公柳都被伐倒了，枯木横陈，落叶萧瑟，仿佛大家共同的老祖父。街坊们的心里都揣了一团乱麻似的，个个阴郁，人人自危。那一段，唯有河州来的小贩们幸灾乐祸，收破报纸烂书本，收旧家具，收钢门钢窗，收废铜烂铁，一只七成新的冰箱作价五十，一台老电视出价三十，一辆崭新的小童车只值五块。小贩们的脸上说，乖乖，看把你能的，你还舍不得这一堆垃圾么，你往哪里跑？

黄昏降下了，母亲和老街坊们手攥手，心牵心，站在悠长的夕光下，依依惜别。这番情景，像极了日寇扫荡时，家家坚壁、户户清野的样子，每个人的嗓眼里都凝结着"珍重"这个词，却吐不出口。偶尔，会有某个家庭整建制地站在街上，拍照留念，笑意皆无。后来，出现了有心人，半夜三更地蹑摸出来，口衔手电把子，踩在梯子上，拿起改锥，将红底白字的门牌号码撬下来，收归己有。嘿嘿，这是文物，"一只船街道"呀，将来留给孙子们吧。

其实，我也懈怠着，不愿自己被连根拔掉，失了乐园，丢了理由。——有一个算命的瞎子曾说过，呔，那是你的福地，别忘了你姓字名谁。

我叫叶舟，所以先来说说一只船街道吧。

她距黄河三四里，东西向，长不过七八百米，宽约十来步。我出生时，那里布满了高干宿舍、平民院落、柴油机厂、矿机厂、煤场、食品公司、花圈铺、酱油店、国营理发馆和一家牛肉面馆，顶头则是赫赫有名的兰州大学。街旁有几棵阔大的左公柳，冠盖茂密，凛凛有型，给夏天的娃娃们扔下阴凉。街上只有一户人家姓叶，我父亲便给我取个"舟"字为名，做了个顺水人情。后来，这条街道遭到小规模的篡改，面目全非，玻璃大厦和各种 K 歌房、火锅城、高档海鲜餐厅错杂其间。一入夜，满目的霓虹让人想起旧时代的标语。

但这条街却大有来头，实在不敢小觑。

当年，清廷重臣左宗棠抬棺西行，率领湘江子弟，跨越黄河，准备入疆平叛时，路经兰州城外，见此地风水甚佳，忍不住赞美了几句。此后，前线战事吃紧，一批批阵亡的将士被送下来，日曝风吹，无法安置。左大人批了条子，令在兰州旧城东门外修建一座义园，以便暂厝亡灵，打算日后扶榇归乡。

说是义园，其实就是烈士陵园。——它的主体建筑是一艘航船的模样，高高的船艏朝向南方。庙顶的形状，酷似一根桅杆，夜夜升起

漫山遍野的今天

一盏引魂的桅灯。它被列为禁地，擅入者斩。当时兰州的土著居民们不明所以，在围墙外的草地上赶大集、做买卖、小吃大喝，还统一了口径，称呼她：一只船。一百多年了，义园被风雨剥蚀，早就荡然无存，难觅印迹，但这个诗意的名字却延续了下来。我私下里忖量，她一直在等我，为我施洗。

我母亲之所以拖宕，恐怕还有另一番用意。

几十年了，街坊们的孩子一茬茬长大，结婚，生子，高飞，远走，但民间的记忆始终鲜亮。他们常常咂舌道：一只船街上出了三个好娃娃，一个是王志刚，现在是著名的雕塑家；一个叫蛋蛋，如今是银行家，省上一家银行的行长；另一个是大头明明（我小时候的绰号），叶嫂子的儿子，出息成了作家和诗人，乖乖，老看见他在报纸上的文章。

其实我清楚，他们指的是特定的那一篇。——那年，市上即将召开一次会议，要将十几条街道改名换姓，还吁请省内外的大企业来积极投标，用乱七八糟的产品名称铲除旧址，覆盖新姓。"一只船"也赫然在列，岌岌可危，大有天下将亡的架势。街坊们说，简直穷疯了，见过败家子，没见过这么大的败家子，这里头肯定有腐败问题。流言甚嚣尘上，一度传说，已经有一家制造痔疮膏的企业实地考察，相中了一只船，将来呀，这条街会叫"×××肛泰大街"。一时间，街坊们没了胃口，脸色蜡黄，如丧考妣，对这则传言笃信不疑。

我结婚后另过，但隔三岔五回去一趟，看看父母，取回自己的邮件。一只船街上的邮递员恪尽职守，也与我颇为熟稔，即便邮件写错了编码和门牌，但见到我这个卑微的名字时，仍会准确地投递到"北街 108 号"。有一回，我碰上他后，他诡秘一笑，说小叶你趁早换地址吧，改你自己的单位。否则，肛泰大街，呵呵，会让你外地的朋友们笑话死的。——我想，我手中还有一杆笔，我该反击了，不仅仅为了这条街的辉煌历史，为了街坊们的心情，还要替自己着想一下。我不能被连根拔掉，变成一只丧家之犬吧。这是私愿，但光明，且正大。

我跑进图书馆查资料，访问了地方志办公室，又走访了几位学富五车的老先生。终于，我找见了这条街的今生和前世，听见了这条街的湍急心跳，我夜夜梦魇，情不自禁。于是，我拉大旗作虎皮，将左宗棠老人家推向了前台，用一百多年的时光作酵母，发酵不平，酝酿庄严。那时，我供职于一家省级报纸，我的文章发在副刊头条上，用一种抒情的笔调，痛陈历史，摆古讲今，泪水滔滔，像一个顽劣之人在回忆说，我家从前也曾经"阔"过。不用说，街坊们传阅着那一张四开的小报，给我竖过大拇指，对我很是刮目了一阵子。我母亲也渐渐培养出了一丝丝骄傲感，特露脸。

当然，我不相信金石能开，为我动容，也不会断言那一篇千把字的文章有救世的药效，去贴金，去独贪天功。我宁愿相信那一帮委员们从善如流，冥冥之中，被左大人摸了顶，赐了福。委员们一夜之间幡然醒悟，但姿态忸怩。

——街道终究改了名，曰"甘南路"，但"一只船"这个悠久的称谓幸免于难，从此蜷缩在马路两端的小社区里，蓬头垢面，如王宝钏

漫山遍野的今天

和她的寒窑一般。

　　但这种危机感并未消退，时时针扎着我，就像我预感到，一辆辆疯狂的推土机和挖掘机迟早会来，"一只船"这个名字会被搁浅，雨打风吹去，晾晒在记忆的深处，终至泯灭。我渐渐变得一根筋起来，牛筋，死不改悔。我想，我必须为她做点儿什么。我写了一首长诗，用了挽歌的形式，提前为她谢幕。我还用札记的方式，梳理了这条街道上的旧黄昏、旧歌谣、旧址、旧日人家。我慢慢相信，是的，惟有旧日子才能带给我们温暖。后来，我更欲罢不能，我将自己的小说强行安置在这条街上，让一些虚拟的人物含着斑驳的笑容，走在晨昏当中，徜徉于各自的天命之水上，随波逐流。——我记得，许多年前，一个叫加西亚·马尔克斯的记者去了古巴，访问大胡子的卡斯特罗，开口问：

　　"您要是不做革命的领袖，您最想干什么？"

　　老卡说，"要那样，哈哈，那我就去找一条街，待在街的拐角处。"

　　我热爱的诗人叶芝也说过，"归根到底，能听见宇宙歌唱的地方，是你从时间、地点、家庭、历史等方面都已经扎根或决定扎根的某一条街，某一个社区。"于是，我明火执仗，替天行道，越来越一根筋地想写下一只船今生的表情，并勾联出她前世的履历，立此存照，永垂不朽。跑题了，此乃题外话。

　　动迁小组的人员冷着脸，时时上门，我母亲从街上紧急撤了回来。

第三辑

引母如叶

一搬家，才会明白"家"是什么。其实，家就是藏污纳垢之地，是废品集散地，是你丢失了很久的一枚钥匙重现天日，是你失散数年的一只拖鞋迷途知返，免不了灰尘扑面，撬门扭锁，翻箱倒柜一通。——这时，矛盾也尖锐起来，彼此不可调和，势如水火。父母的立场是加法，扔不得，片纸寸物都是一辈子积攒下来的，一只破易拉罐能卖一毛钱，一公斤旧报纸值七毛，板凳虽旧却坐着舒坦，机械钟太老式，可比电子表还守时啊……子女们想的却是减法，一减再减，恨不得将家里的老古董统统扔掉，轻装简行，一刀两断。争执，暴躁，吵架，抢来夺去，将整个家变成了一场局部战争，看不见的硝烟经久弥漫。父亲气馁地坐在板凳上，唉声叹气，说我也老了，老古董了，享不了那个清福喽。母亲也附和说，我们碍眼，干脆把我们也扔了吧，扔了你们就省心了。妹妹在一旁嘤嘤啜泣，委屈极了，一个大受气包。

新房是妹妹给父母买的，乃市内最幽静、最高档的一个楼盘，毗邻黄河，绿树成荫，装修上花了十来万。妹妹不甘心，总不能在蓬荜生辉的新房里，再抬进去一些款式丑陋、咯吱乱响的旧家具吧。妹妹下了最后通牒说，该扔的都扔，一个脑袋两只胳膊，大家净身入门。于是又颠来奔去地四处刷卡，将簇新的平板电视、冰箱、空调、各种灶具、床、沙发搬了进去，连门端的脚垫和拖鞋都未撕开包装纸，款然静候。一番冷战中，父母渐渐退缩了，偃旗息鼓，看着那些使惯的家具和器物递进了小贩们的手中，又开始狠狠地讨价还价，一分一厘地涨，似乎只有从价钱中，才能收复失地，得到些许的满足。母亲的表情像一块咸菜，苦涩，发黑，阴沉，大有和它们生离死别的样子。

妹妹找来了十几个新纸箱，装满一箱，胶带纸便封存停当，垒在一旁。

现在好了，父亲在拾掇他的一堆花草，修剪，喷洒，用报纸给花草穿上衣服。母亲安静下来，翻遍了每个抽屉，针头线脑，铅笔擦头，鞋带纽扣，味精调料，汤勺筷子，一寸土地都不愿放过，篦子一般的细心。后来，母亲居然像吸尘器一样，从抽屉、箱底、书本和一个个犄角旮旯里，找见了无数的照片，大大小小，形状各异，色彩斑斓地堆在了床上。母亲说，别动，都别动，我自己来整理。

每捡出一张，她都要睁着老花眼，仔细回味一番，然后用一张棉花纸包裹起来，叠得四方四正，挨个儿捋顺，压平。单独一个新纸箱，照片们规规矩矩地躺进去，互不摩擦，不掉色，不起皱，仿佛一座古寺里珍藏了千年的贝叶经。差不多用了一个昼夜吧，母亲终于将所有的照片安顿妥了，才合上箱盖，用透明胶带封好了，停在家里。——这一箱照片鼓囊囊的，几乎胀破了箱盖，流溢出来。那一刻，胶带纸也在暗中缄默地怠工，丝丝拉拉直响，只是谁也没能听出这一种危险。这下，母亲踏实了，准备拔寨走人。

父亲却道，怎么搬呀？谁来搬？

气话。街上早就停满了搬家公司的大卡车，蚂蚁公司，喜乔迁公司，新三力公司，大多是市里最有名的搬家企业。父亲问，搬一次家

第三辑
引舟如叶

多少钱呀？妹妹道，整车搬运，一个来回三百块，工人们技巧娴熟，训练有素，绝不会磕磕碰碰的，速度还快。父亲说，咱家需要几个来回？妹妹回说，就这点儿破东烂西的，一趟就够了，还富余，人家是集装箱的大卡车。父亲阴下了脸，赌气说，太贵了，我的钱又不是用弹弓叉子从树上打下来的，太宰人了。父亲还说，咱们自己搬吧，你的丰田威驰里天天塞一点点，蚂蚁啃骨头，花不了几天的。妹妹快哭了，执意不肯。父亲灿烂地说，哦，那我雇一辆三轮车来，我自己能行，我来搬。

奈何不过，妹妹遂派了公司的一辆微型皮卡车，外加四五个职员，整装待命。清一色的小伙子，身穿制服，别着公司的徽章，戴着金丝边眼镜，斯文，干净，嘴甜，一见面就喊叔叔阿姨。父亲乐了，一一询问完名字，又召开了一个临时会议，像老政委一样，告诉他们先搬哪一个，后搬哪一个，小心轻放，别太劳累啦。母亲去了一趟商店，买了一大箱冰镇饮料，果粒橙，绿茶，红牛，脉动，另有一盒巧克力，随时能够补充动力。这时，父亲忽然想起了什么，打开一个包袱，摸出了一条软中华（八成是妹妹的）。父亲那时戒了烟，撕开后，一人塞一盒烟，还谦逊地说，不知好不好，你们凑合着抽吧，解解乏。

叶家终于开始行动了，街坊们闻讯后蹒跚而来，跟母亲问长道短，有没有可以帮的，就这么走了呀，再待几天吧。父亲蹲在楼下的阴影里，仿佛片场的老导演，看着小伙子们奔上蹿下，从六楼陆续搬下了他一生的家当，心里逐一清点，算计无误。——来兰州快五十年了，

漫山遍野的今天

父亲娶妻，生子，供养这个家庭，个中的难心和坎坷难与人说，始终不发一语。但在那个夏日的午后，我猜，已迈入耄耋之年的父亲，一定没有糊涂。

下班后，我也成了一只蚂蚁，加入了搬家小分队。

微型皮卡装不了多少货，车斗浅，箱板低，一次只能带几件行李和纸箱。跑了两个来回后，适逢饭口，车子刚进一只船街口，就被父亲拦了下来。走，走走，快进餐厅去，吹吹空调，把肚子填饱了再搬，不急。我私下里问妹妹，这几个小伙子什么的干活？一个个腰来腿不来的，下了这边的六楼，上那边的三楼，竟然喘个不停。妹妹白眼说，你当他们是搬家工啊，人家都是坐办公室的，白领。我金刚怒目道，吃个牛肉面或者刀削面就成了吧，难道非得大餐伺候呀，这不是豆腐搅成了肉价钱么。早知如此，搬家公司最便利了，一次性搞定，还不需贿赂。妹妹也恼了，嗔怪道，你以为都像你们小记者一样，走哪儿吃哪儿，吃了不算，还拿人家的，你还有没有人情味呀。——我哑了，埋在餐桌边，尽量掩饰着自己。心说，妹子呀，从购房、装修、搬家这一条流水线上，你才华卓著，功比日月，愚兄自知理亏，这厢有礼了。该顿饭，愚兄买单，给你捧个人场吧。

妹妹捧着一本豪华菜谱，哪张相片好看，就点了哪个菜，六荤六素，一半凉，一半热，端是宴席的标准。父亲乐呵呵地问，喝不喝酒？你们喝一点儿吧，解解乏。见大家面面相觑，父亲又说，白的，还是啤的？对了，白酒伤肝，就喝一点点冻啤酒吧，还凉快。开席了，父

第二辑
引舟如叶

亲又做了一回老政委，以茶代酒，代表叶氏一门隆重致谢，左搛菜，右斟酒，忙得像个古代的知客。一顿饭吃得山高水长，等众人走出餐厅后，几乎快忘了是来搬家的，还以为是做客的高朋呢。

现金买单，我数出了五张，没找零，也没要发票。

母亲站在台阶上，指挥着又装了一满车，被子、棉絮、衣物，还有脸盆、椅子和瓶瓶罐罐等。后来，母亲将一箱子照片挑出来，叮嘱道，一定搁在最上头，千万别给压着了。——圆鼓鼓的纸箱砌在车厢顶上，被绳子齐腰拦了几道，捆结实，安妥了。那一刻，日光沸腾，太阳底下并无新鲜，一切尚未露出破绽。

我坐在副驾驶位子上，心思浩渺，坐卧不宁。后排的小伙子们横七竖八地躺着，嘴里是周杰伦，又掐又闹，显见是酒精的作用，让他们在暑天变作了大螃蟹。司机刚开始还老成，现在则处于醉驾状态，一忽儿将车子开成了小舢板，一忽儿又熄了火搁在路上，站在树丛里扯裆撒尿，天开地阔，目中无人似的。我挂了电话，向单位告假，私下里将这一趟搬运任务大包大揽在了自己身上，信任感逐渐丧失。恰值中午，路上没多少车辆和行人，怕司机趴在方向盘上睡着，我递烟送茶，还指着窗外的风景说故事。

喏，这是省政府礼堂，上世纪70年代叫反修馆。

啥玩意儿？

反对苏修，苏联修正主义政权。呵呵，那时候，你还没降生呢。

我又说，那里以前是个跳伞塔，空军天天在塔上练习，挺好看，

漫山遍野的今天

天空中挂满了彩色的伞，像一堆堆大蘑菇。

司机的眼睛像中了毒，基本上开着盲车。

我再说，瞧，这是宁卧庄宾馆，省上的国宾馆。我上小学时，还戴着红领巾，穿着白衬衫蓝裤子，举着一把塑料花，在门口欢呼雀跃，迎接过柬埔寨的宾努亲王。对了，陪同宾努亲王的是叶剑英元帅，和我一家子，他也姓叶。

你也姓叶？

靠。我彻底死了心，一鼻子的灰，快被窗外岩浆般的日光晒化了。我不时偷觑着司机的动静，以便在紧要关头拨乱反正，救亡图存。司机的眼皮像一副赌场上洗动的扑克牌，随时都有出老千的情况，马虎不得。

——那时，兰州大学北侧的中心花坛尚未拆迁，所有车辆按逆时针方向运行。巨型花坛，垒成了一座宝塔形状，层层叠叠地砌满了花盆，花叶无精打采，蜜蜂和蝴蝶停在空气中，仿如标本，仿佛那个年代特有的一种表情。拐弯时，微型皮卡竟然控制不住，斜刺里杀了过去。司机从梦里惊醒，慌忙拨转方向盘，手忙脚乱一番。车子兜了一个大大的圈子，弧形地绕过了花坛，刹车声响亮。响声落停后，车头端直冲向了天水路北端的黄河岸边，若离弦之箭，慢慢望见了目的地的大门。司机嘿嘿几下，得意非常，将软中华叼在嘴边，一半濡湿了，另一半像狼烟在告警。我居然充耳不闻。

那一刻，我错失良机，一直蒙冤至今，不得辩诬。我家的历史，

第三辑

引舟如叶

被一只卑鄙的脚尖霍然改写了，擦掉了，从此石沉大海，杳无音讯。
——埃利蒂斯曾用诗歌诅咒过一只脚后跟。我亦是。我曾无数次的在
梦里携一把板斧，闯进了牲口圈，砍下了一大堆小蹄子，连同它们脚
下的油门。无奈，这纯属精神报复。

所以我一直思忖，那一辆微型皮卡在疾驰的过程中，一准儿发生
了什么。在那座中心花坛附近，天光大亮，一定有一个蛮力之人，匿
形，矫捷，迅疾跳上了车厢，撕开装满了照片的纸箱，天女散花，将
我家的历史纷纷扬弃在了风中。前世无仇，今世无冤，这家伙究竟是
谁？

奔驰中，我继续懵懂地给司机说着故事，轻浮，卖弄，嘴脸丑恶。
但在那个晴明的午后，我却被另一只黑手给出卖了，浑然不察。事后，
我反复揣度，一定有一个神秘的因果，横亘其中。

我抱着行李和纸箱，乐颠颠地奔上蹿下，快乐如工蚁。驾驶室中，
一帮子年轻人四仰八叉，鼾声大作，睡在了楼下的荫凉里。我不会清
点数字，也疏忽了那只装满历史的纸箱何去何从。我扛着一件件家当，
竟觉得"家"是那样的轻，那样的不值一搬。犹如一枚锈钉子，本觉
牢靠，却轻易地从墙上起了出来。

——如此往返了几次，父母在一只船老街上的"家"，终于搬空
了。父亲和母亲退在门端外，趴在门框上张望，呀，四壁发黑，光线
不足，地砖剥落，呈现出一幅幅丑态。他们始终沉默不语，在对方的
脸上寻求着鼓励和信心，小心落脚，手抚空气，又仔细视察了一遍。

空了，这下好歹搬空了，父亲道。母亲却说，别落下什么吧，我老觉得还落下了个什么。父亲嘻嘻说，魂儿，落下了，那也拾不回来喽。父亲从裤兜里掏出链子，认真地卸下了一枚钥匙，交还给动迁人员。母亲像往日里出门似的，关紧了水龙头，闭上了窗户，插上插销。防盗门"哐当"一声碰上的刹那，我看见母亲的肩胛一搐，受了惊似的。

这时，我母亲搂着她一生中最重要的财富——孙子，挥别了街坊们，阴下脸，钻进了妹妹的丰田车里。我儿子贴着玻璃，唤我上车，但我拒绝了。

傍晚时，我走到楼下，将挂在墙上的塑料信箱检查了一番，空无一物。沐浴着夕光，我站在废墟上，最后一次等邮递员的到来，他却爽约了。我猜想，此刻世上的朋友们一准儿知道了这件事，与我感同身受，心若铅坠。哦，他们一定在静候我更改新址，重填邮码，跟我再次联袂江湖，大地漫步，纵酒作诗的。一念中，我竟然情不自禁，心思潸然，不觉泪下。我在心里，冲着一只船街上的"家"弯下了腰，深鞠一躬，有一种悼念的感觉。

我知道，这是一个秘密的仪式，代表家人，代表了藏在暗处的斑驳光阴。

母亲像住店一样，极不习惯。

她在这里摸摸，那儿瞧瞧，这个门进去，那个门里转转，终于认出了橱柜、壁柜、玄关、几只遥控器、各式开关、钥匙、楼层和大小门，渐渐有了方向感。适应下来后，母亲又像个老练的鼹鼠似的，打开了所有的纸箱和包袱皮，忙着将她积攒下的破东烂西各归各位，藏在不同的旮旯里，还在心里画了一张藏宝图，秘不示人。母亲坐在新沙发上，像走亲戚串门子，一不敢动，二不敢躺，身体绷成了一张弓，眼神无助。当时，我儿子还小，调皮捣蛋惯了，是个上房揭瓦、大闹天宫的主儿。我母亲见他又开始胡作非为起来，便气恼恼地追撵上去，将巴掌落在了小屁股上。孙子摊在地板上哭，奶奶也在一旁抹眼泪，下话说，小先人，这不是爷爷奶奶的屋，是你姑姑买的，哭不得哟。孙子嚷嚷说，我要回家去，我不在这个破地方玩了，囵囵不在，虎子不在，朵北娃也不在。奶奶劝慰道，我要能回去，我早回去了，用不着你号丧哇。一时间，母亲的脸淹在泪中，可怜兮兮地说，难民，不是逃难的难，难心的难哟。

入住的第一天晚上，父亲锁闭了几扇门，但总听见楼梯间有人在走动，在叩门，在低语。母亲搂着孙子酣睡，家中再无旁人。父亲心生忐忑，攥着一把改锥，时刻提防着不测，怕外人侵入（周围有很多正装修的人家，雇来的民工形容可疑吧）。天亮后，妹妹来取落下的包，一打开门，见父亲已穿戴整齐，正趴在窗户上发愣。妹妹问，你做什么呢？父亲抬抬腕子，指着手表说，唉，这里天太迟，都六点半了，连太阳都没照起来，路上连个打牛奶、卖露水蔬菜、做操跑步的声音都没有，空荒荒的，不踏实。

几天后，父亲的注意力转移了，他的花草一病不起。

漫山遍野的今天

父亲内向，一辈子同事多，朋友少，均鲜有私交。年轻时，父亲稍稍喝点儿酒，怕贵，干脆给戒了。也曾抽过一段时间的烟，特劣，一两块一包，气味腥辣。有一次我在家里蹭饭，左手刚搁下饭碗，右手便点了支烟，吞云吐雾起来。父亲剜了我一眼，我还振振有词地说，饭后一支烟，赛过活神仙。父亲不语，将自己的烟和火柴盒捏扁了，站在阳台上，愤怒地扔了下去。父亲声称，今天起，我彻底戒烟了。父亲是老共产党员，文革中的辛苦都熬过来了，遑论戒烟。这次，父亲想给我做一回榜样，硬挺着。烟瘾犯了后，吃过大豆，嚼过花生米，含过糖块，终究烟戒成功了，却养成了吃糖的毛病，幸无大碍，随他欢喜。退休后，父亲不爱下楼遛弯儿，不喜串门逛街，更瞧不起一群老头儿半夜三更地围在路灯下，为一盘象棋争得面红耳赤，脏话四溅。父亲成天闷在家里，有两个业余爱好，一是读书，二是电视。

每晚七点，家里的荧屏绝对固定在央视一套，他是《新闻联播》的铁杆粉丝，即便孙子疯闹，要看动画片什么的，他也决不让步，死忠到底。片头曲播放前，妹妹总要揶揄道，你今天要接见谁呀？父亲很笃定地说，今天该罗京和邢质斌了吧，或者说，今天轮到李瑞英和康辉了。一猜中，他便呵呵一乐，环视家里一遭，像检阅着他的人民和疆土一般。看新闻时，父亲笑眯眯的，耳听八方，心忧天下，嘴里还夹杂着解说，瞧，主席咋咋咋的，会议太多，鬓角的白发都生出来了嘛。又说，总理今天又忙，脸色咋咋咋的，该交代下去，别亲力亲为喽。先国内，后国际，父亲对外最关注平壤、东京和白宫的消息了，看有没有对咱们不利的新闻，无则喜，一有风吹草动，他就急得直搓手指头，狂喝茶，频上卫生间。约莫半小时后，遂偃旗息鼓，他干脆忘了这一茬。

美国大选时，我站在麦凯恩一边。父亲指着屏幕上狂说的奥巴马，直脱脱地道，嗐，这小伙子像个领导干部，口才好，能说。我反驳道，选总统，不是选你们单位的科长呀主任呀，再说，你听不懂英语，你知道小伙子在讲什么？父亲勃然大怒，总统没有领导干部的样儿，还叫啥总统，你太幼稚，你真该学学。后来的结果大家都明白，父亲也没寒碜过我一句，仿佛奥巴马是他远房的一个侄儿。另一回，父亲神秘地问我，咋好长时间听不到南斯拉夫的情况了，铁托走了，谁在南共当一把手？我回说，早散摊子了，分成了好几家，谁也不尿谁，还内战了。父亲又问，阿尔巴尼亚呢，地拉那呢，那可是欧洲的一盏社会主义的明灯啊。他的问题层出不穷，比如西哈努克亲王，比如齐奥塞斯库，比如菲德尔·卡斯特罗，比如金正日等等。

父亲爱读书看报，一得了空，就盘腿坐在亮处，戴上老花镜，逐字逐行地一读到底。家里订了本地的许多报，读完了不许扔，整理好边角，捆扎停当，他要亲自卖进收购站，换来块儿八毛的，才觉得妥帖。书也不精致，口粗，经常是我买的一些传记类的、历史类、养生类的，摸到啥读啥。偶尔，我还捎过去一些文学杂志，不知他老人家批阅过没有，但统统不卖，齐整整地站在书架上，陪他过夜。其实，这些都稀松平常，多见不怪。但现在，我要说说父亲的一个惊人禀赋。——或许，他是兰州城里最后一位会查四角号码字典的人。

　　他有两样阅读工具，一只老花镜，一本破旧的四角号码字典。字典跟随了他多年，没皮没脸，只剩下瓤子，乱七八糟地贴满了狗皮膏药。既看不出版本，也查不出出版年代，总之很旧了。我们兄妹在求学时，一般使用拼音或偏旁部首的方式，但父亲很不屑，觉得太费事。一遇到生僻字，父亲便像麻眼的算命先生，微阖上眼皮，在指头上掐一下，果断地报出数字。按这四个数字去翻字典，那个字果真就藏在里头，准确无误。——我猜想，后来的五笔字型输入法，或许是受了四角号码查字方式的启发，才得享盛名，风靡一时的。父亲掐字时的神态，仿佛老僧入定一般，使我佩服连连。但我一直闪避它，始终不肯去学，甚至有点儿鄙夷。但这并不妨碍我将他的这一绝技，写在了一篇《所有的上帝长羽毛》的小说中，对他发自肺腑地赞美一番。

　　蹊跷的是，父亲从来不读我的文章。诗歌自不必说，与他隔得太远，但一些散文和小说，他也尽力回避，一问三不知。每回，我将一些样刊送给他，私下里巴望着他会夸奖几句，但父亲迅速插在书架上，归档了事。那层架子，是专为我的作品设置的，未经允许，家人不得擅动。——这点儿隐秘的曲折，后来被我发现了，此乃别话。

　　扔下书本，关掉电视，父亲的唯一嗜好是养花草。花草极其普通，臭绣球，仙人掌，文竹，吊兰，海棠，夹竹桃，月季，等等的。妹妹送过几盆君子兰，挺名贵的，还教导说周总理最爱此花了。父亲喜兴了一阵子，喂啤酒，灌营养粉，浇淘米水，天天松土，时时侍弄，统

第三辑

引舟如叶

统给养死了。父亲道，还是普通的好，命贱，跟人合拍，绿得自然，和我一个档次。在一只船街上时，父亲的花草占据了大半个阳台，他移栽过许多盆，给楼上楼下的邻居们送遍了。送去的花，后来都被扔进了垃圾洞，害得我挨个儿上门去求饶，又是笑脸，又是作揖，哀求说你们多费心一点儿，要扔的话，就扔远一些，别让老爷子给瞧见，伤了心。

现在，半屋子的花草病了，父亲只得先做个表率，迅速适应这处新居。

见父亲圪蹴在地板上，铺开摊子，一门心思地开展抢救运动。母亲顿时安静了下来，长长地出了一口气。母亲系上围裙，在明亮的厨房里，擀了一顿长面，蒸了一次馒头，即刻熟门熟路起来。那个下午，母亲将自己像鼹鼠一般藏下的包袱和零碎取出来，开始悉心整理。衣归衣，鞋归鞋，裤归裤，被褥毛毯各自分开，存放在不同的柜子里。料理完毕后，母亲坐在沙发盯着天花板，开始翻起了白眼。

母亲念叨说，差一样，绝对差一样东西，死脑子，硬是想不起来。

魂儿丢了，丢一只船了。父亲道。

那一段，妹妹在电话里商量说，该暖暖房了，给二老一些喜气，叫他们高兴起来才是。否则两张皮，看着就难受，他们就像住宾馆一样，战战兢兢的。结论出来了，我喊一帮朋友，加上妹妹的一帮朋友，在家里开宴，美美地闹一通。我通知了母亲。母亲说，好哇好哇，你带个照相机来，都拍下来，留个纪念。念想至此，母亲忽然惊叫了一声，凄惨地说：

丢了，全丢了。

我愣怔，丢了啥？

一家子人的照片，搬家时全丢光了哦，老天爷。——声音越发凄切。

嘻，人在就行，照片没什么嘛。

母亲断喝道，你嘴上别奸臣！

——夏末的黄昏，一家人颓坐着，像坐入了冰箱里，冷然，眼生荆棘，漠漠无助，连空气里都布满了一种默哀的情绪。我儿子个人主义严重，不停耍戏着，摸摸这个的头，揪揪那个的脸，一点儿没有加入进来的意思。一纸箱照片丢了，此刻在母亲的眼中，比丢了孙子还难过，背转了身子，偷偷地抹眼泪。我本觉得小事一桩，芝麻大，但被父母的情绪笼罩后，渐渐滋生出了一种罪孽感。我将那个午后的运输路线细细捋了一遍，终于敲定了其中的那一趟醉驾。没错，在中心花坛，一次危险的急刹车。登时，我的脑海里纷纷扬扬起来，不是被刮散的照片，不是暗沉的云，亦不是崩塌的天空，而是这个小小的家庭日积月累的历史，遭到了猛然一击，变成了齑粉，扬散在风中。

我开始哄母亲，说笑话，扮鬼脸，跟儿子一起逗她。但母亲的脸阴霾四布，很吓人。父亲也坐在一堆泥土和花草里唉声叹气，加重了危机，像一个共谋者。一连几天，这个家失了三魂、丢了七魄，快快的，冰锅冷灶，茶饭不思。我给母亲宽心，说等秋天到来后，黄河岸边层林尽染，风景绝美，多给你补拍一些吧。母亲懈怠地说，唉，我以前的样子都没有了，补拍什么，能补拍出我扎大辫子的那时候么。我玩笑说，那给你借一套假发吧，麻花辫。母亲郁闷地说，没了照片，我还怎么给你儿子讲家史、说过去呢，口说无凭嘛。我苦笑一番，又去给父亲游说。父亲默然，阖上眼睛，掐着指头问，丢了几天了，有一周么？我回说，差不多吧。父亲忽然睁开眼，灿烂地说：

凡拾到交还者，我重金奖励。

母亲也精神起来，搭话道，对对对，反正到了别人手里，也是废纸一箱嘛。出钱出钱，买回来总可以吧。

——没辙儿，得需要我去跑腿，大海捞针了。我给交广台的头儿送了烟，哥儿们拍着腔子说，老爷子的事免单，连播三天，一小时一滚动。果真，我坐在出租车上，司机们锁定的频率里，男女主持人磨破了嘴皮子，详解了这一箱照片对一个小家庭的深远意义，同时播报了台里专设的招领号码。一个司机说，八成是贪官的，箱子里有受贿的钱，要不不会这样子，跟着了火似的，烦死了。我恶向胆边生，摔门下车。更多的司机则充满了人性，嘀咕道，要是成捆的人民币，绝对早丢了，一箱子照片么，谁要呀，还不是垃圾嘛。——那一刻，他们并不明白，身边坐着的这位，就是可怜巴巴的苦主，正一筹莫展。

兵分几路，我草拟出一份寻物启事，打印了一大摞，带着几个死党出发了。我暗忖，自己一介书生，手无缚鸡之力，怀才不遇，报国无门，但在这桩事上我要隆重捐躯，肝脑涂地也在所不辞。我用了一点点文采，语气恳切，言简意赅，将事情的来龙去脉简述了一番。我写下手机号，标明了奖金额度，黑体字，四开，像一份精致的非法印刷品。那一瞬，我浑身的血都滚沸了，像站在易水之畔的荆轲，大有身赴虎穴、引颈就戮的苍凉和怆然。

午夜时，中心花坛附近夜幕沉沉，人烟渐稀，恰是"作案"的大好机会。前后左右有人把守望风，我拎着排笔刷子，抹上一层层胶水，将一张张启事贴在了电线杆、阅报栏、公交站台、广告牌、邮筒和每家商店门前。我和兄弟们绕了一大圈，越干越趁手，越贴越来劲，将中心花坛附近挨个儿涂遍了。我拍了拍脏手，掌声响亮，自觉胜券在握。

——想象中，翌日清晨，等所有的路人睁开惺忪的睡眼，踏入中心花坛附近时，他们会"哇"地惊喊一声，人头攒动地拢过去，像阅读一则重大新闻一样，替失主担心，为这个不知名的小家庭捏一把汗，祈祷连连。

皇天不负，第二天上午，一个兄弟短信密告，他在上班的路上瞧见，所有的寻物启事，都被环卫工人用铁皮铲剔干净了。你买的特制胶水不错，很难刮下来啊，像牛皮癣。他讽刺完，又警告说，小心你的手机，城管和工商执法部门正在追查非法广告呢。要不，你先去自首吧？

于是，消息树孤立寒秋，枯叶飘零，仿佛第一场寒风，提前吹掠而过。

我没去自首，手机也健在。听人讲，市内的城隍庙每逢双休日，都会有大批的小商小贩兜售各种旧物，琳琅满目，花色繁多，去去那儿吧，兴许会撞上大运。我被点化了，大有醍醐灌顶之感。我去过北京的潘家园，见识过那种嘈杂的场面。——旧货市场，不就是历史的大扫帚一挥动，将旧日子扫进了尴尬的一隅，蒙尘之所么。在这个意义上，旧货市场其实也是一座教堂，静候着一些觉悟者去忏悔、去革面、去洗心，继而幡然一笑，接续前生。我迷信起来，虽千万人吾往矣。

好歹熬到了一个淫雨霏霏的假日，我揣上一沓现金，带着证件，钻进了那一条隐蔽的战线。城隍庙里灰尘扑面，雨燕穿梭，大大小小不同质地和造型的观音像站满了走廊，戏剧脸谱和傩面具挂满长廊，刀枪剑戟、斧钺钩叉列队待命，市声沸腾，切口四起，令人恍惚来到了清末年间的一天。我绕过玉石摊、旧币摊、唐卡展示、宗教法器、文房四宝、葫芦微雕、刘牡丹、骆驼王、老虎陈、马公鸡和金鱼欧阳，来到了后庭。——果然，旧书刊、旧报纸、老照片、老明信片、家书、废旧档案、袖章、帽徽、残存的大字报、"仅供批评之用"的内部材料、歌谣集、古诗词和各类经书铺天盖地，码满了门廊走道。那一瞬，我像进入了一座颓废的后花园，笃信我家的那一箱子照片，一定龟缩在某处，等我召唤。

我问遍了每一个摊位，递烟，赔笑。我虚心说，约莫一周前，家里的一箱子照片不慎遗失，所以。摊主们口径一致，急睃睃地问，啥年代的？祖上几辈子的？卖多少个元？他们的失望疾速而果决，且面含愠怒，一派不屑的歹徒样。我说，我是来求购的，将家里的照片赎回去。我还比画说，那是一只新纸箱，这么高，如此宽，大概有数百张吧，每一张都裹上了一层棉花纸。我坦承，最早的一张应该在50年代末、60年代初，黑白照。那时，我父亲刚刚落脚在此，右上角有一行白字："大光明照相馆"。其余大部分，都是七八十年代以来拍的，彩色居多。等等。摊主们纷纷蹙起鼻子，掷下意见说，不是大人物的，年成也不够，像那样的玩意儿一般不收，卖不了几个小钱。

年成不够？

——靠，紫禁城里的那一把龙椅够年成了，你带着脑袋去试试。

玩意儿？

——对啦，如果我跟上帝说话，那叫祈祷；如果上帝跟我说话，那一定是本人精神分裂了。我赶忙踅开了，心里纠结，悻悻然。

我像一条游上了岸的鱼，嗅着空气中的水汽，茫然四顾。幸好，一位慈悲的大妈喊我过去，请我留下联系方式，私语道，我给你打望着，一旦有人来这里卖照片，你那种纸箱的，我第一个给你报警。我感恩戴德，说了不少的恭敬话。末了，大妈还说，我这里有个好东西，小老板，便宜点儿卖给你吧。什么东西？大妈嘿嘿嘿地一乐，回说，林少保的字，前些天永登的一个农民卖给我的。他祖上出过进士，林少保去新疆路过永登时，在他家蹭过饭，留下了这幅墨宝，快传了十辈子了。我纳闷道，这林少保，人是干什么的？大妈在我额头上杵了一指头，恨铁不成钢地说，还戴个眼镜儿，平光的吧？林则徐呀，民族大英雄，虎门销烟的那个，当年蒙冤给发配新疆去了。说着话，大妈摸出了一幅卷轴，款款打开。我一见那两行雷霆之言，顿觉自己小题大做，挺没名堂的：

苟利国家生死以，

岂因祸福避趋之。

人多眼杂，大妈只亮了一刹，就赶忙卷起来，塞进一个布袋里。八百，她伸出了指头，别还价。我嘻嘻然地说，太贵了，二百。大妈又道，你小子太狠，拦腰砍我一半，我让到四百算数。我答，取中间数吧。大妈青蛙似的抽了抽，三百就三百，可别告诉别人是这个数哟，赔死了。——我再三叮嘱她，请她替我瞭望着，一有线索立时通知我。我又说：

把林少保先供在你这儿，我去别处转转，回头来取吧。

我混进人群中，头也不回，离开了城隍庙。雨更大了，带着瑟瑟秋寒。——这雨曾经浇透过林大人，现在也将我彻底浇透，现金付讫，一拍两散。

于是，只剩下唯一的希望了。

我带着几个朋友，去中心花坛附近仔细摸排了一遍，查找出三四家废品收购站。其中一家除了收购过期的杂志外，还收冬虫夏草和高档烟酒。像照片之类的，一概不纳。另一家倒是门类齐全，恐怕业务太好的缘故，收购的东西周转快，当夜就被运走了，看来没戏。后来，终于打听到了一家规模超大的站点，老板娘很客气，指着露天货场说：

随便去翻，翻着了你们拿走吧。

货场凌乱，满目疮痍，几座垃圾山臭气熏天，苍蝇和蚊子结成团，扑面袭来。分了工，几个朋友各自查找一摊，我负责碎玻璃和烂骨头那一块儿。白云如带，有鸟飞过，我们则像几条暗无天日的蛆虫，往地球深处拱去。

似乎，全世界打碎的玻璃都集中在这里了，茬口狰狞，光芒嶙峋。玻璃山上夹杂了不少的纸箱子，若隐若现，哪一个都像我家丢失的。借了一把锹，我试图涉险登高，没走上几步，就被滑了下来，险些栽倒在荆棘丛中。无奈，我只得朝觐似的围着它转了几遭，一一排除了嫌疑，两手空空。我奇怪地发现，一块玻璃应该是透明的，再覆盖一块，也应该是透明的，但覆压上 N 块的话，它会呈现出一种幽蓝的黑暗，像此刻的我。——这个道理，赫拉巴尔没说，《过于喧嚣的孤独》里也没讲。

登顶骨头山后，我失足深陷，快被淹没了。

骇然，恐惧，慌张，越想拔脚开溜，却陷得越深。——脚下是各种动物的尸骨，稀奇古怪，构造各异。我猜想，它们都是从城里的每一个餐厅逃亡至此的，从每一个食客的牙齿间幸免于难的。它们是真正的骨肉分离，生前的恩仇与爱恨均已消泯，像一个个活泼生命的现场证供，被随便委弃于此，无人问津。好了，我也是肇事者之一。我能认出牛腿的棒子骨，羊的拐骨和肋排骨，也瞧见了猪的骷髅和骡马的脊椎骨。日曝风吹，它们像劣质的石膏铸制的，在我的脚下嘎嘣一声，化成了粉末。在高高的骨头山上，的确掩埋着不少的破纸箱子，东倒西歪，龇牙咧嘴。或许，其中一只正是我放逐的？

——我扔了铁锨，喊来同伴，就此罢手。

入了秋，父母天天送完孙子上学后，便开始"写照片"。

家里没一支钢笔，父亲收集了孙子剩下的铅笔头，削尖，积攒下十几根。没信纸，用的还是孙子浪费的作业本，将空白页裁切好，装订成册。舍不得开灯，老两口吃完早饭，就坐在阳台口落地的玻璃窗前，趴在茶几上，进入状态。一般情形下，母亲负责口述，父亲再加以补充，待口头完善后，父亲在脑子里转换成书面语，落实在纸上。母亲要比父亲小十多岁，记忆力好，口述的细节也生动。但父亲比较老到，在母亲尽情回忆的基础上，尽可能地剔除掉一些枝枝蔓蔓的元素，始终铆钉在"照片"这一主题上，深究不辍。——这些情景，大多是我想象的，我深信不疑。

可以说，父母起草的乃是一本家庭性质的"照片简史"。

这一切，都是在秘密的状态下进行的，不为人知。每天写到十一点多钟，母亲系上围裙，钻进厨房，边做午饭，边大声呼应着埋头写字的父亲，就某一个细节热烈讨论一番。等母亲再从学校里接回孙子

漫山遍野的今天

时，父亲收好纸笔，已将茶几擦得干干净净，摆好了饭菜，一切都滴水不漏。即便偶尔灵感突发，母亲的眼神会及时制止，父亲也会用一声咳嗽叫停对方。但父亲有时怕忘了，又用铅笔在纸角写一两个关键词，备忘。我儿子灵慧，经常问，爷爷你写的什么呀，做啥功课呢？答案当然无解。伺候完孙子，午睡一会儿，等孙子起床去上下午课时，老两口又腾开茶几，铺好纸笔，开始了工作。——《潜伏》热映时，余则成和翠萍一到深夜，拿出纸笔接收电报的情形，像极了他们老两口的状态。难怪，我母亲一看到这里时，往往情不自禁地哈哈大笑，白发摇曳，像闪光灯一样暴露了当初的内心。

入住的小区开阔静谧，游廊和曲径极具艺术品位，时时弥漫着一丝古筝和江南丝竹的背景音乐，沁人心脾。绿化也好，栽种了不少的名贵花木，又是天高气爽的秋季，树影婆娑，飞鸟啁啾。但酷爱花草的父亲对此无动于衷，懒得多瞥一眼，只沉浸在写字当中。怪了，父亲养的那一大堆庸花俗草，却在主人的疏忽中焕发了新的活力，似乎偏要活给他瞧瞧，枝叶蔓延在地板上，乌泱泱的。其实，我明白个中的缘由，花通人心，草接人气。它们似乎是父亲的一幅写真，一直横亘在晚秋中，接续冬去春来。

我要出一个漫长的远差，特地回去一趟。一为告别，二来给父母当月的赡养。在楼下按了门铃，始终无人应门，料想他们散步未归吧。等了许久，一毛糙就给妹妹挂去电话，不会出事儿吧，万一？妹妹唠叨说，特怪，最近一直这样儿，神秘兮兮的，不懂发生了什么。难道，

第二辑

引舟如叶

难道他们吵架了，谁也不理谁？妹妹想的更糟，语带不祥，话里一片荒凉景象。不会闹离婚吧？前几天，我一个同学的父母就离了，七十五，八十一，加起来都一个半世纪啦，儿女们都臊死了。妹妹说，你等着，我马上杀到。

上了楼，妹妹掏出钥匙，利索地开了门。

父母头碰头，正在茶几上描画，一见子女闯进来，像弹簧一般迅速跳开了。父亲忙将本子一卷，塞进袖筒里。母亲讶异地说，咋了，你们咋回来了？——话犹如此，却面呈赤红，举止僵硬，掩不住内心的窘迫。原来，门铃的电池耗光了，难怪没听见。妹妹狐疑地说，咋回事，你们夫妻识字呢？母亲喜兴地回答，没哟，八十岁学唢呐——有心无力，我们在记个小账，怕忘了。父亲顿显客气，忙着招呼说，坐，坐下，喝茶么？抽烟么？父亲的指节上有一块块黑斑，明显是铅笔头留下的，袖子也很臃肿。怕被追问，父亲佯装去卫生间，转瞬之间，袖筒里空了，便故意挥臂，加大了手势，表明自己的清白。我说，楼下空气好，老头们在下象棋，听秦腔，做甩手操，打太极拳，你们也透透气去，别给憋坏了。父亲鄙夷地说，那有个啥意思么，浪费时间。我说，最近没看赵忠祥的动物节目么，我出差时，给你买一堆动物节目的光盘来，让你解解馋吧。父亲慨然道，别花冤枉钱，世上的动物，我基本上都了如指掌了。——口气自负，且有禅意。

我猜度，家里一定有一个秘密在运转不息，离我咫尺之距，但我此刻无缘得见。后来，当我窥破了这个秘密后，作为被书写的一分子，

漫山遍野的今天

作为这个细胞一样的小家庭"照片简史"中的一员，我唯一所做的就是缄默不语，让这个秘密继续下去。苏珊·桑塔格也说过，"所有照片都是死亡的象征。摄影就是参与另一个人（或物）的必死性、脆弱性、可变性。所有照片恰恰都是通过切下这一刻并把它冻结，来见证时间的无情流逝。"（《论摄影》）——好了，我的眼前春风拂动，出现了这样的一幕：在深秋或初冬一个个晦暝的日子里，父母趴在茶几上，用趔趄的笔触，间歇性的记忆，在努力挽回过去。他们试图将那些斑驳的日子，分解成一粒粒汉字，写在一个个偏旁部首中，慰藉自身和子女。在他们吐气如兰的呵护下，那些遗失已久的照片，在彼此温润的回忆中，一张张地苏醒，一帧帧地显影，一幅幅地放大。这是照片和双亲互相"解冻"的岁月。

那只长宽约一米，高七十公分，瓦楞纸打制的箱子，连同被"切下"的一个个瞬间，淹没在了长街上，随风而逝，不知所终。——这曾经带给了父母双重的悲剧：突然间，他们发觉自己被撂荒在了一座游移的断崖上，前半世的生命蓦然坍塌，沉入了无涯的黑暗中。慌乱，茫然，无助，心惊肉跳的一段过去后，他们试着站起来。一对老渔翁，用一张千疮百孔的网，撒向了湍急的水面。而在彼岸，子女们迎风泪下，引颈翘望，构成了他们的后半世。——这是一只船街上的生活，别了，断了，忘却了，若一只百宝箱，沉在幽冥之中。

谁说过，唯有旧日子，才能带给我们温暖？

我窥破这个秘密实属偶然。去年春节放大假，家里忽然来了一帮

第三辑
引舟如叶

子远方的亲戚。我是长子，少不了款待堂哥表弟们，用他们的三拳两胜，锤炼我的胃袋。小区里爆竹声声，楼上楼下皆是猜拳行令声，我也不甘示弱，以一当十。很快，我就不胜酒力，被抬进了父母的卧室。

我可能昏睡了一个下午吧，梦也稀薄。傍晚醒来时，周身疼痛，便赖在床上，听客厅里鏖战正酣，沸反盈天。身上盖了很厚的棉被，加上暖气可人，又淡淡地浅睡着。却总觉得脑袋硌得慌，不舒服，像枕在了一根刚刚伐下的枯木上。我拾掇了几下，效果不佳，于是翻身起来，抱着枕头检查。

解开了几粒纽扣，掏出一只荞麦皮的枕芯，发现了一卷本子。

小时候，家里有几只木箱，刷着土红色的油漆，一直挂着锁。为了找好吃的，或者偷一毛钱、几两粮票，我曾经摘过父亲裤兜上的钥匙，私下里打开过。我在箱底里发现过各种证书（党员证、工作证、户口簿、结婚证、获奖证书、粮本什么的），也发现过一包罂粟壳（我不识这种黑乎乎的草壳，但纸包上有父亲写的字。那时母亲经常发病，据说罂粟壳有抑制疼痛的疗效，且不上瘾），还发现过很多票证（工业券、肉票、鸡蛋票、副食券等等）。后来，我摸出了一卷本子，用猴皮筋捆扎的马粪纸。出于好奇，我在那个办学习班的下午，穷凶极恶地打开过，阅读过，失笑过。我记得，大多数是父亲写的誓词，和报纸上的口气一模一样，像一只鼓风机，口气挺大。但我还发现了父亲给组织上写的汇报材料，事关我母亲这一家的历史清白问题，涉及了我舅舅、舅母、姨娘、姨夫等等。信的末尾，父亲恳请伟大光荣正确的单位组织，批准他的结婚申请，要求组织上盖一个红戳。

因为掌握了某些机密，那以后，我舅舅姨娘来家里做客时，我开始用异样的眼光来审视他们。在我心中，那份秘密报告的底稿，祛除了长辈们头上的光环，让我的尊敬减了几分，多了一丝傲慢。但长辈们没瞧出端倪来，只夸赞说，这娃娃大了，眼睛长在头上了，嘴也奸臣了，给舅舅姨娘连茶都懒得端哟。——此刻，从枕套里摸出的这一卷本子，裹在塑料袋里，令人一悚。

我没敢强行打开，抱在怀里，心里始终猜度着，究竟会是什么。

门外响起脚步声，蹑手蹑脚的，一定是父亲。父亲悄然进来，替我换了一杯热茶，搁在旁边，又掖了掖被角，站在一侧，长吁短叹一声，似乎对我的醉态无可奈何。后来，他静静掩上门，又怕孙子孙女们吵闹我，遂反锁了门。我一骨碌坐起来，打开包裹，展纸阅读。

父亲眼睛花了，所以字写得很大。他的字呈圆形，团状，一辈子没舒展开过，却秀气，结实。一页纸写一张遗失的照片。右上角画一个铅笔框子，边缘是锯齿形的勾边，不很规整，毛毛糙糙的，但一眼能认出是照片。按这一页的内容，父亲会在铅笔框子里填画几个人。人只有轮廓，比画不连贯，断断续续地勾出来，接完整。男左女右，右侧的脑袋上一般拴着两根辫子，仿佛我母亲年轻时。纸面右下角，偶尔会注明阿拉伯数字，标明拍摄的那一年。有几张竟然细致到了某月和某日，或晌午，或下午，等等。

父亲毫无艺术功底，对绘画一窍不通，但他的笔墨简洁明了，象征意味极浓。比如画到眉毛时，他使用两枚"⌒"，嘴巴是椭圆的"○"，眼睛是两粒"⊙"，耳朵则是左右各"3"，脖子乃圆锥形，细部有些许的阴影。——父亲的这种个性化"写作"，我猜，就是后来网络和短信盛行的特定表情符号的最初原型。父亲有了手机后，妹妹发给他的一些符号，他能准确地辨识出来，根本不用请教。捧着这一摞本子，我能读出来，父亲对自己的形象很修饰，浓发，宽额，天庭饱满，地阁方圆。夹在左右中间的我，头上只竖着三根长毛，像摸了电门一般，经久不倒。

每一页的内容长短不一，稀稀落落地写在纸面左首，或叙述，或抒情，或说明，或写几个关键词，想是在留待思考，心里须斟酌。也有内容空白之页，但照片赫然画毕，人物也挤在铅笔框子里，等待命名。这些记载大多时间混乱，想起哪张写哪张，跳跃性很大，根本无线索可稽。我数了数，父母已经写就了四五十页，半本，似乎仍没有停手的意思，因为剩下的半本已安排了页码序号。

耳食着客厅里嘈杂的喧闹，我却安静下来，心脏像一只台灯悄然打开，照着这些模糊的文字和图画。粗略一翻，我基本考证出来，父亲在文中以"我、本人"自谓，用"舟"指称我，用"潮"代表妹妹，对母亲的称呼极为简单："她，他妈，她妈"。——他用这几颗词，删繁就简，去芜存菁，将他经营了一生的家记录在案，白纸黑字，不容篡改。

我不觉泪下，掩面而泣。仅一墙之隔，我还能听见父亲和母亲待客的声音，他们窸窣的脚声，像纸面上这些苍茫的文字，余温未散，字字烁金。

首页：

"舟百天，带儿去盘旋路东风照相馆照相。下小雨，人多，排长队。婴儿凳子太高，舟大哭。舟营养差，吃不上母乳，她害乳腺炎。……托熟人说好了，兰大牛奶场便宜，不兑水，早上五点去打，领导正瞌睡也不管。舟戴虎头帽，他大舅母送的。虎头鞋掉了，一只脚光着……

1966 年 5 月 24 日"

某页：

"免冠一寸，工作证丢了，回凉州探亲，开介绍信用。头发没来得及理，拥在脖颈子上，照片也累赘。"

某页：

"东方红广场，毛主席穿呢子大衣的石像下。左一，杜生平，退休后去新疆小姑娘家，说在昌吉，又说在库尔勒；左二，李发琛，小胡子，唐山人；中，李主任，嘴上叼烟，看着不利落，照相就照相嘛，还舍不得扔掉一下？右二，麻国保，回民，嗓门大，改革开放后开了一家牛肉面馆子，听说发了；右一，本人，嘴角上有一个燎泡，搭了紫药水，照片看不出来。

十一国庆，开完群众大会，单位上非要照，照了。"

某页：

"她哥来了，腿上有风湿，去医院看罢，留个纪念较好。她在家里做臊子面，卤肉，招待她哥，没赶上照一下。花一样的钱，人多寡其实不限。"

某页：

"娘娘的小姑娘出嫁，虽说远房的，到底是亲戚，带她和舟去。排场大，海参鱿鱼都上了，还有宝塔肉啥的，搭了五块钱的礼。知客们有照相机，非要让照，就挨家挨户地照了。一个月后，娘娘小脚女人，硬是给送到家里来了，两张，一张好，一张洗坏了，也送来了。招待完娘娘，又用自行车把她驮回去了。实话说，照得不好，嘴里没咽完，就偷偷照了。人家的一片心嘛，意思到了。"

某页：

"腊月，二哥一直催，说回不了老家，就寄一张照片吧。带舟和她，去东口的红太阳。这个相馆好，背后有几个大幅画，有天安门，有万里长城，有海洋，有军舰啥的。挑来挑去，挑了一个有华表的，像一家人在柱子上靠着，自然些。彩色的，人工涂的色，嘴皮子发紫，是个小缺点。

女人都小眼，老眼热别人，她不甘心，又掏了私房钱，偷偷出去开了一张儿童票。说别人家的娃娃都坐小卧车照了，自己的娃娃也不能不照，惯下的毛病，当时一张儿童票七毛多呢。

舟也眼小，一直哭。放在小卧车的木头壳壳里了，又开始笑。"

补："二哥让大侄儿来信，说照得好，人精神，衣服新，几家子的人轮换着看遍了，这下宽心了，挂在二哥墙上的镜框子里了。"

某页：

"裁下来的一张，旁边是啥人忘了，当时的事也忘了。

只抠出了我，抠得不太好，边子毛毛的，不整齐。应该是单位上的合影。"

某页：

"黄河北的肺病医院，过春节的时候，我在水房里给她煮饺子。病房邻居照完了，说剩下了一些胶卷，顺便给我和她也照一张吧。太热心，我就坐在床边边上，她垫着枕头照的。

那一段时间太苦，可我黄连树下弹琵琶，苦中作乐，不相信会一辈子苦。

照得其实不好，她瘦得腮帮子也塌了，眼窝像个坑。煤油炉子爱冒烟，我脸上也是油灰，当时不知道，人家也不提醒，像个唱戏的丑角。人家送照片时，我过意不去，买了一提兜冬果梨和软儿梨，人家只象征性地拿了几个，太客气。

舟懂事后问过几遍，我没说照片上的事。"

某页：

"单位上组织，去雁滩公社帮农。想不到，当时觉得特别远的郊区农村现在被改造成了社区，圈进了城心心里。现在住的房子说不定当时是蔬菜地。

劳动完了，都坐在土坎坎上，吃馍馍喝开水。公社的一个人跑过来照，每个人洗了一张，说感谢城里的老大哥们，每人洗了一张当纪念。当时刚发芽，树上有花椒叶，地上有苜蓿头和莲条，拌凉菜最好吃了。人多，没好意思摘。

我照得不好，脸偏了一下，人家就照了。唉。"

某页：

"单位上刚装了一条新式运输线，大干快上，马力翻了好几倍，都高兴，头头脑脑们全部站在机器前头照相留念。还放了鞭炮敲锣打鼓的。

人多，脸太小，谁也不认识谁，我在倒数第二排吧。

应该是第三排。"

某页：

"这张专门去照的，寄给了她哥，也给我二哥寄了，报个平安消息。

三四年了，她一直咳血，还心口疼，吃过中药西药，连拌了晒干的蜥蜴、蚂蚁和苔藓的偏方都使遍了，不见效。肺病医院说是肺结核，省人民医院也说肺结核，最后花钱住进了陆军医院，检查结果更差，说是空洞性肺结核，意思是肺上有洞，X光片有黑影子。吃药治不好，只得动刀子。她哥一听就哭了，拦挡了几个月，她姐姐也来哭，怕开膛破肚，哪怕治好了也是个半残废。她比较坚决，说囫囵着害病，不如去割上一刀，老天开眼了，还能好起来养活娃娃们。我干着急没办法，万一那个了，给她娘家没个妥善交代。我当时想我的先人们没干过缺德害人的事，她家里也没有，老天爷不会耍戏我们的，老天爷肯定一直看着哩，谁好谁坏人家清楚。我签字时，我的手抖，像害了麻痹症。

车子推进了手术室，本来说四五个小时，结果花了一天。半路上韩大夫出来了一次，脸色难看，一直在打电话。韩大夫老陕（作者注：陕西人），说上几遍，我才能听明白意思。原来手术开始了，胸口都解剖（作者注：打开）开了，还拆下了两根肋条，结果一看不是肺结核，没有洞，是肺里头有几块石头，是肺结石。韩大夫问还动不动，动的话就要把半个肺叶切掉，将错就错，领导也是这个意见。我脑子糊涂了，赶紧和她哥她姐姐商量了一下，把人救活就行了，这是最高原则。

她哥站在厕所里哭，哭了一天。我不能哭，一哭就全乱了。

儿子也来了。舟刚考上兰州最好的中学，一中，争气，请了假坐公共汽车来的，书包里还背着早上的馍馍，心思重，一口没吃，坐在楼梯上打瞌睡，守了一下午。她要是下不来，这个家就毁了，儿子就成了没妈的娃娃。

下班前车子推出来了，人整个昏迷着，麻药还没有过去。我问韩大夫情况咋样。韩大夫说割掉了，就看这几天危险期的情况了。韩大夫手里抓着一个塑料袋，里头血丝呼啦的，对舟说这个就是'病'，你妈身上的病。韩大夫把袋子扔进了垃圾筒，儿子吓得脸都白了。

谢天谢地，三个月后她终于歇缓过来了。人很虚，必（毕）竟半个肺没有了，走路都咳喘，胸口那里有一个坑，塌下去了。该过年了，一家子去照个相，把这一年的晦气冲一冲。人在，啥都好说，没什么大不了的。"

附页：

"功无枉费的。手术前一天，娘娘送来了三张工业券，加上平时积攒的凑够了。在单位开了介绍信，终于先提出了一辆"永久"车子，二八的，花了173块钱。车子上的油纸不敢撕，铃铛上也有油纸，舟也嚷嚷着跟我去，我就把他抱在车子上。一路推着去的，不敢骑怕骑脏了，韩大夫有意见不肯接收（受）。到了医院家属楼下，我让舟看着车子，上楼去给韩大夫讲，韩大夫很高兴，让我扛了上去，停在他家里的阳台上。韩大夫倒了一杯茶，我怕他嫌我是病人家属，身上有细菌，就告辞了。韩大夫给娃娃塞了一个苹果，看着红，吃着酸。

我给韩大夫讲，请他把手术做好，我感恩不尽。韩大夫当场答应了，笑眯眯的，谁也没料到，一解剖开，原来不是这个病。

不过也行，割掉了病灶，到现在捡回来了快三十年的光阴，值当。以后再没见过那个韩大夫，应该休息了吧。"

某页：

"潮自小爱流鼻血，动不动就流，医院说是鼻孔里的毛细血管太细，脆弱，一动就挣破了。街坊给了一个偏方，说用白色的夹竹桃花砸成泥，敷在鼻孔里就可以了。问题是红夹竹桃好找，白的稀罕。打问了一圈，老陈说山底下有野生的，就带着娘俩儿去了，果真有，美美地拾了一网兜，碗大的花。碰上了小霍一家子来春游，顺便给照了一张。小霍有心人，隔几天送来了，给钱也不要，只喝了一杯不太好的茶叶。偏方就是偏方，后来真正管用了，灵验得很。"

某页：

"录取通知书来了，一只船街上就两张，蛋蛋一张，舟一张。我和她开心死了，舟却不高兴。舟本来报的是吉林大学，分数够了，结果让师范大学给拿走了。师范大学有优先权，石油，农林，军队都有。

这是叶家出的第一个大学生，不容易，硬拽上他们去照了相。

1984 年 7 月 14 日"

某页：

"姻缘都是天配的。在这件事情上我开通得很，新社会了，我完全支持自由恋爱。舟领来的这个姑娘不错，嘴甜，长得心疼，东北的铁岭人，唯一的缺点是皮肤略黑。大年初一，给了见面礼，她一百，我一百，做了一顿肉饭。潮去邻居家借了照相机，给家里人照了不少，数这一张最好看，都笑得好。"

某页：

"这张相照得不好，嘴撇得太劲大，歪嘴了。舟在铁路中专干得好端端的，衣服不要钱，帽子不要钱，坐火车免费，工资又高，刚毕业的娃娃，一个月拿八十二块，加上津贴过百了，快撵上我几十年的工龄了，还不知足。舟说手续办完了，办完了还告诉我个啥，先斩后奏。舟说调进了省政府，自己托人办的，没花钱，鬼才相信他。

没熟人没靠山，省政府里头不好混，连骑自行车的都是个官员。人靠衣装，马靠鞍装，舟留长发，扎着橡皮筋，还穿花格子衬衣，领导也不来过问，当时担心死了。省政府是明朝的肃王府，门口是武警站岗，一般人靠不上去。那天我和她办事路过，儿子说在大红门前面照一张吧，他的一个同事就照了，样子难看，不如不照。"

某页：

"海南的开发很好，到处很光鲜，令人眼花缭乱。他们都在海水里游泳，也不知道危险，还是小心为妙。我看动物世界，有海水的地方就有鲨鱼，人是争不过鲨鱼的。我坐在凉伞下喝椰子汁，一抬头潮给我照了一张，样子不雅。潮打通了电话，让我和舟说话，舟问我吃海鲜了没有，我不敢吃，一吃皮肤就过敏就起泡，痒死了。

这一趟玩得好，还要去上海，就是太花钱了。潮的朋友把什么都安排了，五星级宾馆，波音大飞机，车接车送，欠了不少的人情债。要是坐火车就好了，便宜，还能看上一路的风景。死丫头，嘴奸臣，一直不肯答应。

三亚的海水好，蓝得发晕，我喝了两个椰子汁，不甜，味道怪怪的。"

某页：

"一只船风大，我站了一夜等儿子回来。天亮了舟骑着车子来了，我没追着问，我怕他嫌我重男轻女。我赶紧打了两个荷包蛋，熘了热花卷，看着他吃。儿子说生了，女的，我的心一下子就凉了，气背了。舟又改口说，是个儿子，带把把的，母子平安，他妈正照顾着哩。我的心一下实在了，落在了腔子里。媳妇从正月初四就喊肚子疼，送进了医院，我又不能去，只能干着急。我说了，生了孙子的话，我就唱秦腔，结果到现在也没有兑现。当时我掐了一下日历，属猴，农历正月初七，'人'的日子，竟然和我是同一天，老天爷赏给我的。

满月时儿女说去外面餐厅包几桌，邀请一些亲戚和同学贺一贺，我没有答应，我主张在家里办，人少，别招摇了，再说外边风大，冷空气到了，怕娃娃感冒。他们同意了，照了一大堆的相，这个房子照，那个房子照，娃娃睡着了，不知道都在折腾他。

唉，可惜这些相丢光了，罪过罪过。"

某页：

"这是我从医院回家后照的，鬼门关上走了一遭。那天是元月三号，外面下雪，她从楼下取来晚报。我靠在枕头上念报纸，发现了一篇舟的小文章，晚报让他们几个写诗的人总结一下过去的一年。舟说他在父亲住院的那天，去了中心血站，妹妹在里头排队，他偷偷出来，一个人在草坪上美美哭了一鼻子。他还说他要感谢那三个献血的人，不知道他们的名和姓，但他们身上的血救活了自己的父亲，他要给他们在晚报上鞠一躬。反正就这么个意思，记不清了。念着念着，我自己也哭了，我不知道儿子的心思这么重，我的病给他的压力太大了。没念完子女们全来了，硬揽着我下床，站在阳台上照了几张，说庆祝我出院康复。外边冷，窗户下面一只船全白了，我都不知道下了雪。

其实我没有啥毛病，半夜上厕所一不小心晕倒了，吐了一些血。结果害得他们大喊大叫地跑来了，又是叫救护车又是住院的，麻烦大

漫山遍野的今天

家。输了血吸了氧我就醒过来了，可能是胃上有一些麻烦，可胃镜检查了，激光胃镜也做了，连个出血点都没发现。我的问题我知道，以后再不能吓他们了，也不花冤枉钱。

以后也不能再念儿子的文章了，万一写到我，我又是那个样子，害得他心情也不好，何苦呀。切记。"

......

我合上了那一卷本子，翻身下床，像一个窥破了天机的人，反倒满怀镇静，怆然一笑。我捧着它，不忍读下去，却心若明镜，知道自己混迹其间的那一幕幕前尘往事，业已失而复得，在父亲和母亲的记载中，重还人间，绚烂盛开。我用额头贴了贴它，像一个教徒礼拜经书。我款款放进塑料袋子里，捆扎好，又悄悄送进了枕套里，恢复原样。

——是的，我想让这个秘密继续下去，请二老在他们人生的黄昏，靠着一帧帧照片带来的记忆与温暖，赐予我一些勇气和信念。

门外有咳嗽声，父亲推门进来，诧异道：

醒了？

我应道，醒了。

你再别喝酒了，你刚才喝醉，我一直揪心你。

我打岔说，亲戚们都在，凑齐了不容易，我给大家拍一张全家福吧。——父亲愣怔一下，忽然顿了顿下巴，首肯了。又羞赧地请求道：

你先等等，我换一件衣服，把头发梳一下。

今年春节，拍完全家福后，大家围坐在一起，边吃团圆饭，边说说笑笑地等待春晚开始。父亲停箸不食，一直若有所思。忽然，父亲拽了拽我的袖子，轻声说，麻烦你再给我照一张个人的，特写，特写最好了，光照头像的那种。我奉旨拍摄，见他在镜头里精神矍铄，月白风清，一点儿也不像个快八十的老人了。拍完后，又调出来给他一格一格地欣赏。

暗中，父亲抓住我的手，攥了攥，悄声叮嘱说：

"一定留好啊，将来能用上。"

我一蒙，大过年的，怕旁边的都听见，忙打断他。见我不吱声，父亲变色道：

"那你把底片给我，我自己保存吧。"

"这是数码，没底片。"

父亲道，"骗人！我才不信哩。"

一时语塞。

"一张照片一张底片，哪能没有底片的道理，你别拿高科技糊弄我，我脑子清楚。"父亲催促说，"快听话，你现在把机器卸开，把我的底片还给我。"

呼吸酒吧

在这里，我遇见了世上的一切，但唯独遇不见你。

它就在黄河北岸，一厅两室：一些史前的岩画斑驳在墙上，一桶被煮沸的烈酒发着高烧，一堆流淌的烛泪，一群接一群身影晦暗的青年，一场辩论与咆哮，一架走调的钢琴，一次蹊跷的邂逅，一场夭折的斗殴，一首新鲜出笼的诗篇，一辆滑行而至的"丰田"面包，以及一则标题为"道吉草"的传说。

在"呼吸"，在这个逼仄的酒吧，在水一方，在夜之未央。

往往是在薄暮将至时，"呼吸"才像一条沉潜于太平洋深处的大鱼，浮出了宽阔的水面，露出了它漫长的脊身。它静静地伏卧在流水的北岸，用一种妖魅的灯火，与妖娆的歌声，诱惑着水上的船帆和寂寞的舟楫。呼吸，舌尖轻送，唇齿蚌启，它的第一声发音是吐露，它的第二次表达则是对世界的敬礼，呼——吸！

是的！在这里，心灵被放牧到草原和高地，犹如一片焦渴的树叶回到了春天，犹如一把盐回到了水中，犹如爱情遇到了一场神秘的倾诉。

或者，它什么都不是，不是矫饰的夸张，也不是泛滥的抒情，它

第三辑

引舟如叶

只是一个公社，一个共产主义提前来到的集体。——呼吸，从窗子到墙是七步，从墙到窗子也是七步，在这逼仄的夜空下，麇集着一些颓废的牛羊和一座铺满黄金的马厩：一位佛爷的侍从在抚摩生平；一个叫老羊皮的家伙在抒发着他对理想的挑剔；一个寂寞的诗人躲进了酒瓶；一个人，叫桑吉才让，他在煤气灯下剥着土豆，仿佛青年的凡·高，走进了传教的矿区；一只披头散发的公狼，迈开了他曲折的舞步；一个怀才不遇的歌手，在喃喃自语，哦，亲爱的，来让我抱抱；一个蛋清一般清洁的女人，却叼起了霉菌般的烟卷……在公社，我还要说说，有一天的午夜，我在热烈地溺尿，一个发光的人，拍醒了我。他说：

"我刚溜出了书本，一本叫《红史》的书，像一个词，溜出了它的宿命。"

我说，可我是谁？

"你是那个书写之人。"发光的人，迅即而逝。

更多的时候，遇到的不是奇迹，而是彻底的呕吐。在呼吸，我们这些城市的病人，兰州的病人，在刮骨疗毒，在舔舐伤口。我们的头脑里塞满了废料，我们的身体里储藏着钢筋和混凝土的波涛，我们吐出了污染和废气，我们吐出了酒精52°和一封情书，我们的骨骼在疼，双眼在发黑，我们爱情的低烧与碰壁之后的酸水，像一匹索然无味的小狗，在号叫着黎明。我们哭了，为了一顶夏日的草帽，与一个神圣的人。我们跳着，唱着，仿佛一群蝙蝠引领的亡灵。

漫山遍野的今天

——是的，就让我陪你度过，这时代的晚上。

事实上，它也不是公社，不是共产主义的大食堂。它只是一个惨淡的供销社，位于伤心和绝望的路口，去哪里？站在雨里，泪水在心里。一批时代的俊杰像酒瓶一样倒下，一丛丛盛开的玫瑰被提早刈除，一些牺牲的心事流淌在桌上，一份买醉的美好念头，被众人耻笑。一个秋天的深夜，我站在了供销社的桌子上，说：

"给我酒，给一瓶朗诵之后的烈酒。"

你是谁？

我慨然说："我是列宁的表弟！"

哦，在青铜的旧日时光里，我们站在呼吸的街角，打着青春的手势。我们被感染，我们沸腾，像一场情欲的火灾，或者，是一场宗教的热病。当我们从车里鱼贯而出，我们这些化装舞会上的过客，带着银行卡、税务发票、退稿和一只健康的胃囊，我们尽情浪费，我们呕吐，我们像一组史前的岩画，被镌刻进狼奔豕突的记忆。

需要，需要把赞美给予一个爱脸红的酒吧管理员，他叫小李。

——在这里，我遇见了世上的一切，但惟独遇不见你。

道吉草

在暮色苍茫时看她，她是一只归巢的渡鸦，带着候鸟的属性；在崎岖的歌声里看她，她是一束羽毛，悄然地滑翔或舞蹈；在一堆酒水里撞见她，她是水中的火，冰上的炭，雪里的燃烧；其实，她什么也不是，她就叫道吉草。

一个藏族女孩。

我是和她在酒桌上认识的，一张蛋清般的脸，在烛光下隐现。那一瞬间，她或许分外沉浸，泪水洒满了她的双腮。我在醉眼蒙胧里抬眼，于是认识了她——她有着一种惊艳的美丽：纽约的美丽、巴黎的美丽和耶路撒冷的美丽，埃塞俄比亚的黝黑美丽与巴西的棕色美丽。是的，那是各民族的美丽和全世界的美丽，另外，再加上一点上帝的美丽，全都堆砌在了她的身上。美丽是寒冷的，我和她连连碰杯，我知道，在一种公开的场合，我的主动也是寒冷的。

在酒吧的背景音乐里，一个黑人老头在喋喋不休地唱着：……伤心是一根刺，当拔出刺来的时候，伤心就变成了一阵空虚。当时是2002年的夏夜，她的身上埋藏着故事，一些凌乱的情节，从她的身上斑驳流淌，我顺水而下，就望见了她。其实，我喝的是酒水，一帮怒目而视的小伙子在磨刀霍霍，门外的一堆板砖，也在伺机发烫。我不能火中取栗，因为美丽也是危险的，而她蛋清般的脸上，掠过了片片惊鸿。

我一共与她见过三次，在大同小异的酒桌上，我放弃了抵抗，专心自暴自弃。

道吉草：一位来自甘肃南部、广袤的黄河上游、一个叫熊猫沟里的异族女孩，忐忑地抱着自己无端的美丽，闯入了灯红酒绿的城市。那时候，城市的报纸已经带着霉菌上路，险恶的银行里存下了别人的青春，污染的教材在说服着滑坡的道德，无数情感的手铐，在锈蚀的途中。

如同此刻，我在酒吧里，举起了饮鸩止渴的酒杯。

道吉草，本来的书写应该是"朵吉措"。"朵吉"是钻石的意思，"措"是湛蓝的湖泊，但在我的辞典里，她应该是"道吉草"——一株吉祥的植物，一束在高原的海拔上静静抽穗、吐露、绽放的野花。

她应该被春风拂绿，又被第一阵秋天的云所遮蔽，像一株健康的芦苇，与鹤起舞，与天鹅为伴，与长天和鲜明的季节相处，啜饮下星宿与宝石，为夜色和流水所衬托。

——但她不是。

此去经年，江湖上开始流传起她的故事，……而我，宁愿自己的笔折断，也不情愿那些飞短流长的细节再撒播。于是，在一篇中等规模的小说里，我虚构了一位名叫"道吉草"的女孩，我命令她在一个粉红色的黄昏下唱歌——

第三辑
引舟如叶

要相信一点点常识，比如，盐藏在了海水里

要相信一点点爱情，比如，羊毛在身，仅仅是躲避寒冷

——如果这些还不够

要相信佛爷，还坐在人的心里。

绰号：老羊皮

……当你老了，炉火旁打盹儿，你抚摸着这一卷用羊皮装帧的书籍，像惠特尼·休斯顿所唱——哦，我曾经经历，那些过去的事，还在我心里，历历在目、隐隐作痛；当你老去，睡思昏沉，那些如血的黄昏和黎明，仿佛一张张青春的羊皮，在记忆的沟回里堆积，你怀想生平，为什么要露出一些龟裂的笑容？当你老罢，你雄心未熄，你将骑在一张飞行的羊皮上，重返昔日的战场，奇迹将会打开，如同失败的拿破仑，渡过了苍茫的海峡。

但是，这并不是一个抒情的时代——

我的每一次赞美，都在碰壁，都在鼻青脸肿，都在走投无路。对了，这并不是一个抒情的年代，而你一个人孤独的挽唱，究竟是什么意思？

像叶芝说的那样——我们是最后的理想主义者，选择了传统的神圣和美好的主题。我们望天打卦，渴盼着内心的突围与革命；我们在星夜下转移，寻找着自己的苏区和根据地；我们撤离了每一场辗转的爱情，而把负心与伤悲的故事，铭记在了远去的背影上；我们沸腾着，可在一个荒凉的人世上，却无人取暖；我们爱戴着，像一个人爱戴着他澄澈的目光与敬爱的双亲；我们蔑视着，像一只狼被锁进了幽闭的铁笼，十指伤残，英雄气短；我们割袍断义，却又不得不与烈士和小丑生活在同一个世界上；我们被歪曲，可正直的脊梁骨，仍旧镌刻着灿烂的七星；我们被肢解，可一首漫长的诗篇，怎能被一个龌龊的屠夫来诵读一番？在人群中，我们深怀尊严，默然前行，而一个肮脏的乞丐，常常会跳将出来，耻笑着我们的足迹。是的，这不是一个抒情的时代，我们错了。

我们错了——像对春天犯下了播种的错误；像对天空犯下了飞翔的错误；像对太平洋犯下了建筑的错误；像一位先知黎明即起，洒扫庭除，他喃喃自语着，说，我刚刚看见了上帝的脸庞，我能证明三尺头上，有他老人家的音容和驻锡。

那么，让我把笔触放低，再放低一些，然后，再低一些——

更多的时候，我把他称作"老羊皮"，或者是一辆"重型坦克"与"天安门城墙"。老羊皮：驾驭着180斤重的身体，披星戴月，被理想所误，也为生活所苦。一张被污染的皮囊，包裹着一颗永不堕毁的心，出没于三教九流的大街小巷，赚取散碎的银两，养家糊口，扶助双女。一座从不生锈的水坝，贮满了对家庭的点滴恩情。一个市俗生活的积极分子：琐屑，但感激生活，热衷于给家庭添一斤热水，来三两调料，加五钱甜蜜的味精，偶尔，顺手给炉膛里塞进一把欢天喜地的柴草。

老羊皮：生不逢时的青年，一张印坏了的报纸，上世纪80年代的电大毕业生——如果活在宋朝，他就是景阳冈上的武松，即使到了明朝，他也该是一个暗夜里过江的义军首领。而现在，他偏偏是甘A·

06182 的司机。他把灰尘密布的街道，当成了梦想的迷宫，狼奔豕突的碰壁者，竟然使警察在致敬，路人在侧目。在兰州这个微弱的码头上，他是一个异数，一个平庸腔调的反动者，他一身热血，从不背叛生活；他上下其手，人皆买账，一概通吃，但无人体恤他被羊皮裹紧的心，像一只被愤怒捏紧的拳头。

老羊皮：狂欢节里的总管，酒神主义的拥趸，酒精 52°的推销员——在黄河北岸的晚风里，我们喝瘫在天鹅绒一般的暮色里，喝瘫在了柔若无骨的爱情中，我们顺着脊梁骨伤心成泥，浇灌着明天的信心与勇气。我们喝着粮食、雪水、发酵和往事，我们也喝着糖度、季节、十字星座与恶心。田野平畴阔，月涌大江流，我们挽着黄河，把自己呕吐成了一脸盆寂寞的金鱼。

老羊皮：爱情的持不同政见者。他在烟花柳巷里，怒目而视，喊叫说，请上一壶去年的爱情，泡下的龙井！

老羊皮：一个大器晚成的歌手，一个藏族字母的懵懂学童，一本丢失的经书——往往是在旋律升起的一瞬，他的羊皮在舞动，他的脸色在发红，他把钢筋水泥的城市，误以为是毡帐如云的草地；他把森严冰冷的大气，误以为是经幡飞扬的天空。他一错再错，他骑着引擎，自以为是奔驰的神驹；他对着电器嚎叫，还以为是对爱人在倾诉；他抱着一只马桶在呕吐，竟然自以为是采石场上奴隶的领袖，米开朗琪罗？还是斯巴达克斯？

老羊皮：一捧冬日的炭火，一块夏日下的冰，一段粗糙的发音，一句温馨的留言。他黯然神伤，陪伴着一位诗人，度过了 2002 年最为落魄和坎坷的岁月，他知晓一首诗的转折，他了解一只钟表的心脏。像《旧约》里上帝说的那样：你要善待儿童和诗人，因为他们是我的使者，接待了他们，就是接待我本人。

老羊皮：一本《新华字典》的拥有者，一年级三班的学生，学名马文光。现在，他在我的文字里回到了童年，背着书包，踩着薄薄的黎明，踏进了兰石附小的大门。他刚满七岁，门牙脱落，暗自喜欢上了漂亮的班主任。

……是的，他被一卷神圣的羊皮护佑着，回到了快乐的旧日时光，多好！

藏地的持守

在我的文字里，桑吉才让是以画家的面目出现的，他缓慢、隐忍、聚精会神，带着一卷私藏的艺术地理，心气高傲，睥睨群雄。但在更多的场合下，他是一个积极的酒徒，一个亲和的朋友，传说与民谣的口头传播者，他还是一个饱满的情感主义者，抱打不平的分子……一个中年发胖的人，穿梭在夜幕下的街巷，奔赴残酷的各类酒局，打点着自己的无聊和寂寞，却在更多的时候，自发地把身体赶进乡野、沟壑、山林中，放牧灵魂，刮骨疗毒，汲取养分。他像一本书，外表混乱，而内里的页面宁静。

他的封面上署名：桑吉才让。他的封底镌着一行字：藏族，油画家。

这样的叙述意味着，我需要指认出桑吉才让作为画家的可贵与难能——在艺术工作者的层面上，他敬畏、持守、内敛、孜孜以求，他像一泓净水，尽情涂抹着内心乱云飞渡的世界；在俗世主义的立场上，他狂躁、愤怒、游刃有余，他的日常生活仿如一辆奔突的拖拉机。这使他的宁静获取了更多的理由和立场，同样，这也使他的日常有了更鲜明的棱角与锋芒。他在俗世的田野里得到了肥料，他在艺术的王国里拾取了沙金。

是的，他的作品是一系列的沙金，披沥而下的沙金。

比起那些首饰店里无数精美的手工，比起泛滥于市的行画，比起以现代主义之名为门脸的坊间制作而言，桑吉才让的作品只能算是热烈的沙金，带着地温、泥土的芬芳、丰沛的元素和粗糙的风骨。他走到了这个时代潮流的反面，他一退再退，退回到了艺术的基本命题，他实践了反动，或者说反戈一击，他拥抱了"慢""宁静"和"自然"。

恰如昆德拉所说的"慢"。

"慢"，它体现着一种对艺术的认知，一种良好的创作心态，一种负责的理念精神。它可以追溯到达·芬奇、罗丹、莫迪里阿尼、怀斯和俄罗斯的悠远传统，甚至也可以归入短命的凡高，纯净的高更及公牛毕加索。它同样也能追溯到《诗经》《薄伽梵歌》与托尔斯泰，也能归入于艾略特、埃兹拉·庞德与《野草》中的鲁迅。

而我所言及的桑吉才让，他也瞧见了这一粒闪光的"沙金"。

事实上，这与桑吉才让的生命历程密不可分。他早年出生于甘肃南部的藏族聚居区内，在那一片被史书所称为"安多"的藏地上，他浸淫于古老的山川、民俗、四畜的转移和晨昏的迎送中，那是一片海拔之上的积雪的大地，在藏传佛教的经幡中，在猎猎飞扬的风马旗里，在鹰翅之下，在草木嘹亮的原野上，时光是如此缓慢，它浸透着别样的宗教与哲学，它哺育着另类的思考。是的，生命是轮回的，而生命不过是大地上暂时的栖居者，他应该怀有感恩、赞美和敬畏的姿态，它剔除的是那些弑神者和亵渎者。

由是，在桑吉才让的画笔下，更多呈现出的是对自然之神的膜拜，对河流、山峦、四畜、云影和时间的追随。他的情感是凝滞的，而他的笔端却是漫漶的，他一慢再慢，使那些记忆中的"存在"收敛了呼吸，掩起了妩媚。他一退再退，将孕育了生命的摇篮推至高处，一尘不染。他也一静再静，幻想给了作品以力量，敬畏的血汁使作品得以生生不息。

当然，这是一粒刚从地里刨出来的沙金，它也带着疲惫、倦怠和茫然。

所以这并不是全部，他不仅仅是一个自然主义的描摹者，更不是一个删繁就简的风景画家。现在，在他的作品里，越来越带有一种宗教的肃穆，一枚顽强的核。他像含着一枚沙砾的蚌，必须吐出珍珠；或者，他亦像一块石头，必须在地火和岩浆的炙烤中，变成一粒金子。而这，则是作为一个艺术家的唯一使命，得用一辈子的努力去追索。

我相信，肃穆的宗教就是一种洗礼。

叶芝曾经说过这么一句话，说，归根到底，一个人歌唱宇宙的地方，其实是你生活过的某一条街巷，或者是某个拐角。这位爱尔兰的智者也曾说过这样的话，他说，地区主义在空间上是无限的，但在时间上是短促的；地方主义在空间上是逼仄的，而在时间上是无限的。这样费解的理论搁在桑吉才让的身上，应当是他私藏的一幅艺术地理。

是的，他带着疲惫、倦怠和茫然，同时，也获得了鲜为人知的解药。

——像所有的宿命一样，桑吉才让从那个天高地远的背景里抽身而出了，他离开了一座矿藏，一条理想的"街巷"，离开了方言和母语，也离开酥油灯盏和成群的牛羊。他溜达进了城市，学会了普通话和人际，娴熟于各种各样的场面，他遭遇到了流派和纷争，他也成了"沉默的大多数"。在一个泥沙俱下的时代，做一个"少数派报告"的艺术家是何等艰难，但往往是如此的持守，才能见证最后的含金量。这一阶段，桑吉才让的作品更多的体味了一种隐忍的格调，一种内敛的锋芒。

某种程度上讲，艺术站了出来，拯救了他，使其获得了一份肃穆的力量。

而我所说的肃穆，非关画家所笃信的宗教，也非关信仰的分歧，而是一种繁华散净后的宁静，一种顽固的持守，加上一番记忆中的赞唱。他有着一卷私藏的艺术地理，这一座仓库乃是黄河上游，乃是藏地的高远，乃是一种神圣的情怀。

肃穆绷紧在画布上，他用这种方式，正在回报艺术本身，也正在朝觐宗教的神祇。

记得刚刚读毕的一篇访谈，加西亚·马尔克斯问大名鼎鼎的卡斯特罗，说，如果你不是领袖，不是一个革命者，你最想去的地方是哪里？卡斯特罗不假犹豫地说，去哈瓦那的街道，去某一个拐角处待着。

是的，需要在每一处笔触，每一个音符，每一颗字母里放进五种东西——灵魂、感情，思想、身体和卓绝的勇气。我以为，这五种东西的总和，乃是肃穆的激情。

桑吉才让正在这一条道儿上奔跑，我感佩于心。

那是 2001 年冬天的一个雪夜，我第一次碰见桑吉才让，微凸的肚腩，凌乱的长发，拗口的汉语，让我怎么也和他的作品扯不上关系，后来，渐渐与他熟知了，也渐渐读懂了他的艺术趋向。现在，在任何一个场合里，我都尊称他为"阿卡桑吉"（阿卡，藏语兄长的意思），我想，其实这是我在向艺术致意。

我写了如下的诗篇，我想从他的作品里取来暖心的火，度过创作的寒冬。

一个弯曲的世代，需要一本书

一本黑暗的史册也需要被无私地记录。

在深夜的街角，需要一个哲学家含泪说出——

我们不是医生，我们是疾病本身。

问老桑，天空的渡鸦还在奔逃

一盏祈愿的油灯，还在人世上徘徊——

你从灵魂的牢房里越狱而出

你昏暗的眼睛，触摸到了什么色彩的迷雾？

第三辑 引舟如叶

问老桑，纪律的法轮里是龟裂的字母

一块远方的嘛呢石板上，镌刻下古老的笑容——

你沉寂的书写，像一个老游击队员

什么年代里，你还在讲述着一本作废的地图？

问老桑，需要什么颜料

你才能成为一滴早上的露珠？

在酒精和鹰隼之上，凭着什么样的心跳

你敛尽了寺顶与经幡上的光？

带着一个时代的病菌，是的

你切实的朗诵成了一场歌哭——

你避开了繁复的仪式、人际、回忆和合唱

一盏玻璃的心，趋近了一个孩子的幻境、星星、草地和梦想。

一面镜子里的路

朝向哪一片扶摇的桑烟？一卷疼痛的画布

要藏下多少爱情的散步？问老桑——

你战栗的笔触，究竟在哪一段枝杈上飞舞？

你沉淀了晕眩和狡黠，你在一匹马背上

漫山遍野的今天

安顿下宗教和黎明。在城市的挽唱中
一颗奔突的灵魂被砌进了水泥。问老桑——
什么岁月，才能建筑下一片滚烫的风景？

像银子一样叹息，如果可能
在神圣的马厩里要诞生一位上帝，我们颓丧而麻木地爱着
像一道圣洁的海拔，爱上我们自己。问老桑——
这周而复始的人间，需要什么样的祭礼？

请买一场深刻的醉，请一张天堂的桌子上
端坐下一群花团锦簇的天使——
请一辆沸腾的拖拉机，带走荒凉
请一个名叫桑吉才让的画家，说出甘肃以南的泪光。

街上的事物

我住在一条国槐荫蔽的小街上。它的样子还保留着 20 世纪 70 年代的风貌，缓慢、悠长、日光散淡。我喜欢在街上溜达，东瞧瞧，西望望，买几个锅盔（大饼），拎一把芹菜。这是一种类似小说的生活，充满了市声和油烟气，带着隐秘的欲望。

它背倚皋兰山——皋兰，乃是一种香草的名字，与兰花同科。如兰之城，就是"兰州"一名的由来——距黄河也不过才二里多路。在写下这行文字时，满街的槐花开了，那种淡淡的清香又符合诗歌的身份，有来路，但不需要追问。因为，一首真正的诗是拒绝剖析，经不起踏勘与究问的。它应该是一团浑圆的气息，扑面袭来，养人性情。

在小街的一角，有一个调料摊子。

三轮车的盖板上，摆满了几十只瓶瓶罐罐，里头约略有花椒、大料、肉桂、小茴香、丁香、白胡椒、木香、陈皮、白芷、姜片、白果、甘草和肉蔻，等等。这些名目，使人仿佛能窥见一座万物生长的植物园，一片葳蕤的土地，迎向四季。摊主是个四十出头的人，经年坐在凳子上，抽烟喝茶，打望着过往的行人，表情木讷，不苟言笑。说实话，我从未见过有人在他手上称过哪怕半两三钱的调料，似乎他从没开过张，但也不见他发急，去做别的什么营生糊口。每次路遇，我总心里一坠，很为他捏一把汗。有一年腊月里，我心血来潮地想煮一斤羊肉，便按着菜谱上的说明，在他那里买了一两小茴香。料没有用完，后来也不知所终，但替他开张过一次，见面总要点点头，各自闭住嘴巴。

早起时，他支妥摊位，将各色调料盒一一打开，摆定后，自己泥塑在一畔。傍晚收工了，他又挨个儿拧起来，骑行回家。我不了解他的家境，只知道他是调味品的主人，出售香料。残酷的是，他的那些杂乱的香料，还抵不上周围卖创可贴、内衣内裤、陇西腊肉、酱醋店、裁缝铺子、彩票店和麻辣串的生意红火。落雨时，他会支起一把大伞，护紧调料盒；日光沸腾时，各色调料会泛起奇异的光泽，像炖着一锅生活的内容。

现在，我似乎明白了。

事实上，我们每一个诗歌写作者，都有一个内心的摊位，需要悉心去守护，去经营，去秘密的保有。诗歌，不再是日常必需的盐，亦不再是沾满露水的大路菜；它只是一条修身的秘径，一种催问性灵的香料，不分寒暑，无论短长。在这样一个逼仄的时代，诗歌仅是一种奇迹的香草，却不再有身世和谱系。

但，盐是什么？

唯有上帝他老人家，才斗胆说："我是你们中间的盐。"

阿卡刘醒龙

是在东湖，在武汉。那天下午，李敬泽、李修文和我三个人，坐在水塘边钓鱼。其实不准确，钓鱼是个幌子，我们是在晒老阳儿，在仔细抽烟。秋末的日光落下来，泻在水面上，将三个人的嘴脸写得很危险，鱼群和我们对峙着，不分高下。其间，修文断喝一声，动作夸张，收获可怜，七米长的竿子，挂着四五厘米的小鲫子。修文不忍，后慈眉善目地放了生，惹得敬泽与我很尊重，连连夸奖。这时，刘醒龙来了，中等个儿，寸头，上身铁锈红的休闲装，满脸笑意。

——日光很亮，也照在他身上，有一层红晕，仿佛一袭藏传佛教的袈裟。按着我在藏地的经验，我觉得他像一位刚刚走出了寺院的僧侣，闭关经年，苦修完毕，刚刚踏行在红尘世上。后来才听说，他的那部皇皇巨著《圣天门口》，果是苦修的成果，六年磨砺，一朝问世，惹得业界好评如潮，众说纷纭。

他打过招呼，站在岸边，瞧三个人嬉戏。修文做了介绍，他与我握手问候。这是我们第一次见面。与我此前想象中的刘醒龙迥异。他安静、内敛、轻声细语、脚不沾尘，似乎刻意不去惊动什么。但他的"杀气"却重，消息慈悲，鱼群早已掩面而去，不露端倪。此后的时间里，我的鱼漂若三寸铁钉，纹丝不动地钉在水面上，萧条不已。

漫山遍野的今天

收了竿儿，逆光走在回去的路上，照旧有一层红晕。我越望他，越觉得是一位喇嘛。不知为什么，这一印象始终留存在我的脑海里，挥之不去，时至今日。

晚上凑了一干有意思的人，在宾馆地下室的酒吧里闲谝，大多是江湖传闻和段子。谢有顺口才极佳，记忆惊人，出口成章。我也不闲着，顺势抖了几个包袱，大家频频大笑。刘醒龙坐在吧台一侧，安静若一尊瓷器，抿嘴，绽笑，恰到好处地捧场。我猜想，这应该是个有内力的人——"坐密室如通衢，驭寸心如六马。"半夜时散场，不见了刘醒龙，他走得悄无声息。

不久后，他动静却大。一本本新鲜的《芳草》，显示出他的另一面才华。扉页上的"汉语神韵，华文风骨"，当是他的自信和雄心。几年来，以"主编刘醒龙"的名义和品牌，《芳草》办得风生水起，有口皆碑。也算不辜负他。

去年四月，我有幸获得了该杂志的一个奖项，去武汉沾吉。行前，刘醒龙嘱我，想听一听西北民歌"花儿"。我遍寻兰州的音像店，只挑剔地找出了两张碟片，心存狐疑。后来，修文说，刘醒龙是个对边疆有无限神往的人，草原、雪山、沙漠、戈壁等等旷远的风景，对他有莫大的诱惑。我知道，这些风景乃世上的神迹，犹如歌中所唱，"不是真人不显圣，只怕你是半信半疑的人。"我还知道，这种神往其实是一个人内心的"气象"，遂心生感佩。

他在正午的日光下迎来，寸头，含笑，依旧是一层红晕。我幻觉丛生，误以为是黄河上游的某座寺院里，偶然走出的一介喇嘛。我将碟片交给他，光斑一跳，仿佛神示。

颁奖是在黄鹤楼上举行的。青山不墨千秋画，绿水无弦万古琴，一派古意。刘醒龙是仪式的主持人，他羞涩、红脸、讷言、静安，声气不大，仍旧规矩地坐在主席台的末端，按部就班。他身后是一列青铜编钟，亘古地挂着，将内心的轰鸣敛入骨骼。我猜想，这或许是他的一丝敬畏使然。会后，他陪同一车的客人前往古赤壁采风，一路上静默，默然前行。那时候，荆楚大地的樱花开了，香气袭面，像他的小女儿，被众人问候，被他时常挂在嘴上。

再见他时，是去年岁尾。他到北京办差，专程来鲁迅文学院，看望第七届青年作家研讨班的朋友们。在一家湘菜馆，他几乎将全班一网打尽，办了整整三桌的宴席。不善酒饮的他，居然喝得满脸赤红，来者不拒。我坐在一畔，很为他担心，拦挡数次，无功而返。他和同学们频频举杯，一饮而尽。在高原的寺院里，喇嘛们就是如此激烈辩经的，高下胜负，难以立判。餐中，有同学引吭高歌，歌声杂沓。他支颐谛听，依旧是守着一份安静。

但他是一个热心肠的人。师妹郭海燕，既是他的粉丝，又是他的手下。当初在报名入学时，刘醒龙慨然送给她一台笔记本电脑，又奖励每月千元的生活费。提及此事，同学们除了歆羡外，多是自恨世无伯乐，黄金入土。小郭也极为争气，在南下实习的火车上，还在为编辑部四处约稿，通宵审读。我偷偷给刘醒龙发了一则短信，赞美此举。

刘醒龙复：小妹妹，多多照顾。

"……我们是在黄昏时到家的。从车窗里望见系着旧抹腰的母亲，孤单地等候在院门外的那一刻，我第一次发觉，一生中最先学会、叫得最多、最了不起的称谓，竟然无法叫出声来。最后还是女儿趴在怀里，冲着奶奶，响亮而又深情地替我叫了一声生命中最爱的母亲……"对于动辄洋洋百万字的作家刘醒龙来说，这一篇小散文《母亲》，或许是他安静的另一份写真：大爱无言，怀着信念与感恩。该文载《读者》今年第 7 期，可以一阅。

在那次宴席中，我吼了一首西北民歌，说送给"阿卡"。刘醒龙一脸迷惑，不知何意。现在我可以解释了。它是一个藏语词汇，充满敬意。

偶感

日光雪崩下来，像所有世上的光明。

这个小村子，掩藏在焦干的山脉里，形成了拳头般大小的绿洲。一线深不可测的谷底里，淌下来天山的雪水，滋养了吐峪沟三百多年的生机。在最隐秘的沟底，矗立着佛教的石窟和伊斯兰的清真寺。窟内的壁画旧了，佛身杳然；而清真寺顶上的弯月一如往昔，守护着心灵。一百多户维吾尔农民世居于此，打点着人世的光阴。

去吐峪沟之前，我就对诗人沈苇笑说，我不打算写那个村庄，哪怕是片言只语。因为小沈的"吐峪沟诗篇"写完了它的风物，它隐秘的细节，它的落日和生态。我仅仅是一个观光客，没有理由削尖自己，作一个僭越者，轻描淡写一番。

小沈说，如果有机会，你还是应该睡睡维吾尔人的屋顶，那里是吐鲁番盆地，大火炉，夜里的气温也在 40℃以上。

一首好诗，应该是有它独特的身世的。这份身世包含了它独有的词汇表、速度、韵律、地理坐标和风向，它是有故事的，苦乐参半，带着过去的表情和态度；或者说，一首好诗的 DNA 图谱是不可复制的，它构成了形形色色的生态，即使最顽强的抒情态度，也无法去触及。

一本小书的愉悦和暗喜

每天早上，我的信箱里都插满了各类邮件，有的是订阅的报刊；有的是杂志社惠赠的刊物；有的是各地诗友刚印出来的民刊或大著；一小部分，则是自己发表作品后的样刊……说实话，处理这些书报很是恼火，耽搁时间不说，存留一久，办公室里也整成了废品仓库似的。再说了，不去浏览一眼形形色色的标题，便觉得吃了暗亏，跟不上信息或潮流，心里也发虚。于是，捡出一些熟人的文章来，预备午睡前再翻翻，其他的都被保洁员拾掇起来，运进了收购站。

在这样一个耐心溃败的时代，写作是多么危险，又如此脆弱无助。

但今早上不同，我从一堆邮件里翻检出一只小信封，粗糙的牛皮纸袋，带了划痕和油渍，小 32 开。本来不在意，只当是普通的来稿——其实，我早就忘了这一码事儿，更不曾料到，一篇小小的文章会登载于类似的刊物，并带给我持续的愉悦和暗喜。

数月前，《钟山》杂志的李思清兄约我写一篇谈作文的稿子，怕我懒惰，他还谈定了稿费标准，等等。这本杂志叫《全国优秀作文选》，是由凤凰传媒集团的江苏教育出版社编辑的。我答应了，并很快应命写了《给伟大的想象力以证据》一文。现在，它怯怯地藏在一堆书报中，像鸽子，更像我的一部分少年记忆。

第三辑
引舟如叶

甚至不是写，是矮下身来，跟我的少年时期对话，拉一段家常往事。

——先是从一则俄罗斯童话入手的，叫《青蛙公主》。

故事说：有一位父亲，叫他的儿子们往远处射箭，用这种办法来选择新娘。两位兄长，一个选中了王子的女儿，另一个选中了将军的女儿。但最小的儿子的箭没有射中宅院，而是落在了池塘中，一只青蛙衔着箭，从水中跃出。因此，他必须和这只青蛙结婚。由此，故事在这里埋下了伏笔，机深似海。

但事实证明，这位青蛙新娘能在夜间蜕下蛙皮，尽一些她的妯娌们所尽的义务，比如缝制衬衣，烤面包，等等。但她终究是一只青蛙，改变不了前定的宿命。故事的悲剧色彩一步步递进，它要接近谜底了。而谜底不过是一场危机。

有一次，青蛙新娘提出要参加国王的一个舞会，第一次作为一个凡人出现。她蜕去蛙皮，将它留在家里，和丈夫去了王宫。在舞会上，每一个人都为她的美貌所迷，争相和她共舞。她的丈夫，却瞒着妻子，悄悄提前离开了王宫，回家将蛙皮给烧掉了。这是一个严重的错误。因为，新娘离不开她的蛙皮，否则她会因为干渴而死的。现在，她只好弃丈夫而去，独自一人去滋养自己的生命了。

故事的结尾，是这个愚蠢的丈夫从此生活在哀愁之中，相思而病。就算他是个诗人、情种和作家，写了一马车的怨词骈文，也属白搭。

其实，各位看官都明白了，这则故事有另一层意思。

漫山遍野的今天

事实上，最初读到它时，是在郑敏先生编译的《美国当代诗选》(湖南人民出版社出版，1987年9月第一版) 一书里。在该书的末尾，郑敏先生意味深长地译介了美国的大诗人罗伯特·勃莱的《寻找美国的诗神》一文。上述的《青蛙公主》，恰恰是勃莱用来谈及每一个诗人，该如何保有内心的湿润与力量的。

在童话的基础上，勃莱更进了一步，阐发了每一位写作者对于文学的准则。他说，如果我们抛弃了青蛙的皮，我们将无法与古老的本性的品质发生联系（我们害羞、虚荣、爱面子、心里有无数的理由想说服我们去烧掉它）。况且，我们都曾以不同的方法，焚烧过自己的"蛙皮"。结果，我们烧掉了，又难以启齿，因为我们失去了一些愉快的、令我们为难又宝贵的秘密的东西。勃莱给我们开的处方是——恪守艺术的训诫，包括研究艺术、经历坎坷及时时保持蛙皮的湿润，灵动且敏锐。

我在那篇小文章里这样写道：是的，保持蛙皮的湿润，让它带着生命、尊严和感动，也让它时刻喂养我们的心灵和写下的每一颗文字。

——那一刻，我其实是在校正自己的罗盘，写作的内力，以及对危机的避让心。我同样认为，最重要的"湿润"，乃是保持我们每一个人的想象力，不使它受玷污，更不能使它损毁，一误再误。因为，它有自己独特的生命，不能被规章制度、社会分工、阶层和阶级，以及眼前这个凡俗和消费的社会所耗尽，丧失营养。没有了想象力，个人会枯萎，而文明的进程也无从谈起。在这样一个浪漫主义大面积溃败

第三辑
引舟如叶

的年代，想象力应是最后的一缕光束，若锦衣夜行。

1994 年的中秋夜，月满如镜，天地光华。我抱着牙牙学语的儿子，走在兰州一只船街道上。我指着浑圆的月亮，给他讲嫦娥和月桂树，讲奔月和玉兔的故事，想让他也"湿润"起来。孰料，他指着说：

"月亮好肥好嫩呀！"

我哑然。那一刻，他璞玉未琢，他是湿润的，他是幼小的诗人。其实说到底，我们一辈子的写作，都是在给伟大的想象力以证据。

那是一本小小的书，单薄微弱，既不夺目，也不豪华，仅有薄薄的六十四个页码，新闻纸印刷。但它带给我的愉悦，比那些大而无当、口号喧天的刊物来得更熨帖、更暖心、更朴素。阅读一帮孩子们写下的文字，我似乎找见了丢掉许久的那个我，那一部分的想象力，那一截湿润的稚嫩。后来，我将它砌在显眼的书架上。它像一只鸽子，悄然敛起翅膀，保持着秘密的心跳与温度。

但什么是证据，又如何去支撑伟大的想象力呢？

想不起当初应命写这篇文章的动因了，是掘井自饮？还是顾影自怜？细数自己写过的那些文字，品读同时代的优秀作家们层叠而出的皇皇巨著，究竟有多少作了证据，去说明"想象力"一词？此时，忽然想起海德格尔的那句话："培养和关心，乃是一种建筑。"我想，这恰巧表明了我的初衷。

2000 年，在我的诗文集《大敦煌》即将付梓印刷前，农历正月初一，我一个人跑到了千里之外的莫高窟下，去祭扫常书鸿先生的墓茔。

漫山遍野的今天

在空寂的沙漠深处，寒鸦飞绝，天空陡峭，一派萧瑟。唯有巨大的莫高窟壁立着，像一部经年累积的卷册，屏声敛息，有待识读。我点上烟，祭了酒，陪常先生坐了好久——那些砌筑了敦煌文明的工匠、画匠和泥瓦匠们，此时湮灭在了时间的深渊里，但莫高窟却挺立着，像一笔笔证词，支持着这一座伟大的想象力的建筑。

太阳堕入了地平线上，晚霞放射。它像一枚有力的橡皮，擦掉了早些年的细节，湮没了过往的劳动和号子，徒留下逼真的建筑。在凛冽的罡风中，我蓦地忆起荷马的诗句："……一代英雄，归入了夕阳。"

后来，我在壁画上找见了一个词：供养人。

——说到底，每一个时代的写作者，都必须保持住自身的"湿润"，以"供养人"的身份与心态，去完成个人的文字之功，去充当一回伟大的想象力的美妙证据，去作一块耐心的砖，去洗清一个蒙尘的单词……

如此，便全美了我们的书写和歌唱。

把世界抱在床上

——序张海龙《西北偏北　男人带刀》

一

翻读这些书稿时，我藏在一道幕布后，问天打卦，心情流失。是入冬以来污染最重的一日，日光稀薄，百鸟惊飞，在黄河两岸这个微弱的盆地里，果真呈现出了一种"鬼打墙"的现象。甚至，不是现象，乃是迎头袭来的痛击。在生活碰壁、文字隐修的半途中，这本随笔集说出了我们唯一可取的态度——

把世界抱在床上，同生共死，荣辱相随。

鬼打了墙，砌筑着世上的恩怨与藩篱，又使人奔波和破绽。我的孤独日显昭彰，想在每一场酒局上空出两个位子，虚席以待，但又怕烧钱，落下个矫情的名声。先是小弟颜峻撤了，抱着一吨重的集装箱，将他的青春和往事搬进了北京城，写乐评，搞演出，弄得"像颜峻一样有名"；今年夏天，另一小弟张海龙也决然地撤了，把房子装修在了北回归线一带，在柔软的杭州，在湿润的节气里，整理出这些眺望的文字来，一遍遍抚摸西北偏北的拉杂往事。

少了这两个人，一座空荡荡的兰州码头，还能称作江湖么？

在逼仄的河流之畔，他们朗诵过我的诗歌，目睹过我的失败，见证了我的青春是怎样一寸寸嚎叫与湮没的。同样，我也欣赏过他们美妙的少年，认出了他们文字中的跌仆，并目送他们一骑绝尘，笑傲远方。在斑驳的旧日时光里，我们共存着一个旧日的地址，一捆旧日书信，一支老歌，以及一桩桩缠绕的回忆。在这一点上，即使世上最擅煽风点火的恶鬼，也无可奈何。

因了，我们还葆有类似的述说，与煨心的文字。

二

他的这些文字，是青春时代的个人地图，对一己的发言，对西北偏北的一种解构与检索。当然，这和他的身份有关，更与灵魂接壤。

在日常，海龙是一个世俗生活的热爱者，是浮层快乐的制造者，是红男绿女中的积极爱戴者。他兼而有之地拥有诗歌的少年，媒体时期的青春，网络狂欢的我型我秀，以及这些隐秘文字下的中年性格。他驳杂，却不失单纯；他踉跄，却一苇渡江；他记录，但更多的是参与；他抽身而退，只为了再一次"还乡"。

他带着一丝近乎零度的口吻，述写了西北偏北之下的风物、方言、饮食、民谣、历史、地理与流变，他善良可爱，类似他的弥勒之貌相，束身讷言。这时，他是诗歌中的少年张海龙。

接着，他以一种解构和夸饰的表情，记录了周遭的人物、闪逝的脸孔、河流两岸的气象、风尚的转移和思想的变迁，有一点狡黠，有一丝顽劣。这时，他又是网络上甚嚣一时的"纸老虎"斑竹。

甚至，他用了一种嘲弄和仿写的手法，将目力所及的一些典籍与文本，一一撕毁，重新仿写并装帧，令人愕然。他精明且简单，又游刃有余地放肆，颠覆文本，向秩序开刀，时时骇人心跳。这时，他则是以"横行青海夜带刀"为名号的论道者，貌似谈经夺席，开坛讲义。

——只是，他所提及的所有这些文字事实，也是我已遭逢、并仍将继续遭逢的一卷地图。虽然，它现在已是一个凋零破绽的江湖。

三

一则故事说：

有天，一位兰州人来到了甘南路的一家酒吧。在吧台上，他点了三大杯啤酒，然后静静地坐在角落里，一一排开，再去依次喝完。好心的侍应生上前，提醒说：先生，啤酒打开会走气的，您应该一杯杯来打。

这位先生闻听，先是感激，后哈哈大笑说：小伙子，事情是这样的，我有两个兄弟，他们一个在北京，一个在杭州，而我现在坐在兰州。临分手时，我们约定，以后不论在世界的哪个角落里喝酒，我们都要以这样的方式去喝，以纪念我们曾经度过的那些美好的日子。

小伙子恍然。

漫山遍野的今天

后来，这位先生常常光顾，酒吧里的常客们也都熟悉了他的方式，并心里暖和，充满致意。

故事的转折开始了——

这一天，这位先生走进了酒吧，只在吧台上点了两大杯啤酒，然后闷闷不乐地坐在角落里，默默喝着。酒吧里的常客们看见这一幕后，都噤了声，气氛一下子冷了。心直口快的侍应生实在憋不住了，上前劝慰说：

先生，我很悲伤，您损失了……

哦，不！这位先生理解了他的好意，哈哈大笑说：不，小伙子，不是你想象的那样。我的两个兄弟仍然活蹦乱跳，他们一个在北京，一个还在杭州。我之所以只喝两杯，实在是……

这位先生顿了顿，坦白说：

——只不过，是因为我自己戒了酒而已。

我不知道那位戒酒的人，究竟是不是我？

其实，这个故事是可以置换的，不论兰州、北京、杭州，抑或是都柏林、布宜诺斯艾利斯，还是新德里。像我喜欢的赵传所唱：从台北、香港和上海下着同样的雨，寂寞的心走走停停。云云。

四

　　好了，我必须归纳出这本随笔集的大意来。

　　——鬼打了墙，无处遁逃，像一则生活的隐喻。那么，把世界抱在床上，意味着你死磕，你炭面焦心，你顽固，你戏谑，你坦白从宽，你海明威，你卡斯特罗，你切·格瓦拉，你还"不得不跟烈士和小丑走在一起"，带上灰烬的背影。即便你是一只巨鹰的标本，你也得挂在天上，保持俯冲。

　　起码，你也得张海龙一些。

最敬爱一片江山
——序《视觉甘肃》

在接受我的一次访谈时，李敬泽这样说："……在我的记忆和想象中，(兰州)是壮士、烈酒、惊人的美人和山河壮阔，它是个大尺度的城市，不光是指规模大——这个城市，从历史上，从根子上说不是起于人们扎堆过日子的自然需要，它起于一种征服大地的大意志。"

李敬泽是著名的文学评论家，在面对类似一方地域的拷问时，他抓住了核心和本质，并给予了赞美般的颂词。甚至，他的话可以推而广之，延伸至整个甘肃或西北一线。在四季运送、晨昏轮替的日子里，每当我们凝神眺望西北以西的国土时，甘肃总是以一种起点的姿态，横亘在苍茫的视野中——

或者说，甘肃乃是"一种征服大地的大意志"的起点。

这种起点，不唯是行政区划的、地理的，它甚至是历史的、文化的，带有鲜明的时空感，愁肠百结，功勋赫赫，色彩斑斓。在这一块东西延展、南北错杂的狭长土地上，征服大地的意志，始终赐予着生民们一种鹰的形象——当他内敛与沉静时，像鹰一般紧锁着肩头，避世于风雨和沙尘；一旦他抖擞开来，他会张开一双羽翅，骑坐在风沙之上，览尽天空与大地，说出生命和奇迹的真相。

第三辑
引舟如叶

比如，举世闻明的丝绸之路就是一个例证。

而今，这条古老的大道在落日的余晖中，早已凸显出了它铸铁一般的骨骼，只有缄默的尘土和生死寂灭的荒草，仍然诉说着它昔日的辉煌和繁忙。在这条大道上，那滚滚消逝的英雄、戍卒和事迹，将随同他们本身所拥戴的时间之兽一起，构成未来的读本。多少年来，时间在这里窒息了，只有巨大弧形的空间笼罩着这一片亚洲腹地的深处，使其沉沦、漂泊、随风而散。在遍布了雪山、沙漠、戈壁、绿洲、遗址、烽燧、卷帙、熄灭的驼铃、欲望和长旅的亚洲腹地上，书写和纪录是艰难的。只有怀揣了非凡的热情和朝圣般的心灵，在这个落日般辉煌的空间里，时间才得以诞生。我想，这一卷《视觉甘肃》的图册，不啻于一次抢救，一种深刻的挽回，一幕庄重的奉献。

因此，在我们的文字和镜头里，必须赋予这一块土地以神圣的意志和秘密的勇气。凝望天空，对于丝绸般飘动的这一条色彩斑驳的道路而言，那些旅人、商贾、释子、谪官、探险家和流亡者……都是一闪而过的匆匆过客。他们的身影和尸骨已为风沙所掩，唯有真切的心跳和鲜活的脚步，构成了现今仍在流淌的传说和谣唱的一页。修远啊！——当我们今天的目光穿凿时空，仍然能够感到历史深处，那一捧灰烬的温暖和燃烧的灼痛。

无疑，挽回过去，就是为了保存旧有的骨血之气，是为了宣谕明天的起步。

是的，在世界的东方和西方之间，原本就有一条人类心灵的通道：

漫山遍野的今天

丝绸之路，香料之路，瓷器之路，战争之路和信仰之路。甘肃，一直以来就以一只巨鹰的姿态，栖息于岁月之河上。只是经过了漫长的磨砺，人们的足迹可能被荒烟、蔓草、沙漠以及可怕的遗忘湮没了。在传说的大海中，可能浮沉着破碎的事实。历史不会停顿，历史有时是必须重新开辟，必须去重新发现的——

在阅读了美国 17 至 18 世纪的西部开发史和拓荒史后，我惊异地发现，所谓美国的国家精神和品格，恰是在对西部的开发和拓荒时期中奠定的。严酷的自然环境，险象四伏的生存条件，始终馈赠了他们热情、单纯、勇敢、冒险的少年气质。在大量的美国西部片中，我们都能触摸到那一种剽悍无畏的冲动，也为那种锋刃般的精神所深深陶醉过。

那么，说起我们脚下的这一片壮烈山河，我们又能有什么理由委过？不去礼赞，不去重新发现它的黄金质地呢？

中国西部的复兴与重开丝绸之路，如今已显得如此迫切和意义深远。它和中国的国家战略，以及民族的伟大复兴都息息相关，须臾不可分割。严格说来，是我们中国人在公元前 136 年，开辟了经过河西走廊，经过新疆绿洲的丝绸之路。从公元 5 世纪开始，印度商人为了能到达黄河航运的终点站兰州，利用了这一条道路。这条路的关闭，曾使甘肃以西的中亚细亚长期衰落了，并由此导致了文化的衰落。重开丝绸之路，难道不是宣布了这一片古老的土地将凤凰浴火，再次复兴么？

第三辑
引舟如叶

　　而复兴之事，须得重拾一种精神，一种临对苍茫大地的无畏与果敢。

　　好在，一些摄影家们已经提前上路了。他们不止记录了山河岁月的模样，不止留下了尘封的奇迹，同时也表达了一种对征服大地的大意志的谨守与膜拜。我借用这样的诗句，标榜并赞唱他们跋涉的脚步——

　　昨夜东风吹梦远，
　　最敬爱一片江山。

问答
——中篇小说《目击》创作谈

许多年前，一个叫加西亚·马尔克斯的小记者跑到古巴，去访问卡斯特罗同志，谈了一阵子革命的话题后，他开口问：

"你要是不做革命的领袖，您最想干什么？"

老卡回说："要那样，哈哈，那我就去找一条街，待在街的拐角处。"

那时候，小马还没拿诺奖，但他不装傻，及时刹住了这一话题，顾左右而言他。老卡没往透里说，待在街角干什么——冷眼相向，体察民情，伺机揭竿再起？还是跨进去，混同在乌泱泱的人群里，作沉默的大多数，埋没革命天才？但我喜欢老卡的态度，态度决定一切——每个人的落脚点，其实就是某一条街道、某一座旧院子，或是某一间颓圮的老房子。

事实上，这篇小说是献给我的出生地的。

它叫一只船街道，在兰州。当年，左宗棠抬棺西行，率领八千湘江子弟，跨越黄河，准备入疆平叛时，路经兰州城外，见此地风水甚佳，忍不住赞美了几句。后来，前线战事吃紧，一批批阵亡的将士被送下来，日曝风吹，无法安置。左大人批了条子，令在兰州旧城东门外修建一座义园，以暂厝亡灵，打算日后扶榇归乡。

第三辑
引舟如叶

　　说是义园，其实就是烈士陵园。它的主体建筑是一艘航船的模样，高高的船艏朝向南方；庙顶的形状，仿佛夜里悬挂的桅灯。它被列为禁地，擅入者斩。当时兰州的土著居民们不明所以，在围墙外的草地上赶大集、做买卖、小吃大喝，统一口径，称呼它：一只船。

　　我有幸出生在这一条想象力十足的街上，我父亲在我的名字里嵌进一个"舟"字，做了个顺水人情。我没理由不感激这一条街道，并将它写进我的文字里，不厌其烦。

　　回头再说说加西亚·马尔克斯。他后来狂写两年，搞出了一本叫《百年孤独》的小说，还拿了一笔结结实实的奖金。有个女记者去访问他，问他这篇小说的起点是什么？这回，老马故弄玄虚地说：

　　"……是看到一个老头带着他的孙子，去马戏团里见识冰块。"

　　对了，在上世纪初来自挪威的探险家马达的摄影集里，我看见当年的一只船街上，有人拉着架子车，一路吆喝着贩卖黄河里的冰块。

　　《目击》的起点又是什么呢？

　　现在，我早已搬离了一只船街道，但每回出门办事时，总要特意绕上一圈，嗅嗅它的气味。我儿子参加了游泳队，天天在一只船的游泳馆里训练。有一回，我站在岸上，看见一个少妇呼唤孩子，怕出现什么意外。她急了，忽然跪下来，以头抢地。其实我知道，那小家伙早跑到门外，在吃烤羊肉串……

　　她跪下的一瞬，给了我刺激。我在这篇小说里，只想拷问一下膝盖的力量。

告发一本诗集
——读李亚伟《豪猪的诗篇》

像席勒说的那样，去告发一本诗集。

并不是波特莱尔的那本《恶之花》，不是在巴黎晦暗的街道，也不是嫉妒或生厌。而是要告发李亚伟的《豪猪的诗篇》，告发这一种诡谲多变的文字，告发他的天才，告发他恣肆汪洋的诗情。顺便，还要告发他的李白之风，告发他生活在这个时代的几宗罪。

"我们本来就是腰间挂着诗篇的豪猪。"李亚伟夫子自道，得意扬扬。

这个粗野的老莽汉，在 20 世纪 80 年代中，就写下了轰动一时的诗作《中文系》《苏东坡和他的朋友们》《老张和他遮天蔽日的爱情》，等等。他用一种未被驯服过的嗓子率性说出，用一种未被污染过的方块字刻下分行的诗句，开启了一道诗风——他擦亮了汉字原初的光辉，使之回到了地上，回归了人间，含着世俗的快乐，带着日常的油烟，把生活说破，将日子解散，释放出一种恶作剧般的童心。他的诗是一种语言的"盐"，叫汉字纯粹起来，变成我们舌尖上的一种味道，反躬自问。

或者说，不是擦亮，而是捍卫了汉语本有的品质和荣誉。在这一

第三辑 引舟如叶

点上，他们才是母语的儿子，是体制外的发音，是诗歌这个羊圈里天然的寸草，遥看近无。

以李亚伟和马松为代表的"莽汉诗歌"，是新诗发展历程上一道卓绝的风景线。他们颠覆传统，破坏传承的老套路，蔑视发表，蔑视诗歌官府的文阀和老江湖。他们的诗歌，报废了那种化石样的语言，消解了文字内部的结石和病变，常常以口口相传的方式，跑遍了祖国大地，不分民族，不问东西，挂在人们的嘴上。他们的诗歌，还是一种街头的说唱把戏，反讽和戏谑之后，又对生活痛哭一场，达成媾和或默契。说到底，他们是一个生活的水浒寨，一座快活林和一家堂皇的夜总会。

接下来，这个粗野的老莽汉为生活负责，消失在整个 90 年代。现在，他又粉墨一新地回来了，继续着莽汉主义的写作道路。他不知道自己能被什么样的爱喂饱，但他的确知道诗歌是一种不错的疗饥手段。于是，这个老莽汉推出了一本"召唤伟大的汉语文学"的诗集——《豪猪的诗篇》（花城出版社 2006 年 1 月出版发行）

其实，莽汉主义已经不再是一个诗歌流派，它是一种生活的方式，一种对世界的态度和看法。它让我想起了凯鲁亚克的《在路上》，想起了另一本更为卓越的书：《达摩流浪者》。他们偶尔用纸和笔，但更多地用脚和拳头，把自己的诗意写在一条条路上，写在旅馆和酒馆里，写在女人的爱情里。

王者归来，老莽汉李亚伟归来。

比形容更逼真

对我来说，2005 年是从一个词开始的：形容。它的词义乃是对事物的形象和性质加以描述，比如人的长相和表情。春天开始的那一段，我在武汉的木兰湖畔，写一个叫姜雪子的女警察。我将她安排在波云诡谲的现实中，叫她吃尽了苦头，连连碰壁，以此榨出生活的真相。——年底时，该小说发表在公安部的《啄木鸟》杂志上。一个以章子怡为楷模的女演员给我打电话，毛遂自荐地欲出演姜雪子这一角色。这下，我为难了她。

所以，写作是一场虚火，比不上生活的烈焰。

我更希望她出现在《孔雀》那样的电影里，简单又缓慢。而我的故事，则是需要一个破绽百出的人才能演绎，因为它泥沙俱下，仿佛派出所里的一份笔录，按下手印，不能翻供。形容是容易的，需要一张词汇表，一点点可怜的想象力，再加上一台电脑。问题是，比形容更逼真的是脚下的生活——它像一辆刹车失灵的车，跑在单行道上，再也没有了回头的可能。一年，掐着指头算，就这么一寸寸消失掉了。

虚构的写作，更像是犬儒主义的产物，让你跟生活去媾和。

我的小侄女诞生在春天的封面上，幼小的上帝，使这一年的内容生动起来。我替她取名叶子涵，就是去掉了形容的矫饰，使她素朴和硬朗起来。现在，她跟在另一个叫李梦菲的小丫头后头，开始牙牙学语起来。而语言即是一个人对生活的形容，它有自己的一套修辞，也有自以为是的逻辑。我挺揪心，怕类似的形容污染了她们的童年。

翻过这一年，就是文革发端四十周年的可怕记忆。我自己的童年就是在那一刻被玷污的——标语、口号、焚书、揪斗、游行……恰是在这样的噩梦前，形容又丧失它的基本能力。可见，写作是多么虚无的一件事。这一年，我写下了一篇《反回忆录》。我试着去对那一段黯淡岁月立此存照，但画上最后一个句号时，才发现竟如此无力。

7 月 17 日凌晨，我父亲吐血晕倒，气息微弱，血压几乎降至零。我抱着他，在急救车打闪鸣笛地穿过整个城市时，我觉得自己就是一名消防队员，需要去扑灭这一场火灾。它真实得像一根针，戳在我心上，容不得一丝一毫的形容。这不是一场虚火，不能扬汤止沸；相反，它是生活的烈焰，只能去釜底抽薪。

当妹妹排着队，等着买血的时候，我站在中心血站的草地上，偷偷地哭了一鼻子。我记下了那三位供血者的尊名，我从心底里感恩、感念、感激他们。这一年，我在心里竖起一块碑，默默地镌上了他们的名字。

比形容更逼真的是滚烫的鲜血——带着爱、义举和他们的体温。

片段

从石头城下来，前头的路断了。

是在帕米尔高原，在塔什库尔干的八月。我取出馕，半块西瓜，潦草地打发了那个午后。日光太亮。白色的风吹向巴基斯坦，或印度。石头城悬在半空，像荒凉的月球表面，记录着过往的征伐和异族的更迭。更远处，时间流淌，雪山堆积，光芒放射，一簇巨鹰安坐天庭。我知道，其中一座雪山是慕士塔格。它是"冰山之父"。

前头的路断了，我被困在葱岭一带，靠一张地图取暖。

次年秋末，我怀着缱绻的心理，又一次横穿沙漠、戈壁，进入了边疆北部。在第一场寒流和疾雪前，我在金箔打制的阿勒泰一带饮酒、唱歌，走街串巷，静等一位失约的人。在凛冽的风俗中，我辨识着异族的字母、酒精的刻度和羊肉的膻腥，在一堆牛粪炉火前搓手。天空沸腾，迁徙的鸟群扑面而来。是的，我遭逢了一位牧蜂人。他率领一群群空气中的青铜器，奔逐于边境线上。他笑曰："我要酿造！"

是谁说过：南方和北方，其实是同一卷书？

如此了，我身体中的这一卷地图，越来越薄，越来越线路模糊，几近于透明。我在辗转忐忑的途中，修订了我的词汇表，纠正了方向，刻画出了我诗歌的地理。我在一个人的地理中礼拜、敬畏、奔行不止。

我还明白——个人的地理就是这个人的宿命。

说到底，诗人不是一种职业，更不是一份荣誉。乃是一种前定的性格。

我向往一种诗歌：像西北穆斯林的"花儿"一样简洁；像蒙古族的长调一样婉转；像藏族的民歌一样抒情；像我的母语——每一粒汉字那样凝练，夺人魂魄。在现在进行时的同场竞技中，允许我使用减法，一退再退，回到大陆的腹地深处。

并持有我自己的一份诗歌地理。

相同的理由，罗伯特·布莱却这样诉说："悲痛是为了什么？在那遥远的北方。"广天之下，在旱塬沟壑里背起几面山上的肥雪，等待来年饮用的穆斯林兄弟们也如此漫唱——

"花儿本是自家的话，

不唱是由不得自家；

刀子拿来头割下，

不死还是这个唱法。"

第四辑　诗叙述

一个人的辽阔

　　他作为一只健康的精虫脱颖而出。他蔑视着那些溃败的队伍。因此出乎意料地成了头羊和领袖。

　　他起初作为一只细胞。一滴优美的液体。在兵荒马乱的旧社会流浪。

　　月光照耀甘肃省。在打麦场上。他一马当先踏入了禁区。他使用了魔法。

　　拥抱了一枚勇敢的卵子。并邀请了一位少女做了母亲。生命最初的华尔兹。

　　他像一个上帝的辞藻。带着基因和家族掉进了土壤。他和蚯蚓、羊水休戚与共。

　　腊月初八的夜晚。他还唐突地看见了父亲毛发稀疏的头颅。噢。糟糕的生长。

　　他落下了隐秘的疾病。日后的岁月里他像父亲一样做了杀手。他在家谱中位居第一。

　　一些老到的女流们准备下了襁褓、红糖、咒符和生育的土炕。他使用了阵痛和凌厉的拳脚。

　　他窃贼似的打开了子宫。是夜。煤炭般漆黑的夜晚。一队彭

漫山遍野的今天

德怀的武装高举火把。

他如法炮制。他在黎明的公鸡下学会了起义。一个世上新鲜的婴儿。

携带着屎尿、啼哭和脐带被踹进了光阴。十月一日。他被时髦的爷爷庄严地命名。

建国。他是一本陈旧的家谱里第一个改天换地的灵魂。他的屁股上发青。

一块深刻的胎记镌刻下旧社会的记忆。他：一面肌肉的红旗。

飘在王氏家庭的天际。童年稀薄的时光。有鸟在飞。他在一枚硬币上玩尿泥。

他在一碗腌制的菠菜里获取了营养和苏醒。窗外黄河流淌。城市的街道上一挂无畏的马车在叫卖着冰。

五月。爷爷撒开了他的手。奶奶于六月被埋进了华林坪。

寒冷的冬夜里一位妇人在储藏着白菜。那是他的母亲。在狭小的院落里他突然成了一群孩子的长兄。几株孤独的向日葵褪尽了玉衣。

他抹着鼻涕。从东风小学的大门里急速地逃离。踢着落叶。在一只船街道的拐角。

他听见了炼铁的号子。一个人拿着鸡屎和泔水配方昂扬不已。一根透明的胡萝卜在晴朗的夜空下游移。

他九岁时被一个噩梦窒息。一位神秘的巫婆在他的身上使用

第四辑 诗叙述

了乡野的迷信。

他的疾病在潜伏。他火热的理想在迅速发育。上世纪 50 年代的蝙蝠在歌声里纵情。

一次失手。他险些把幼小的妹妹溺死在脸盆。荒唐的算术本上是潦草的脏话。

在迎风飞扬的晾衣绳上是隔壁吊毙的牛二。他弯曲的父亲供职于一家煤场。

比黑夜漫长的煤炭让他驰过了冬天。"送煤球啦！"

他像一个黯淡的帮凶推着架子车。星光灿烂的照耀下他乞讨着笑脸。黑孩子。

那个遥远的明眸皓齿的童年。一枚寂寞的钥匙吐露着寒凉与芳香。解放牌卡车运来了饥饿和口号。

他的身体像一辆奔突的拖拉机遭遇了重创。麻雀的雨滴

溅在空无一物的现场。他争夺了一粒粮食。彤红的妹妹却扔下了自己的想望。

死亡。他头一次清晰目睹了魔鬼的脸庞。在朦胧的街景中踉跄。一个虚构的人教会他梦遗和自慰的方向。

无产阶级文化大革命。一张鲜艳的大字报唤醒了他的犯罪和仓皇。

4:03的列车。臃肿的母亲为他缝下了领章。衰弱的父亲积攒下泪水的箩筐。

漫山遍野的今天

在山丹。清朝皇上的御马场。多么广阔的天地。啊！多么美好的放逐与逃亡。

鹰在高悬。风吹草低。他带着一颗爆炸的心脏。

"王建国！兰州的包裹。"他研习了异族的字母。他的口腔里浇灌着一个牧主女儿的启蒙。

弧形的夜空。奔跑的帐篷仿佛时代纯洁的乳房。他在羊圈里谛听了睾丸的回响。

他在奶桶里看见了自己欲望的走向。草原——一个逶迤的秋天要丧失了心上人。

一方毡毯下要生下牛羊的子弟。吻。翻滚。拥抱。牧主的女儿叫萨黛特。而一根银饰的手镯上是一首谣唱的古歌。

他在散漫地牧羊。他少年的冲突和热爱在草地上膘肥体壮。"我愿她拿着细细的皮鞭，不断轻轻打在我身上。"

一张伪造的病历。一群显微镜下虚拟的细菌。一次肝炎和畏缩的退却。

他背着行囊与悄然的错误。入住于一家街道的镔铁工厂。

他满腮的胡须在咆哮。他在北京炉子上烤下馒头和洋芋。

一朵黑色的乌云带来了草原的消息。雪灾。他背叛的努力陷入了灰烬。王建国。

三级焊工。每月领取二十四块五毛六。黝黑的厨房内。他把寂寞剁碎。又把一捆性欲的柴火塞进了炉膛的车间。

麻袋一样衰朽的家庭。母亲的针线上缝补着漏洞的黎明。

一位龅牙的女人牵着红线说媒。他在一个深秋的午后迎娶下一位蜘蛛般的女郎。

他在转移。生活的白炽灯照应了他的闺女和踌躇的皱纹。

饭盒里有一条咸鱼。偶尔的一杯浊酒发泄了他的暴力。先进工作者。带着奖状和抽搐的微笑他站在墙壁上。

正月初一。锈迹斑驳的父亲飞出了窗口。他佩戴着葬仪和光荣归入了羽毛的科目。

王建国。集体澡堂里的常客。微小洁癖的男人。

兔子的胆量。一片旋转的树叶砸烂了他的慌张。他的口袋里埋藏着一根体温表。

细碎的脚步下是一只塑料网兜的梦想。每周做爱三次。使用醋酸式避孕法则。

早上去追逐 3 路公共汽车。傍晚在家里辅导"B、P、M、F"。

唐山的地震波及脚下。一阵离心的作用力让他走进了兰大。80 年代的新一辈。他读下了王力。

在高远的阶梯教室内他抛弃了方言和鬼祟。汉语言文学专业。三十二次考试和雷区。

他涉河入林。爱上了北岛和朦胧诗的发迹。"亲爱的你,我充满了毛遂自荐的感情!"丝质的袜子上破绽百出。

厕所的门栓下他频发着春梦。理想?哦,不!是道德的折磨。

漫山遍野的今天

他隔着一座空旷的操场爱慕着那个体育系的花朵。未遂的阴谋在周末凸现。

在一间破败的车库里他完成了通奸。生活作风问题。他寻死觅活在黄河边散步与徘徊。

世上的人都在做客，怎么好意思一个人走开？他宽恕了自己的睾丸。

他迫不及待地原谅了自己的腐烂。一家中学的校门在敞开。他别着一枚纪律处分的徽章走上了讲台。

他用口腔描述了未来。他秘密的档案里包藏着白眼和炸弹。

他离异了。在一只船街道办事处的桌子前。他拿出了喜糖和毒药的玻璃罐。

一只发锈的锁被法律打开。一幕迟滞的追随在本命年里上演。

他在被窝里哼唱着崔健。他用一块红布蒙住了双眼。家访的路途中他爱上了母女二人。

在幽深的图书馆他迫害了那个学生。调查。取证。一个漫长的夏天亮出了手铐。

他在郊外的监狱里摇身一变成了"1047号"。黑板报上张贴着他的改造计划。

又把灵魂翻晒在日光下。明月高悬。武警战士的枪栓在嘹亮地回荡。

他在想象的越狱中安慰着自己的裤裆。"像牲口一样活着，但像上帝那样思考。"

他在内心贴上了一枚耻辱的邮票。王建国。一根秋天里沉重的芦苇。他的额头上大雁南飞。

如同一只快乐的青蛙。他跳进了 1992 年的缝隙。有钢材吗？有一块泡沫的地皮吗？他远走海南。在景气指数上他一味地上升超前。

西装。油头粉面。一口鸟语。金利来。名片上公司在麇集。

他的保险柜里暗藏着异性的亵衣。他提着一盏色情的灯笼嗅着全国的小蜜。他把别墅中的女郎尊称为二奶奶或他三姨。

他热衷于浪费人民的币。一位蹩脚的诗人毕恭毕敬。捉刀为他写下传记。

《有多少爱可以重来》。他在夜晚桑拿。又在凌晨出任娘子军的政委。天边飘过故乡的云。

他抱着一架"波音 747"的翅膀回到兰州牛肉面馆旁。演讲。投资。镁光灯和马不停蹄的采访。

他指点着迷津。他在电视上风度从容珠玑生辉。时代英雄。被篡改的人生。

瞧！这个人。他别扭的笑容和尴尬的肉体。在一次郊外的艳舞表演中他死于一场火拼。

他被黄土埋下。一段优美的文字成全了他的碑记。仅此。

刚才的情景

雨水挂在枝头。春天在转移。而一群揭竿而起的花朵

在磨刀霍霍。你本来是一个淑女。转眼，就交给我一盘

残破的棋局。黝黑的街景。一部 20 世纪 30 年代的黑白电影。

一条名叫旺达的鱼在翻墙越狱。一位慷慨的失败者企图自尽。

你劣质的唇膏像一枚戳记。我在你的砧板上骚情不已。

下午三点一刻。柔软的钟表埋下引信。塑料的微笑和一次

抽搐的回忆。你：爱情的贫下中农。家庭的暴君。

妇女解放运动的牺牲品。一辆性欲轰鸣的拖拉机。

你在弹奏钢琴。你的时装里藏着一对老鼠的情侣。

多么优秀的玻璃。深蓝色的隐蔽。我龟缩于咖啡厅的一隅。

躲避开春天的起义。在郊区的这家宾馆。我恰巧在等待

一位初恋的名字。它发音短促、舌尖弯曲、心脏勃起。

一个姗姗来迟的顾客。一张青春的票根。这近似于一场犯罪

的陷阱。有人在敲打着玻璃。他在向我询问夜晚蝙蝠的消息。

雨在落。那么杂乱的花朵。其实是伞。漫漶的风中

游移着一些时代的亡灵。咖啡有卖！玻利维亚丛林里

的杰出浆果。十个美元？在荒凉的现场。你似是而非的

第四辑

诗叙述

抒发是如此踉跄。我没有拍案而起。可你在揭发？

你沸腾的乳房诉说着往昔。你晴朗的肉体对我是一种蔑视。

阒寂无人的大厅。三菱的电梯在运送着潮湿的地理。

在世界虚掩的门缝里。一个上帝拿下了忏悔的妓女。

香烟玩弄着我。一瓶空虚的酒水在向我买醉。雨在落。

我从生命中片刻逃逸。我搬来了乙炔和日记准备焊接。

你：坚强的客串者。一架隐私的闪光灯。一堆

胡作非为的音符。一幕惭愧的广而告之。你灵动的指头

好像是对我的宣判？你讴歌着雨水。而我的屋檐上流淌着

燃烧的煤炭。你在下毒。你在镇压着春天。一阵飞行的乐曲

提前支取了我内心的灰烬。是的。多么优秀的幕墙玻璃。

在纷繁的街道上。一架协和的客机在坠落。一艘年轻的潜艇

在大西洋躲避。我念叨着一个词：发音短促、舌尖弯曲。

下午六点。我要弃暗投明。我走向你。我要在你洁白的钢琴中

熄灭内心。你在反对革命。你在腰斩花朵的集会。

你赖以谋生的演奏对我是一种深刻的挑衅。我要登记一个房间。

拿出一张伪造的身份证。小姐，买单！我要亲自走向你。

现在，我代表人民、并以我个人的名义。我宣布和你靠近！

我想我记得刚才的情景。

那是由于，后来我长久地失去了知觉！

半途而废的教诲

你本来是对的。可你后来错了。你本来是一个无辜的孩子。可你
在拼命浪费自己。城市的霓虹像一副肮脏的下水。山上的
庙门里照旧是膜拜的虔诚。坐下吧！我其实并没有目的。
喝一杯红牛？我是另外一种意想不到的客人。你冲动的乳房
仿佛是一群敢死的纳粹。你飞扬的长发比黑夜更黑。
你用肉体买醉。你在二十挂零就把自己当成了一种疾病。
窗外的灯火好似一盘失败的棋局。那些锈迹斑驳的星星
来自沮丧不已的黎明。你递给我账单。我要为你签下紊乱的
游说：不能亏待生活，哪怕她是一个误入歧途的妓女。
你生不逢时。你饱满的嘴唇适宜于唐朝的秋季。谢谢？
那时没有风纪。一群皇上的警察正在馆子里酩酊。
我要化装成李白。用一首天才的诗篇换取毫银。我用天空作纸
拿大海作墨。毛遂自荐地在你的身体里卧底。你别笑！
现在是午夜一点。我做客在一幢高层的消费单位。
支票？我本来是一个善良的公民。可你优秀的三围和
明眸皓齿的驾驶对我是一种迫害。"嘘——别掐我，疼！"
和你一样。我如今有了一份深刻的嗜好。一群饥饿的鳄鱼

第四辑

诗叙述

在土耳其的蒸房。一次半途而废的教诲被革命阻挡。

我佯装不知。我躲开暗探和复辟。我要变成一辆缓慢的火车。

和蔡锷将军一起弃暗投明、立地成佛。电话响了？

我并不需要加钟。我浪漫的废话像破产的银行。我斯文的

耳语更像是一件皇帝的外套。海关的钟楼上公鸡在打鸣。

远方的太平洋里一只海马在自暴自弃。叫一份外卖？

克林炖莱温斯鸡。你裸体的舞蹈多么别扭。你对我的手段

好比是清廷里歌唱的太监。天啊！你怎么能这般！

从前我看过一部电影。她用冰锄铲除了内心的叛徒。

她似乎是莎朗·斯通。但也可能是你这样来自四川的丫头。

一辆有轨电车在黑夜冒着火花。一位下岗的女工

已经在街上挥舞着扫把。黎明需要多长？你堕入这个

泥潭还有没有一些怀旧？你的存折里是否埋藏着高山流水

的想望？你本来是对的。可你后来错了。我要加钟！

亲爱的！就算我们是今晚世界上，最后的一对男女匹夫。

玛利亚

——在敦煌的邂逅

你有一批走私的军火？还是要和我扮演蛇头？你看看

我的祖国如此辽阔。人民都在加紧赚钱、旅游和挥霍。有谁？

愿意成全我这个汉奸。你在东德下岗。又被科尔的统一糟践。

就算你是一位不远万里的国际战士。我也不允许你

颠覆我们的新生活。我容易吗？你金发碧眼地从人群中走出来。

我身上的雷达早就将你拿下。你在读汉语？在兰大？

那么，快听我为你诉说回忆。小时候我就在一只船街道上晃悠。

我的妈妈在校园里伺弄着一片果园。而今你是从哪一棵树上萌芽？

你身上浓烈的是狐臭还是巴黎的香水。让我们忘记仇恨吧！

摄氏 46℃。在西北偏西的沙漠深处。你的微笑在发育。

你魔鬼的身材在丈量着我的耐心。我已婚。有一位幼小的儿子是

上帝。

爱人在福利彩票中心浪费着梦想和纸币。看看，你胳膊上的汗毛。

在明晃晃的日光下怎么能勾肩搭背？我不换取你的钞票。也没有

对你们国家大声喊："NO!"我与你只是一次偶然的邂逅。

好吧。我勉强答应来一次热烈的拥抱。我代表贫穷的甘肃

第四辑

诗叙述

和我的一首小诗欢迎你。嗨！我需要喘息一下。你猛烈的动作仿佛
还没有发迹的希特勒。秋天多么辽远。一只鹰在潦草地飞行。
如此美好的时刻。我要将计就计、借坡下驴。我在揭你的伤疤？
不！玛利亚同志。我宁愿把你看作马克思的后裔。你哭了？
你虚伪的哭声对我是一种讽刺。我要在你的护照上签字。我要
在你的胸脯上讲述几千年二牛抬杠的封建历史。我要教会你热爱
脚下这一片苍凉的大地。要点什么？白兰瓜。牛肉拉面。酿皮。
李广杏。还是一碟孜然羊肉？这个偏僻的宾馆。如何能找到一块
黑椒的牛扒。你就把我变成一块抹了黄油的点心吧。玛利亚。
这是我唯一能表达的心意。你照单全收？你想在我的身体上写下
殖民主义的凯歌或奇迹。我容易吗？我的祖国和人民容易吗？
别打岔！别让你糟糕蹩脚的发音毁了我。不允许你邪恶的微笑
像一座装满性欲的弹药库。你夸张的乳房上布满了资产阶级的奶酪。
你颀长的脖颈爬满了八国联军的燃烧。你在抽搐？你在无病呻吟？
在广袤的东方为你隆重举办一个现场批斗会。我要赤膊上阵。
玛利亚。你的名字像一束芳香的鲜花。汉语专业留学生。年方二九。
绰号"张小玫"。热爱神秘与武术。白色的 T 恤衫上印着成龙。
像一片金箔的落叶弱不禁风。昏死在我的怀里。天哪！
怎么好意思让你下跪！就算你在忏悔。就算你是德国的一件贡品。
窗外的大雁抓紧回归。莲花藻井下仙女们在施展魔法。
游客如织的街道上黄昏在玩耍。遥远而至的丫头玛利亚。

漫山遍野的今天

你柔软的山水好似一片沸腾的墓地。如果你是世界或一个贸易组织

我要亲自和你接轨。喔！就在日光灼伤的傍晚。你在怀念？

你身上珍藏的一幅德国地图正在小雨淅沥。你教堂的穹顶在上升。

你的祈祷和呻吟里带着陌生的字母。谢谢。你看见了幻觉的先知。

在一片玫瑰的朗诵中你献身于一架洞开的管风琴。玛利亚。

可这里是敦煌。大概一百年前。一个失败的道士心如死灰。

他丧失了爱情。他在一次沮丧的奔命中闹过起义和革命。并和

一个边地少数民族的少女指鹿为马。信不信由你！你真打算

昏死在我的怀里？像一根羽毛。或者是一挂噩梦般的蛛网。

在你的身上我肯定会惹起纠纷。国际刑警组织的密探会签发命令。

看看，我的故乡是多么美丽。崎岖的夜空上奔跑着钻石

与乐曲。从很早的古代起。我的祖先们就在山川上繁衍、生息。

亲爱的丫头玛利亚。你已经昏死在我的怀里。教我如何大智若愚？

黄昏在延续。我在你的身体上发现了一个埋藏经书的洞窟。我要

剥离下你的壁画。我要搬走你的泥塑和神祇。摇身一变，我要伪装

成斯坦因或伯希和。我要盗取你洞窟中所有的珍宝与法器。从此

我要让你成为一座废墟和遗址。让你不朽。一部德意志的伤心史。

"9·18" 大案纪实

谁在牺牲真相？而让亡灵带走了简单的虚构。雾。一场白色的缟素

提前取消了警报的骨头。天空卸下了花朵。黎明的现场等待着一次突然。

送牛奶的铁哨。睡眼蒙胧的街道上蝙蝠收拾起翅膀。皋兰路47号。

农业银行的卷闸门像一卷地图。值夜的老王头在猛烈咳嗽。他的

药罐子还在电炉上沸腾。一个惊叫的电话终止了打扫。灰尘在飞。

谁在牺牲着真相？8点13分。我躺在一张到期的存折上想入非非。

世界的哪一部分将是我的利息。什么组织会将我的生命上调1%。

儿子需要到公园看熊。煤气罐里缺斤短两时有发生。下岗的鸡毛信

在频频传递。肥硕的太太打起了卖血的主意。我梳理整齐。像一个

漫山遍野的今天

暗怀鬼胎的特务游刃有余。礼拜天的早上。雾。据说遥远的
新疆

来了一批冷空气的骑兵。我捏着存折好比自己偷窃了一位新
婚的处女。

是的。这是一笔私藏。一句古老的谚语说：好钢用在刀刃上。
一片

树叶逶迤而下。一滴恶劣的鸟屎溅在了雾的脸颊。油条和豆浆

在拐角上吆喝。一挂郊外的马车拉着菠菜和胡萝卜骄傲地踏

行。谢谢。

我排在队伍的末尾。就像运气和幸福永远在我前面拿了冠军
与奖金。

这些幸灾乐祸的取钱人。这些歪瓜裂枣的同志们。我在背后
骂着你！

谁在牺牲真相？铃声一响。红色的液晶数字在墙上跳跃。透
明的防弹

玻璃里是公务员的抱怨。她脸上还残存着夜晚性交的痕迹。
充分的

努力煽动着乳房的不满意和一个男人的"小"。嚼蓝箭的丫头
会心地

一笑。她马上就要出嫁。浑身的粉刺迸发出寂寞的微芒。一
张粉红色

第四辑
诗叙述

的账单上需要留下我的履历。男。二十九岁。拖拉机厂的一枚螺丝钉。

身份证号。姓名某某。吹着口哨：我是一只快乐的大苍蝇。而事实上

那是前排一位时髦女郎颈后的瘊子。我的尿意上升。右手的侧门。

仿佛中学化学实验室里一次失败的酸碱中和。我逐臭而去。舒坦！

谁在牺牲真相？一辆德国的运钞车滑进了我的视野。如同一只刺猬

停留在去年的冬天。钢盔在闪。几颗灼亮的烟头烫上了雾的抽搐。

加里森敢死队跳将下来。一块塑料的冰激凌壳儿凌空划过。一枚

枣红色的蜻蜓像夏天的别针。她带着夜晚的诅咒签字。而她拖着两只

镔铁的钱柜在幻想着花车与爱情。雾深了。一只莽撞的燕子隐形折羽。

门楣的标语上大汗淋漓。一个士兵啃着半截玉米。另一个防弹背心摸着

公务员的屁股。柜台上的闹钟里一只铁公鸡在歌唱。而司机

漫山遍野的今天

的驾驶室里

传来《心太软》的塑料嗓子。他的袜子上露出了和梅毒一样的迹象。

在倒车镜子里悔恨交集。重雾紧锁。如同制冰厂巨大的冷库在搬迁。

谁在牺牲真相？枪响啦。他们来了。像穿着一身白色运动衣的魔鬼

跳出了雾气。一股蛇似的微风把子弹吹进了钢盔。酋长。你醒醒！

嘴角上还挂着一粒秋天的玉米。鲜红的心跳流失了一地。几个影子。

褐色丝袜的头颅。沾满烂泥的耐克。沉闷的喉咙在咆哮。"全都趴下！"

晴朗的司机丢开方向盘。而另一件防弹背心短促地喊了一声：妈。

我的尿意上升。天啊！我把自己当成了一只健康的马桶。舒坦？

我像一只亲爱的鸵鸟那样弯曲。子弹在试探着我的理想和雄心。

黑乎乎的枪口。鼓足干劲的钳子与扳手。一声冷漠的屁突然炸响。

好像儿歌里所说的墨索里尼的疯狂。空气在颤抖。柜台上的玫瑰

吐露着芬芳。而一枚黄色的警报按钮在抽屉下被封上了狗皮

第四辑 诗叙述

膏药。

　　她不久就要走进婚床了。她成长的疾病会在烛光下疗伤。大理石的
　　地板上奔跑着她的体温和疼痛。藕荷色的裙子下究竟是月经。还
是一粒

　　鲜为人知的谜语。枪响了。她带着夜晚的吮吸和滋润。枪再响。
　　她踉跄的尸体中精虫在嚎叫。像一只埋藏了暮色的麻袋。栽倒。
　　我沉痛地趴在一片温暖的尿上。仿佛那枚早已失灵的按钮。同志、
警察!

　　谁在牺牲虚构?
　　而让亡灵带走了简单的真相。

泰国芭堤亚

黎明从傍晚开始。多么肉感的空气。热带的树木上站立着小乘的佛器。

金色的屋宇下是藕荷色的莲花和供奉的牺牲。半岛的国家。盛产水稻和美女。

内心的国王哺育着虔诚的自然和人民。寺院在飞行。水上的马达消灭着

经济的危机。落地签证。在曼谷的旅游中你感受了酷暑和炎热的逼近。

一张中文的日报。一位曼妙的导游露出了花环和妖媚的狰狞。是的,公款!

"去芭堤亚!"湄南河两岸。在太平洋山麓的西侧。海底的鱼群在建构着

梦想。而在赤道上奔驰着一列美国战争遗弃的火车。大片的蔗田。渡鸦

辽阔的手势在诉说着炸弹。美利坚的大兵。把越南恍惚作为墓地。又把

芭堤亚当作了秘密的婚床。黎明从傍晚开始。霓虹灯下的色

情之都。

往往在黄昏时奏响了摇滚的序曲。吉普车在兜售。肥硕的啤酒泡沫熏染了

欲望的街区。那些混血的杂种们黝黑。蹒跚的乳房下是钞票的猎奇。

三百铢。一顶草帽的汇率。小黑猫，我爱的是你的技巧而非肉体。谢谢。

在公共的澡堂里我要变成一块肥皂。沿街的叫卖。露天的舞台上肚脐放射

出曙光。谁要抽取我的骨头？一个突如其来的华人站在了榕树的街角。

他的口袋里藏着一块传统的砖头。他的头脑里闪过一把纪律的斧头。领队

短暂地失踪。而泰国的公安局并没有接到线报。气功秀。一枚从女性的

沟壑里挤出的镰刀。一场公然的腐朽。她的肌肉舔舐着"吉列"的刃口。哎呀！

资产阶级的人性和粗制滥造的冲锋。泰式的桑拿。海滨的沙滩上一只钢铁锻造的海鸥要求着飞翔。奇怪的字母。我远离着你。而一次通用的

手语在闪烁旗帜的光芒。给我发票！好让我在单位的财务科

漫山遍野的今天

证明了自己

　的贞操。金色的杧果。在大象的丛林里一位尼姑在祈祷着阿弥陀佛。

　清凉的河流。始自云南以西的澜沧江。那是诗人雷平阳修身的故乡。雨。

　热带的蒸腾和它一望无际的色情。在午夜的港口上停伫着航空母舰的汽笛。

　芭堤亚：仓促的处女。一颗浆果中隐蔽的真理。在蓝色的筒裙下升起了

　教堂的钟鼎。诱惑的金苹果。坤莎丽。或居他信的妹妹。多么盲目的时刻。

　在旅店的窗口下列队走过了党卫军和纳粹的敢死队。"你需要艾滋吗?

　还有免费的保险套?"我身边的一位干部在拼命地微笑。不。是华人!

　不是日本鬼子进村。毕飞宇的小说尚未进入这个无限明亮的国度。我的机票

　就要过期。我的"傻瓜机子"留存这一个金发碧眼的女人肮脏的口红。小黑猫。

　我的旅行包里装满了惊讶和心跳。我的脸颊上是芭堤亚扇下的一记耳光。